Arena-Taschenbuch
Band 50727

In der Reihe *Wahre Pferdegeschichten* von der Autorin außerdem erschienen:

Blindes Vertrauen
Auf der Suche nach Calido
Letzte Chance für Jana
Schwere Zeiten für Julia
Entscheidung fürs Leben

Margot Berger
begann ihre Journalistenlaufbahn als Redakteurin bei großen Tageszeitungen und Frauenzeitschriften. Die begeisterte Reiterin und Pferdeexpertin lebte und arbeitete als selbstständige Journalistin und Buchautorin in Hamburg.

Margot Berger

Pferdefreundschaft ist die schönste

Zwei wahre Pferdegeschichten in einem Band

Arena

Erzählt nach einer wahren Geschichte.
Die Namen von Personen und Orten
wurden geändert.

FSC
www.fsc.org
MIX
Papier aus verantwortungsvollen Quellen
FSC® C110508

1. Auflage als Limitierte Sonderausgabe im Arena-Taschenbuchprogramm 2015

Covergestaltung: Frauke Schneider unter Verwendung eines
Fotos von www.slawik.com
Umschlagtypografie: KCS GmbH · Verlagsservice & Medienproduktion,
Stelle/Hamburg
Gesamtherstellung: Westermann Druck Zwickau GmbH
ISSN 0518-4002
ISBN 978-3-401-50727-9

www.arena-verlag.de
Mitreden unter forum.arena-verlag.de
www.wahre-pferdegeschichten.de

Verhängnisvoller Verdacht

Eine wahre Pferdegeschichte

TVN **Tierärztliche**
Verrechnungsstelle Nord

Rechnung im Auftrag des
Herrn Dr. med. [redacted]

Bitte bei Zahlung angeben:
Rechnungsnummer: [redacted]

Datum	Dosis/Einheit/Anzahl Verrichtung/Medikament	Betrag Netto in €	Mehrwertsteuer
25.2.	**Patient: Pferd Arcos**		
	Wegegebühr	20,70	19%
	Besuch und Untersuchung im Lendenbereich/Kreuz-Darmbein deutlich schmerzhaft	17,18	19%
	Blutprobenentnahme inkl. Laborkosten und Beurteilung	50,00	19%
	Injektion i.v. inkl. Arzn.	15,03	19%
26.2.	Besuch und Kontrolluntersuchung leicht gebessert	17,18	19%
	Injektion inkl. Arzn.	15,03	19%
27.2.	Besuch und Kontrolluntersuchung Weiter leicht gebessert	17,18	19%
	Injektion inkl. Arzn.	15,03	19%
1.3.	Wochenendbesuch und Kontrolluntersuchung Deutlich gebessertes Allgemeinbefinden Rat zur aufbauenden Bewegung	34,36	19%
	Anteilige Wegegebühr	9,20	19%

1.

Eisige Zugluft biss Lilly ins Gesicht, als sie dem Ausgang der U-Bahn zustrebte. Endstation.

Am Fuß der Treppe packte sie ihr Fahrrad beim Rahmen und trug es nach oben. Zwei Jungs in schwarzen Kapuzenshirts und Cargohosen liefen mit Skateboards unterm Arm die Stufen hinauf und rammten ihr im Vorbeidrängeln die Bretter in die Rippen. Empört wich Lilly aus.

»Spinnt ihr?«, rief sie ihnen nach.

Die Kapuzen drehten sich nicht einmal um. Ziemlich unfreundlich, der Empfang in ihrer neuen Heimat Hamburg.

Heftiger Nordost fegte Lilly entgegen und trieb ihr die Tränen in die Augen, als sie ihr Rad oben an der Straße absetzte. Schon seit dem frühen Morgen blies starker Wind über Norddeutschland. In Hamburg war das Wetter in diesen ersten Tagen des neuen Jahres genauso ungemütlich wie an der östlichen Seite der Elbe, in Sachsen-Anhalt, wo Lilly vor fünf Stunden in die Bahn gestiegen war.

Mit Grummeln im Bauch dachte sie an ihr altes Zuhause. Himmel, war ihr der Abschied heute Morgen schwergefallen. Durch stürmische Dunkelheit hatte Lilly sich früh um sieben mit dem Rad zu Theo Bülows Reitstall vorgekämpft. Zu dieser Zeit saß ihre Mutter bereits im gemieteten Möbelwagen und lenkte ihn Richtung Hamburg. Die Zwillinge Tim und Felix, Lillys achtjährige Brüder, fuhren im Transporter mit, der vom Auto zweier Nachbarn begleitet wurde, die beim Möbelschleppen helfen wollten.

Lilly war froh, dass sie es geschafft hatte, ihrer Mutter ein Bahnticket nach Hamburg abzuschmusen. Sie wollte die letzten Stunden allein mit den Pferden verbringen.

Ihr ganzes Leben lang – vierzehn Jahre – hatte Lilly auf dem Land zwischen Havel und Elbe gewohnt, in dem dünn besiedelten Gebiet zwischen Magdeburg und Stendal. Wie würde sie mit dem Umzug von Mallwitz in die unbekannte Großstadt klarkommen?

»Hamburg ist eine richtige Pferdestadt«, hatte Stallbesitzer Theo Bülow sie getröstet, als Lilly heute Morgen mit feuchten Augen jeden einzelnen Vierbeiner umarmte. »Was glaubst du, wie viele Reitvereine und Turniere es dort gibt. Und Pferdemessen. Rennbahnen. Ich beneide dich, Lilly. Bin selber nie bis Hamburg gekommen. Leider. Garantiert findest du schnell einen neuen Reitstall.«

Dann hatte ihr Reitlehrer gezögert, aber schließlich noch etwas hinzugefügt, das er bisher für sich behalten hatte, die gesamten vier Jahre, in denen Lilly zum Reiten gekommen war. »Du hast ein besonderes Gespür für Pferde, Lilly, für ihre Stimmungen. Musst nur die Chance bekommen, das zu zeigen ...«

Da war Lilly mit großem Vertrauen auf das neue Leben in Hamburg in den Zug gestiegen.

Die Jungs aus der U-Bahn knallten ihre Skateboards auf den

Gehsteig und kurvten im Slalom um eine Gruppe vermummter Frauen herum.

Lilly musste wieder an die Schulpferde denken. Theo Bülow hatte anklingen lassen, dass er seinen kleinen Stall vielleicht schließen musste, weil aus Geldmangel immer weniger Reiter kämen. Hätte sie doch wenigstens ihre besonderen Lieblinge mitnehmen können! Palando, den verschmusten Mecklenburger zum Beispiel. Und Dorio, den sensiblen Trakehner, der bei der kleinsten Aufregung eine Kolik bekam und dem sie vor jedem Reiterfest gut zureden musste. An die süßen Lewitzer Schecken durfte Lilly erst gar nicht denken. Auf den schwarzweißen Ponys hatte sie reiten gelernt.

Lilly stützte ihre Hüfte an den Fahrradsattel und entfaltete mit verfrorenen Fingern die Kopie einer Stadtplanseite. Sie studierte das Straßenschild an der Kreuzung. Mittlerweile ging das winterliche Tageslicht in diffuse Abenddämmerung über. Mit einiger Mühe entzifferte Lilly die Aufschrift: »Beifußweg«.

»Das ist er ja schon«, murmelte sie überrascht. »So nahe an der U-Bahn-Station wohnen wir!«

Mit der Bahn kam sie sicher schnell zu den Reiterhöfen . . .

Unter soeben aufflammenden Peitschenleuchten schob Lilly ihr Fahrrad zum Hochhaus mit der Leuchtnummer 5. Ihre neue Adresse. Irgendwo in der Nähe hörte sie Skateboardrollen auf Asphalt aufschlagen. In einer Reihe entlaubter Straßenbäume zauste der Januarwind, bog die kahlen Zweige nach oben und unten. Ein scheußlicher Tag.

Vom Bürgersteig aus konnte Lilly durch die gläserne Haustür in den Flur von Beifußweg Nr. 5 sehen. Vor dem Lift steckten ein paar Jugendliche mit Strickmützen die Köpfe zusammen. Handy-Displays leuchteten auf. Feixend stießen sich die Jungs in die Seiten.

Unschlüssig verharrte Lilly neben ihrem Rad auf der Straße.

Wer weiß, was die sich runtergeladen haben. Irgendeinen wüsten Schweinefilm bestimmt. Oder was mit Gewalt.

Jungs, die in Gruppen herumhingen, gab es auch in Mallwitz. Bloß hatten die sich dort in Bushäuschen zusammengerottet und nicht in Hauseingängen. Und sie hatte jeden mit Namen gekannt.

Lilly schwante, dass in Zukunft vieles anders werden würde. Zu Hause konnte sie die Jugendlichen einschätzen, hier nicht.

Der Wind riss an Lillys Jacke. Obwohl sie sonst nicht ängstlich war, traute sie sich nicht weiter. Was, wenn die Jungs sich zu ihr in den Aufzug quetschten und sie anmachten? Und herausfinden wollten, wo sie wohnte?

In diesem Moment fiel Lilly ein, dass sie selber nicht wusste, in welchem Stockwerk ihre neue Wohnung lag.

»Super geplant«, murmelte sie und zog ihr Handy aus der Jackentasche.

Lilly rief die Nummer ihrer Mutter auf und hielt das kalte Gehäuse ans Ohr. Sie legte den Kopf in den Nacken und zählte die Stockwerke.

Wenn Mama nicht rangeht, kann ich bis Mitternacht durch sämtliche Etagen laufen und an jeder Tür klingeln.

Zwölf Stockwerke. Von ganz oben hatte man sicher einen Wahnsinnsblick über Hamburg. Vielleicht bis zur Elbe und den Hafen mit seinen Kreuzfahrtschiffen, auf jeden Fall aber bis zum Stadtrand. Mit etwas Glück entdeckte sie die eine oder andere Weide. Mit noch mehr Glück sogar Pferde.

Eine Wohnung im Zwölften – das wäre der Hammer. Die Leute in Bülows Stall würden Augen machen, wenn sie denen ein Foto mit grandiosem Rundumblick über Hamburg schickte. Dafür müsste sie sich allerdings beeilen, denn aus ihrer alten Heimat zog eine Familie nach der anderen weg. Bald würde Mallwitz ein Geisterdorf sein.

Lillys Augen wanderten über die Platten-Fassade des Hochhauses. Zum fünften oder sechsten Mal ging das Telefonsignal hinaus.

Sie wollte hier unbedingt schnell einen Reitstall finden, denn ohne Pferde war ihr Leben ziemlich trist, fand Lilly. Zu Hause hing vieles an ihr. Lilly musste ordentlich mit anpacken. Für ihre alleinerziehende Mutter war es unmöglich, sich selber um alles zu kümmern. Obwohl Lilly insgeheim stolz auf ihre starke, taffe Mutter war, gingen ihr die zahlreichen Anweisungen auch oft auf den Geist. Seit sie elf war, hing im Flur eine Liste mit sogenannten »Lilly-Pflichten«.

Pausenbrote streichen
Turnbeutel kontrollieren
Essen aufwärmen
Hausaufgaben nachsehen
Fernsehkonsum beaufsichtigen
T-Shirts bügeln
Waschbecken putzen
Staub saugen
Betten beziehen
Müll raustragen

Die Zeit in Bülows Reitstall war Lilly jedes Mal wie eine ehrlich verdiente Belohnung vorgekommen.

Sie musste in Hamburg unbedingt eine vergleichbare Anlage wie in Mallwitz finden. Einen Stall, wo sie kostenlos reiten durfte. Als Gegenleistung für Stallarbeit, so wie sie es bisher gemacht hatte. Reitbeteiligung oder Reitkarten waren im Haushaltsgeld nicht drin. Da brauchte sie sich gar keine Illusionen zu machen.

Ob sie wohl bald ein neues Lieblingspferd finden würde? Und wo? Wie würde es aussehen? Ein Brauner? Ein Schimmel? Oder ein Gescheckter so wie die Lewitzer?

Endlich ein Knacken im Handy!

»Lilly, du bist es!«

»Meine schlaue Mama! Ja, ich stehe vor unserem Haus. Ohne Schlüssel.«

Sie hörte ihre Mutter aufatmen.

»Gut, dass du da bist. Hab mir schon Sorgen gemacht.«

Der Öffner surrte.

Lilly beugte sich über den Lenker und spähte durch die Glastür nach drinnen. Die Handyjungs waren verschwunden. Mit einer Hand hob sie das Vorderrad über die Eingangsstufe und studierte im Vorbeigehen das Klingelbrett. Fast ausnahmslos türkische, arabische, russische, afrikanische Namen. Dazwischen stand tatsächlich »Beier«. Aber zweiter Stock – und nicht wie erhofft zwölfter.

»Wohnen wir etwa im zweiten Stock?«, fragte Lilly ins Telefon.

»Genau, den kurzen Gang durch, dann rechts.«

»Zweiter Stock, wie blöd«, knurrte Lilly enttäuscht. Mit dem grandiosen Rundblick wurde es nichts.

Zwei Stunden später saß die ganze Familie beim ersten Abendessen im Wohnzimmer. Zwar noch umringt von Kartons, aber die Möbel standen an ihrem Platz. Die alten Nachbarn hatten ordentlich zugepackt, geschraubt, aufgebaut und waren nun auf dem Rückweg nach Mallwitz.

Tim und Felix verschwanden sofort nach dem Essen in ihr Zimmer. Lilly hörte sie ständig kichern und Spielsachen aus Umzugskartons auf den Boden werfen.

»Komm, trink noch einen heißen Kakao.« Anne Beier füllte den Keramikbecher erneut und strich Lilly über den Kopf. »Sahst ja total verfroren aus, als du hier ankamst. Bist sowieso nur eine Handvoll.« Besorgt musterte sie ihre Tochter.

Lilly verzog das Gesicht. »Von wem ich das wohl habe?«

Ihre Mutter hatte dieselbe schmale Figur wie sie, ebensolche lebhaften blauen Augen und glatte blonde Haare, die sie genau wie Lilly zu einem Pferdeschwanz band.

Lilly umschloss den Kakaobecher mit beiden Händen und genoss den warmen Dampf im Gesicht. Allmählich taute sie auf. Es tat gut, vertraute Dinge aus ihrem kleinen Häuschen in Mallwitz um sich zu haben. Das rote Sofa, auf dem sie sich abends ausstreckte und Bücher las, wenn die Zwillinge im Bett lagen. Den bunt gewebten Teppich, das schwarze DVD-Regal, die lackierten Zebras, alles, was gestern Abend im Transporter verschwunden war.

»Schön groß die Wohnung«, sagte Lilly. »Denkt man von außen gar nicht. Aber warum hast du bloß den doofen zweiten Stock genommen, Mama? Ich dachte, wir zögen nach oben. Das wäre der Knaller. Da hat man doch einen ganz anderen Ausblick. Vielleicht sogar auf Pferdeweiden ...«

Lillys Mutter stand auf und machte sich an einem Stapel Kartons zu schafften.

»Ganz oben wäre bestimmt schön gewesen. Aber von hier aus habe ich Tim und Felix beim Spielen besser im Auge. Räumst du deine Sachen allein ein, Lilly?«

»Hm.«

Lilly überquerte den Flur zu ihrem halb eingerichteten Zimmer. Ihr kleiner Schreibtisch stand unterm Fenster, das zur Straße hinausging. Unter ihr lag der Beifußweg in künstliches weißes Licht getaucht, das ungefiltert ins Zimmer drang. Die Rollos fehlten noch.

Lilly drückte ihre Nase an die kalte Scheibe und schaute nach draußen. Unter ihr der Hauseingang, dahinter die Straße, kahle Bäume, ein Stück Rasen. Das nächste Hochhaus stoppte die Sicht.

»Alles in Ordnung?«

Mit einem Arm voller Kinderhosen steckte ihre Mutter den Kopf durch die Tür.

Frustriert drehte Lilly sich um.

»Zweiter Stock ist echt totaler Mist. Man guckt nur gegen Hochhauswände.«

»Die wirst du ja selten sehen, Lilly. Wie ich dich kenne, verbringst du wieder jede freie Minute auf einem Pferdehof.«

»Wenn ich doch erst einen gefunden hätte, Mama.«

»Das kommt schon. Hast das ganze Wochenende Zeit, Reitställe anzusehen. Schule geht ja erst Montag los.«

Die Zwillinge quetschten sich neben ihrer Mutter vorbei ins Zimmer. »Dürfen wir Aufzug fahren?«, fragte Felix gespannt. Seine Wangen glühten vor Vorfreude.

»Meinetwegen, aber nicht ohne Lilly«, gab ihre Mutter schmunzelnd zurück. »Und nur ausnahmsweise, weil heute der erste Tag ist. Wenn der Lift ewig blockiert ist, steigen uns sonst die Nachbarn aufs Dach.«

Tim und Felix stießen ein triumphierendes Indianergeheul aus und schmusten sich mit gekonntem Wimpernaufschlag an Lilly heran.

»Machst du mit? Komm Lilly, sei kein Frosch.«

Lilly musste lachen. Ihre Brüder wussten genau, wie sie sie rumkriegten.

»Okay, aber erst packe ich noch eine Kiste aus. Raus mit euch, dann geht es schneller.«

Als Tim und Felix auf dem Flur verschwunden waren, zog Lilly ihren wichtigsten Umzugskarton näher heran. Den wollte sie ohne Zuschauer ausräumen.

»Schatzkiste Lilly«, hatte sie mit Edding auf den Deckel geschrieben. Was ihr heilig war, lag in diesem Karton. Fotos von ihren vierbeinigen Lieblingen, Reithose, Kappe, Gummistiefel, Pferdebücher.

Lilly zog die blaue Reithose hervor und drückte sie an sich. Obwohl die Hose frisch gewaschen war, verströmte sie noch den schwachen Duft von Fell und Wärme.

Wie gern sie jetzt eine Minute in die Zukunft schauen würde!

Auf welchem Pferd ich da wohl sitze?

Lilly bückte sich nach einer Klarsichthülle und schüttelte einige kleine, leicht angeknickte Fotos auf die Matratze. Pferdeköpfe. Palando, Dorio, die Schecken – waren ihre Freunde nicht ideal für die weiß gestrichene Wand über ihrem Bett?

Eigentlich bin ich zu alt dafür.

Andererseits war ihr das egal. Sie würde sowieso so schnell keinen Besuch bekommen, der sich über die Fotos lustig machen konnte. Außerdem hängte sie ja keine kitschigen Kleinkindposter auf, sondern ihre ganz persönlichen Pferdefreunde.

Entschlossen erhob sich Lilly und pinnte ihre alten Lieblinge an die neue Wand.

2.

Obwohl noch eine Menge voller Umzugskartons im Flur standen, brannte es Lilly am nächsten Morgen auf den Nägeln, nach einem Reitstall zu suchen. Während sie eilig und konzentriert auspackte, hatte nur ein Gedanke Platz in ihrem Kopf: Wenn ich doch schon ein Pflegepferd hätte!

Als sich mittags lediglich noch vier volle Kisten an den Wänden stapelten, durfte Lilly endlich los. Sie wollte einfach ins Blaue fahren, dorthin, wo sie nach dem Stadtplan die ländliche Umgebung vermutete. Das Internet war noch nicht eingerichtet, ein Telefonbuch besaßen sie bisher nicht und die »Gelben Seiten« in der Telefonzelle an der U-Bahn waren aus der Halterung gerissen.

Ihre Mutter schob eine Isoflasche mit heißem Tee und zwei Käsebrötchen in den Rucksack, als Lilly aufbrach.

»Ich drücke ganz fest die Daumen, dass du einen schönen Stall entdeckst. Aber bei Dämmerung kommst du nach Hause, hörst du?«

»Mama, ich bin vierzehn! Dann müsste ich ja schon um halb fünf zurück sein, dann ist die Sonne weg.«

»Weiß ich. Aber ich will nicht, dass du im Dunkeln in dieser fremden Gegend herumfährst.«

Lilly schulterte den Rucksack und gab ihrer Mutter einen flüchtigen Kuss.

»Wovor hast du Angst?«

»Na ja – unsere Hochhaus-Siedlung ist groß und unübersichtlich. Zwanzigtausend Menschen leben hier auf engstem Raum. Und da . . .«

Ihre Mutter zögerte und fuhr dann fort: »Bei dieser Ansammlung von Menschen sind sicher auch einige dazwischen, die Streit suchen. Und Jungs, die penetrant hinter Mädchen her sind.«

Lilly verdrehte die Augen. »Hab gestern schon ein paar komische Typen gesehen«, gab sie dann aber zu.

Lillys Mutter seufzte.

»Siehst du. Ich hätte mir gern eine andere Gegend in Hamburg ausgesucht. Aber dafür reicht das Geld nicht. Im Moment zumindest. Diese Wohnung ist für uns bezahlbar. Und die U-Bahn liegt vor der Tür. Das ist doch was.«

»Kannst cool bleiben, Mama, ich bin vorsichtig.«

Lilly fuhr ins Erdgeschoss, schob ihr Rad aus dem Fahrradraum neben dem Lift und entschloss sich, vor der Stalltour eine schnelle Runde durch das neue Viertel zu drehen, um bei Tageslicht zu sehen, wo sie gelandet war. Willkommen in Hamburg. Mallwitz war gestern. Großstadt, das hatte etwas Aufregendes, Prickelndes.

Aber als Lilly dann losfuhr, traf sie fast der Schlag.

Gestern, in der Abenddämmerung, waren ihr nur einige Hochhäuser in der Nähe aufgefallen. Erst jetzt sah sie die Ausmaße der Großsiedlung. Der Beifußweg war eingekesselt von gigantischen Wohnblocks. Beton, wohin sie blickte.

Tausend gleiche Fenster nebeneinander, übereinander, untereinander. Satellitenschüsseln ausgerichtet auf Hunderten

Balkonen. Im Schatten der Wohnsilos duckten sich kleine Geschäfte, die einzigen Farbtupfer. Sonnenstudios, Wettannahmen, Videotheken, Türken- und Russenläden.

Ansonsten sah Lilly nur Grau. Grau in allen Schattierungen. Zementgrau, Schiefergrau, Bleigrau, Mausgrau, Steingrau, Aschgrau.

Wo war das schöne bunte Hamburg, das sie von Bildern kannte? Die grüne Stadt mit Parks und Kanälen? Mit Elbe und Alster, mit Kreuzfahrtschiffen, Einkaufspassagen, roten Backsteinhäusern und weißen Jugendstil-Villen? Und wo versteckten sich die Pferde, die Rennbahnen, die Dressurplätze?

Am Beifußweg parkten einige Autos, in denen vorn und hinten halbwüchsige Jungs auf den Sitzen hingen, die ihre Wagen offenbar als Treffpunkt nutzten.

In weitem Bogen fuhr Lilly an den Autos vorbei. Anlagen wummerten. Trotz der Kälte hatten die Jungs ihre Scheiben heruntergelassen und die Ellenbogen aus dem Fenster gestreckt.

»Hey, stopp mal«, rief einer hinter Lilly her. Gleich darauf startete ein wildes Hupkonzert und Gejohle.

Lilly machte einen Schlenker und verschwand in einer Schleuse aus Müllcontainern, die sich zwischen den Hochhäusern erstreckte. Dass sie hier nicht im Dornröschenschloss gelandet war, brauchte ihr niemand zu sagen.

Warum macht Mamas dämlicher Betrieb bloß dicht und sie verschleppt mich in diese Betonwüste?

Lilly schlug wütend auf ihren Lenker ein. Es war so ungerecht!

Nirgendwo schienen Pferde weiter weg zu sein als am Beifußweg.

Sie lenkte ihr Rad aus der Großsiedlung hinaus und fuhr nach Südosten, wo die Umgebung allmählich ländlicher wurde.

Die Kälte, die der Fahrtwind Lilly ins Gesicht drückte, betäubte ihren Frust über das Betongetto.

Nicht mal meckern kann ich, dachte sie und hauchte sich die Finger warm, Mama ist so happy, dass sie in Hamburg einen neuen Job gefunden hat.

Als das einzige Werk in ihrer alten Heimat geschlossen wurde, hatte ihre Mutter sofort eine neue Stelle gesucht. Viele von Lillys Schulfreundinnen waren schon letztes Jahr weggezogen, versprengt in alle Richtungen, nach Berlin, Düsseldorf, Köln.

Der gepflasterte Radweg neben der stark befahrenen Hauptstraße lief aus. Lilly bog in einen gefrorenen Sandweg ein, der durch abgeerntete Felder führte.

Welch ein Unterschied zu ihrer Betonsiedlung! Lillys Augen wanderten über die weite Landschaft. Allmählich wich ihre gedrückte Stimmung. Sie fühlte sich zurückversetzt in die sanft gewellte Gegend rund um Mallwitz. Am Weg stapelten sich aufgeschichtete Baumstämme. In der Luft lag der Duft von frisch gesägtem Holz. In der fahlen Wintersonne funkelten weiß gefrorene Büsche.

Am Horizont zeichneten sich große Dächer ab. Das konnten nur die Dächer von Reithallen sein.

Lilly trat ordentlich in die Pedale. Der kalte Fahrtwind machte ihr nichts mehr aus, so sehr freute sie sich auf das, was sie erwartete.

Doch die angesteuerten Häuser entpuppten sich als riesige Möbeldiscounter. Also ging die Suche weiter.

Stundenlang kurvte Lilly über Feldwege und fuhr entlang von Autostraßen von Ort zu Ort. Die ganze Zeit über sah sie kein Pferd, geschweige denn einen Reitstall.

Enttäuscht schlug Lilly nachmittags den Heimweg ein. Der Raureif war unter der Januarsonne geschmolzen, die sich zunehmend verschleierte und einen bleichen, kühlen Wintertag zurückließ.

So schnell gab Lilly nicht auf. Sie würde die Suche jetzt anders anpacken. Und sie wusste auch schon, wie: Vom Dach ihres Hochhauses aus wollte sie sich einen Überblick über die grünen Gebiete rund um Hamburg verschaffen. Mit Glück erkannte man anhand von Wiesen und Paddocks sogar, wo Reiterhöfe liegen könnten.

Am Beifußweg angelangt, verstaute Lilly das Rad im Abstellraum und fuhr ohne in ihrer Wohnung haltzumachen mit dem Aufzug ins oberste Stockwerk. Die Idee mit dem Dach war ihr gestern Abend gekommen, als sie mit den Zwillingen ein paar Mal vom Keller bis zum zwölften Stock gefahren war. Aus der Kabine simste sie eine Beruhigungs-SMS an ihre Mutter.

Bin gleich zu Hause. Lilly

Sie wollte die letzten hellen Minuten ausnutzen, zumal die Nachmittagssonne sich noch einmal durch den fahlen Dunst gekämpft hatte.

Als Lilly oben ausstieg, stand sie jedoch vor einem massiven Stahlgitter mit einem Warnschild.

»Das Betreten der Dachanlage ist strengstens untersagt. Eltern haften für ihre Kinder.«

Das Verbotsschild hätten sie sich sparen können, dachte Lilly, durch das Gitter kommt sowieso niemand.

Sie sah sich um. Es musste doch eine Möglichkeit geben ... Auf dem Treppenabsatz an der gegenüberliegenden Wand entdeckte sie eine weitere Tür. Ob es dahinter auch nach oben ging?

Langsam drückte Lilly die Klinke herunter. Die schwere Metalltür ließ sich öffnen. Nach rechts und links sichernd betrat Lilly einen handtuchschmalen Flur, an dessen Ende in Brusthöhe zwei Fenster eingelassen waren.

Vielleicht kann ich durchs Fenster ...

Sie tastete die Rahmen ab. Merkwürdig, nirgends ein Fenstergriff, nur kleine vierkantige Vertiefungen.

»Neu hier?«

Ein heftiger Schreck fuhr Lilly in die Glieder. Sie schoss herum. Hinter ihr stand ein groß gewachsener Junge mit breiten Schultern. Helles Haar, an den Seiten hochgeschoren. Bomberjacke aus schwarzem Leder.

Wie verrückt begann ihr Herz zu pochen. Sechzehn oder siebzehn mochte er sein. Seine weit auseinanderstehenden wasserblauen Augen musterten Lilly abschätzend.

Was wollte der Typ von ihr? Lilly bekam es mit der Angst zu tun.

Habe ich sie noch alle, allein im Hochhaus herumzugeistern? Bloß, um nach Pferdeweiden Ausschau zu halten? Mama hat mich extra gewarnt.

»Neu hier?«, wiederholte der Junge.

Unmerklich spähte Lilly zur Fluchttür am Ende des Gangs. Würde sie es im Sprint bis dahin schaffen, wenn er ihr dumm käme?

»Gestern eingezogen.«

»Vitali«, sagte er. »Und du?«

»Lilly. Vitali klingt gut. Echt.«

Sie sprach überstürzt, wie jemand, der sich fürchtet und über seine Furcht hinwegreden will, das hörte sie selber. Trotzdem – einfach weiterreden.

»Woher kommst du? Russland?«

»Kasachstan. Was suchst du hier oben?«

Allmählich beruhigte sich Lillys Herzschlag. Eigentlich sah dieser Vitali ganz nett aus.

»Ich will aufs Dach«, sagte sie zögernd.

»Ach so, Heimweh. Willst du sehen, ob du bis zu deiner alten Heimat gucken kannst?«

»Quatsch«, sagte sie schroff.

Mit einem Blick über die Schulter vergewisserte der Junge sich, dass niemand sie belauschte. Eine Spur verlegen zuckte er die Schultern.

»Findest du das peinlich? Na ja, ich jedenfalls hatte schwer Heimweh am Anfang. Bin damals oft aufs Dach gestiegen. Habe Richtung Osten geguckt. Petropawlowsk.«

Er rieb sich das Kinn. »Mittlerweile komme ich hoch, weil ich hier oben Ruhe habe. Will mich nicht von meinem Vater zutexten lassen. Jammert dauernd.«

»Warum?«, fragte Lilly.

»Arbeitslos. Findet hier keinen Job, obwohl er Ingenieur ist. Hält es ohne Arbeit nicht aus. Ist total deprimiert. Hat dein Vater eine Stelle?«

»Mmh«, machte Lilly. Warum sollte sie einem Fremden erzählen, dass sie ohne Vater aufwuchs? Sie sprach nie über ihn, hatte ihn komplett aus ihrer Erinnerung verdrängt, seit er vor sieben Jahren ausgewandert war und sich nie mehr gemeldet hatte.

Ob dieser Vitali ihr helfen konnte, aufs Dach zu gelangen? Sollte sie ihn fragen? Oder besser nicht?

»Was ist mit dem Dach?«, hörte sie sich da schon sagen. »Weißt du, wie man raufkommt?«

Vitali grinste. Er griff in seine Jackentasche und hielt ihr ein kurzes Eisenstück unter die Nase.

»Damit.«

Er platzierte den Vierkantschlüssel im Rahmen des Fensters und drehte ihn, bis das Fenster sich öffnen ließ.

Ein routinierter Satz und Vitali stand auf dem Flachdach. Von oben streckte er die Hände nach Lilly aus.

»Na, komm schon.«

Ganz wohl war ihr nicht in ihrer Haut, trotzdem ließ Lilly sich beim Hochsteigen helfen. Sie hatte sich nun mal in den Kopf gesetzt, vom Dach aus Ausschau nach Pferdeweiden zu halten. Jetzt musste sie das auch durchziehen.

Oben pfiff der Wind heftiger als unten auf der Straße. Er drückte kalte Luft unter Lillys Jacke und plusterte sie auf.

»Komm weg hier, bevor uns jemand durchs Fenster sieht«, forderte Vitali und zog Lilly vom Einstieg weg. Sie traten vorsichtig über Abflusslöcher hinweg, umrundeten die Aufbauten für Mobilfunkantennen und einen schwarzen Würfelvorbau mit zerbeulter Eisentür.

»Die Tür dort drüben ist immer abgeschlossen«, sagte Vitali. »Geht nur durchs Fenster.«

Lilly schlang die Arme um ihre Schultern. Ihr war furchtbar

kalt. Wie merkwürdig die Welt von hier oben wirkte. Wie eingefroren. Das einzig Lebendige waren Scharen von Silbermöwen, die über das Dach strichen. Eine stattliche Möwe drehte knapp über Lillys Kopf und ließ sich auf einer Antenne nieder. Vom Gestänge aus beäugte der Vogel sie, ohne sich zu rühren. Eigentlich mochte Lilly Möwen, doch diese wirkte irgendwie lauernd. Oder erschien ihr einfach alles bedrohlich, weil sie ihre Sicherheit eingebüßt hatte, seit sie in Hamburg angekommen war? Wie kalt die unbeweglichen runden Augen wirkten. Keine Sekunde nahm der Vogel den Blick von ihr.

Auch Vitali starrte Lilly an.

Kaum bin ich einen Tag in Hamburg, da stehe ich mit einem wildfremden Kasachen auf einem Hochhausdach. Wie lebensmüde bin ich eigentlich?

Lilly blieb in Habtachtstellung, während sie den Blick schweifen ließ. Im Norden nahmen Wohnsilos komplett die Sicht. Aber im Westen – da erstreckte sich vor dem roten Abendhimmel die riesige Stadt mit runden und spitzen Kirchtürmen und mit Backsteinfassaden, die in der tief stehenden Sonne erglühten. Durch die Stadt zog sich ein endloses silbernes Band, das ab und zu hell aufblitzte.

»Die Elbe und davor der Hafen«, sagte Vitali, der ihrem Blick folgte. »Hammer, oder?«

»Ja. Tierisch schön.«

Vitali seufzte und fuhr durch sein blondes Bürstenhaar.

»Diesen Ausblick kann ich wahrscheinlich bald vergessen. Meine Eltern wollen zurück nach Kasachstan. Ausgerechnet jetzt, wo wir uns richtig eingewöhnt haben, mein Bruder und ich.«

»Ach wie blöd«, sagte Lilly geistesabwesend. Sie dachte nur an ihre Pferdeweiden.

Lilly ging weiter, dieses Mal in die andere Richtung. Und endlich entdeckte sie im Osten, was sie suchte: Weitläufige Felder und wintergraue Äcker lagen ihr zu Füßen, unterteilt durch wenige schmale Gehölze. Sogar einen Bauernhof sah sie, gesäumt von einem Strommastenwald.

Lilly wollte näher an die Brüstung herangehen, aber sofort griff Vitali nach ihrer Jacke und hielt sie fest.

»Lass das. Wenn dich jemand an der Kante sieht, hast du blitzschnell die Feuerwehr hier. Die denken, du willst springen.«

»Schwachsinn«, sagte Lilly und verdrehte die Augen. »Ich will doch nur nach Pferdeweiden gucken.«

Das wollte sie Vitali gar nicht sagen, die Weiden waren ihr einfach herausgerutscht.

»Was?«

Vitali ließ ihren Arm los und trat einen Schritt zurück. Er musterte Lilly, als ob sie nicht richtig tickte. »Bist du krank? Dafür steigst du aufs Dach?«

»Ja Mann. Ich will sehen, in welcher Richtung Reitställe liegen. War heute den ganzen Tag mit dem Rad unterwegs und hab nichts gefunden. Bin total gefrustet. Hamburg soll doch eine Pferdestadt sein.«

Vitali lachte.

»Guck ins Internet.«

»Hab im Moment keinen PC. Nicht mal ein Telefonbuch.«

»Soll ich dir was ausdrucken? Ich steck's dir in den Briefkasten. Wie heißt du hinten?«

»Das würdest du tun? Lilly Beier. Zweiter Stock. Danke, Mann.«

»Okay. Ich wohne im Vierten. Vitali Vogt.«

»Komisch. Vorne russisch, hinten deutsch.«

Vitali hob die Schultern und grinste.

»Nicht so komisch wie jemand, der aufs Hochhaus steigt, um Pferde zu sehen. Willst du noch einen Tipp hören?«

»Immer.«

»Erzähl nicht ohne Not, dass du hier wohnst. Wenn du Beifußweg sagst, hast du verloren.«

Er streckte die geballte Faust aus und drückte sie Lilly fest gegen die Stirn. »Das ist wie ein Stempel: Problemviertel.«

Lilly schüttelte seine Hand ab.

»Echt?«

»Und ob. Mit dieser Adresse kriegst du nicht mal einen Handy-Vertrag.«

»Brauche ich nicht. Meine Mutter rückt nur Prepaid heraus. Aber . . . was ist, wenn ich gefragt werde, wo ich wohne? Soll ich etwa sagen, ich liege im Hafen vor Anker?«

»Hast ja Fantasie! Sag einfach, du kommst aus der Gegend Bergedorfer Hauptstraße. Mache ich auch. Die ist ewig lang und führt durch viele Wohngebiete. Und jetzt runter, bevor der Hausmeister uns entdeckt.«

Noch am selben Abend fand Lilly im Briefkasten im Hauseingang zwei Seiten mit Reitstall-Adressen. Dabei lag ein handgeschriebener Zettel mit Vitalis Handynummer und der Bemerkung »Kannst dir den Fenstergriff bei mir abholen, wenn du wieder hoch willst«.

Lilly schrieb ihm sofort eine SMS.

Cool, die Adressen. Danke. Lilly

Schon okay. Vitali

Aufgekratzt setzte Lilly sich abends mit dem neuen Stadtplan an ihren Schreibtisch und notierte sich die Strecken zu einem halben Dutzend Hamburger Reitställe.

3.

Am nächsten Morgen, es war Sonntag und der letzte freie Tag vor Schulbeginn, packte Lilly zwei Bananen ein und verschwand ohne Frühstück aus dem Haus. Ihre Mutter schlief noch. Lilly hatte ihr einen Zettel unter die Kaffeedose geschoben.

Bin mit Bus und Bahn unterwegs zu Reitställen. Drück die Daumen, dass ich etwas finde. Bin wieder da, bevor es dunkel wird. Hab mein Handy an. XXX.

Um acht Uhr saß Lilly in der U-Bahn auf dem Weg zum ersten Reiterhof. Sie musste mehrfach umsteigen. Lilly irrte durch ein Gewirr von unterirdischen Gängen und Treppen. Eine fremde Welt. Es würde nicht leicht werden, sich in dieser großen Stadt heimisch zu fühlen. Wenn sie an den U-Bahn-Knotenpunkten zwischen all den unbekannten Menschen auf einem Bahnsteig stand, fühlte sie sich ganz verloren. Leise kroch das Gefühl in Lilly hoch, dass sie hier völlig unbedeutend war. Allein unter Millionen. Wen interessierte es schon, ob sie hier gern lebte oder nicht?

Wie anders und überschaubar war dagegen das Leben in Mallwitz gewesen.

Andererseits wusste Lilly: Wenn sie erst einen Reitstall gefunden hatte, eine Adresse, wo sie hinfahren und ohne Erklärungen zur Heugabel und zur Mistkarre greifen konnte, zum

Putzzeug und zum Hufkratzer, wo die Pferde ihre Köpfe hoben, sobald sie ihre Schritte auf der Stallgasse hörten – dann konnte sie auch in Hamburg zu Hause sein.

Es wurde eine frustrierende Rundfahrt mit Bussen, U-Bahnen und S-Bahnen. Obwohl es so viele Reitanlagen gab, schien es, als sei jeder einzelne Hof komplett mit arbeitswilligen Mädchen ausgestattet. Oft gab es auch Angestellte, ausgebildete Pferdewirte und Futtermeister.

Mittags meldete sich ihre Mutter. Selten hatte Lilly sich so gefreut, ihre vertraute warme Stimme durchs Handy zu hören, auch wenn ein wenig Sorge mitschwang.

»Na, Lilly, findest du dich zurecht in der Stadt? Hab ein mulmiges Gefühl, dass du so allein unterwegs bist.«

»Ach was, Mama, hier läuft alles ganz easy.« Auf keinen Fall wollte Lilly, dass ihre Mutter etwas von ihrer Enttäuschung mitbekam. Außerdem war ja noch nicht aller Tage Abend. Es gab noch so viele Reitställe zu besuchen . . . Doch nach jedem weiteren vergeblichen Versuch schrumpfte Lillys Hoffnung. Sie, die in ihrem ganzen Leben noch nie verzagt gewesen war, spürte nun, wie sie in der Millionenstadt den Boden unter den Füßen verlor. Bis zum späten Nachmittag machte Lilly keinen Hof ausfindig, der infrage kam.

Sie hatte einen Knoten im Magen, als sie im Linienbus zu den Hamburger Walddörfern saß, der sie zum letzten Reiterhof für heute bringen sollte. Wie allein sie sich fühlte. Panik flog sie an, als sich plötzlich eine neue, höhnische Stimme in ihrem Inneren meldete.

Glaubst du, die Hamburger Reitställe haben auf dich gewartet?

Diese spöttische Tonart kannte sie bisher nicht aus ihren

Gedanken. Tapfer versuchte Lilly, die Stimme in ihrem Kopf zu unterdrücken, aber sie flüsterte weiter.

Hier bist du eine von vielen, Lilly Beier, nichts Besonderes wie in Bülows Reitstall. Wen interessiert es in Hamburg, ob du gut reiten kannst? Mädchen wie dich gibt es zu Hunderten.

Unwillkürlich hielt Lilly sich die Ohren zu. Sie wollte dieses hässliche Raunen nicht hören, das ihr Selbstbewusstsein anknackste.

Der Bus fuhr in die Haltebucht ein. Lilly sprang hinaus und rannte, ohne einmal stehen zu bleiben, bis zum Reiterhof.

Hinterm Stall traf Lilly auf den Reitlehrer, einen freundlichen Ur-Hamburger, der sie mit »Moin, moin« begrüßte. Offenbar hatte er gerade Unterricht gegeben und war nun dabei, die Abendfütterung vorzubereiten.

Inzwischen kannte Lilly ihren Text auswendig, schließlich hatte sie heute schon bei fünf Ställen vorgesprochen.

»Ich bin vorgestern nach Hamburg umgezogen. Ist es bei Ihnen möglich, Reitstunden durch Hilfe im Stall abzuarbeiten? Ich reite seit vier Jahren.«

Der sportliche Mann stützte sich auf die Heugabel, mit der er soeben breite Lagen von Heulage von einem Ballen gelöst hatte.

»Weißt du, ich habe einen festen Angestellten und schon mehrere Mädchen, die regelmäßig helfen. Was du suchst, findest du vermutlich eher in einer kleinen privaten Anlage.«

Lilly bückte sich und hob die gelockerte Heulage auf eine Schubkarre. Wie ein Reflex war das. Wer lange im Stall gearbeitet hatte wie sie, konnte gar nicht anders, als zuzupacken, wenn es nötig war.

Dann fühlte sie den erstaunten Blick des Reitlehrers und wurde rot.

»Oh, sorry . . . das war ganz automatisch.«

»Du bist richtig! Siehst gleich, wo Arbeit wartet. Wohnst du hier in der Nähe?« Er fuhr fort, Heu abzuwickeln.

»Nicht wirklich. Beifußweg.«

Als sie den Straßennamen nannte, sah er unwillkürlich auf, flüchtig nur, aber sie bemerkte es trotzdem.

Genau, wie Vitali vorhergesagt hat. Der Beifußweg scheint ja echt einen super Ruf zu haben . . .

»Also Hamburg-Ost. Ganz schön weit bis hierher«, sagte er. »Zu umständlich. Warte eine Sekunde, ich schreibe dir eine Adresse in deiner Nähe auf. Grüntalhof, ein kleiner, privater Stall. Keine Reitschule. War früher ein Rinderbetrieb, Pferde stehen dort erst seit ein paar Jahren.«

Der Reitlehrer zog einen Einkaufsbon aus der Hosentasche, kritzelte die Adresse auf die Rückseite und gab ihn Lilly.

»Könnte mir denken, dass die Leute dort Arbeitsmöglichkeiten für dich haben. Ich glaube, vor der Anlage hält sogar ein Linienbus.«

»Supernett von Ihnen. Danke schön.«

Endlich ein Hoffnungsschimmer.

Als Lilly den Stall verließ, zog die Dämmerung als rosagraues Wolkenband über den Weiden herauf. Heute war es zu spät für den Grüntalhof. Aber morgen, gleich nach der Schule, würde sie hinfahren.

4.

Als Neue in eine Klasse zu kommen, stellte Lilly sich grauenhaft vor. Sie wunderte sich darum nicht, dass sie Montagmorgen mit Bauchschmerzen aufwachte. Das war Stress pur. Nicht einmal die Aussicht auf den Grüntalhof half ihr über die Aufregung hinweg.

Zu Hause ging es hektisch zu. Lillys Mutter lief nervös zwischen Bad und Flurspiegel hin und her und zog sich dabei die Lippen nach.

»Kinder, macht hin, ich kann nicht gleich am ersten Tag zu spät kommen.«

Lilly war erleichtert, dass sie die Zwillinge nicht in die neue Schule bringen musste. Das übernahm ihre Mutter, weil die Sache mit der Nachmittagsbetreuung geklärt werden musste. Tim und Felix haben es gut, dachte Lilly, als sie das Hochhaus verließ. Die sind immer zu zweit, auch jetzt in der neuen Schule. Ich muss mich allein durchschlagen.

Mit Dutzenden anderen Leuten stieg Lilly die Treppe in den Untergrund zur U-Bahn hinab. Nach einigen Stationen musste sie umsteigen und quetschte sich in den Bus zu ihrem neuen Gymnasium. Jetzt um halb acht im Berufsverkehr war der Bus bis zum letzten Platz gefüllt. Lilly musste stehen. Drei Jungs, nicht viel älter als sie, schoben sich durch den Gang, drängelten die Fahrgäste mit Ellenbogen rücksichtslos beiseite. Beim kleinsten Bremsen ließen sie sich aggressiv gegen ihren Nebenmann fallen.

Stumm studierte Lilly den Streckenplan über sich an der Busdecke. Hier wehte ein anderer Wind als in ihrem beschaulichen Dorf auf der anderen Elbseite. Sie würde sich ganz schön umstellen müssen.

Noch drei Stationen. Lilly versuchte, sich unsichtbar zu machen, und starrte aus dem Fenster in die Morgendämmerung.

Endlich schnarrte die Automatenstimme durch den Bus.

»Gymnasium Südost.«

Lilly sprang aus der Tür. Mit ihr stiegen lediglich zwei andere Schüler aus. Aus dem Bus gegenüber, der fast gleichzeitig aus anderen Stadtteilen vorfuhr, quollen dagegen Massen von Jugendlichen.

Auf dem weitläufigen Pausenhof schlurften aus allen Richtungen neue Schüler herbei und umarmten sich, wenn sie zusammentrafen. In kleinen Gruppen standen sie beieinander, grau und schwarz gekleidet, die meisten in Jeans. Einige in Lillys Alter hörten auf zu reden, als sie mit gesenktem Kopf vorüberhuschte.

Furchtbar, die Neue zu sein. Immerhin habe ich das richtige Anziehteil für diesen Laden an.

Lilly duckte sich in die Kapuze ihres grauen Sweatshirts, steckte die Hände in die gleichfarbige Steppjacke und eilte auf das lang gestreckte Schulgebäude zu.

Neben der Cafeteria hing das Hinweisschild »Zum Schulbüro«. Dort sollte sie sich melden.

Am Empfangstresen lehnte eine schlanke Frau mit sehr kurzem Haar, randloser Brille, Jeans und Norwegerjacke. Unterm

Arm trug sie eine Ledertasche, die schier aus den Nähten platzte.

»Bist du Lilly Beier?«, fragte sie freundlich, als Lilly eintrat.

Lilly nickte überrascht. Sie wurde abgeholt?

»Prima. Ich bin Frau Schulte, deine Klassenlehrerin.«

Sie streckte Lilly die Hand entgegen. »Herzlich willkommen bei uns im Südost. Gehen wir gleich zusammen nach oben.«

Im ersten Stock bahnten sie sich einen Weg durch lärmende, lachende Schülermassen zur Ecktür mit dem Schild »Klasse 8a, Frau Schulte«.

Gemächlich verteilten sich zwei Dutzend Mädchen und Jungen an Zweier- und Vierertische, als Frau Schulte hereintrat. Vor der Wandtafel blieb die Lehrerin stehen.

»Ich habe euch eine neue Mitschülerin mitgebracht, Lilly Beier.«

»Hi«, piepste Lilly.

Oh nein! Vor Ärger über ihre Kleinkindstimme hätte Lilly sich am liebsten ein Loch in die Lippe gebissen. Wieso flüsterte sie so peinlich? Warum sagte sie nicht laut und deutlich »Morgen zusammen« oder so etwas? Jetzt würden sie alle für eine graue Maus halten, die den Mund nicht auf bekam.

»Wir haben letzte Woche einen neuen Sitzplan aufgestellt. Für dich habe ich einen Platz neben Maike frei gehalten.«

Frau Schulte zeigte auf eine kleine Blonde mit krausem Haar und Zahnspange. »Gleich dort drüben an der Türseite.«

Maike grinste Lilly neugierig an, als sie ihren Rucksack an den Haken hängte und den Stuhl zurückzog. Sofort kam die gefürchtete Frage »Wo wohnst du?«.

Auf keinen Fall sage ich Beifußweg . . . ich bin gewarnt.

»Bergedorfer Hauptstraße«, flüsterte Lilly. »Nicht genau, aber in der Nähe.«

Maike nickte und zog eine Mappe aus dem Rucksack. Die Auskunft schien ihr zu genügen.

Vor der Pause hatte Lilly Angst. Worüber sollte sie reden? Und mit wem? Konnte sie sich vielleicht in ein Gespräch über Pferde einklinken? Oder gab es hier Cliquen, die sich wie Betonmauern abschotteten?

Aber zu Lillys Erleichterung bewegten sich die Schüler in der Pause ohne feste Gruppen zwischen Cafeteria und Schulhof, riefen sich im Vorbeigehen etwas zu.

Heute schienen alle nur ein Gesprächsthema zu haben: ein geplatztes Konzert.

Wer die Alphaleute in der 8a waren, war Lilly schnell klar: Patrick, Tobias und Charlotte. Der baumlange Patrick war der umschwärmte Modefuzzi der Klasse. Tobias machte großspurig auf Macho.

Und dann war da Charlotte, groß, blond und lustig – ein besonderer Fall. Als Einzige in der Klasse trug sie flippige Teile: Nietenarmband, Haarreifen mit Steinchen, tief ausgeschnittenes Glanzshirt und Röhrenjeans, die in schwarzen Arbeiterboots steckten. Dabei hatte sie gar nicht die Figur für enge Sachen. Charlotte war ziemlich pummelig, was sie allerdings wenig zu stören schien.

Selbst dann nicht, als Patrick sie provozierend anmachte.

»Mann, Charlotte, ich dachte, nach deiner Mandel-Operation konntest du nichts essen! Aber du bist noch fetter geworden, oder?«

Da blitzte sie ihn aus ihren blauen Augen an und lachte nur.

»Na klar. Damit ich Kerle wie dich plattwalzen kann, wenn sie mir dumm kommen.«

Lilly konnte sie nur bewundern.

Pferde wurden nur ein einziges Mal erwähnt, als Tobias unter dem Gelächter der Klasse über die Freundin seines Bruders lästerte: »Eine blöde Pferdetussi! Hat nur Stroh im Kopf wie ihre dummen Gäule.«

Da war Lilly klar: Wenn sie Wert darauf legte, in der 8a ein Außenseiter zu bleiben, musste sie nur erzählen, dass sie einen Reitstall suchte.

Tobias riss dauernd unterirdische Witze, über die meistens gelacht wurde, auch über seine Fotos, die er heimlich auf dem Handy in die Runde zeigte. Lilly blinzelte über das Display hinweg auf den Boden. Die Bilder waren ihr peinlich, aber sie sagte nichts. Sollte sie als spießiges Landei gelten?

Wird hart, sich mit diesen Typen anzufreunden. Jetzt brauche ich noch dringender ein Pferd als Rettungsanker.

Als der Schlussgong um kurz nach zwei ertönte, sprang Lilly auf und sauste nach draußen. Bloß nicht an der falschen Seite der Straße auf den Bus warten, wo jeder sehen konnte, dass sie Richtung Beifußweg fuhr.

Sie lief ein Stück zu Fuß bis zur nächsten Haltestelle. Der erste Schultag war geschafft.

Jetzt musste sie nach Hause, Hausaufgaben machen. Und zwar möglichst schnell.

Denn sie wollte heute nur eins: zum Grüntalhof.

Am späten Nachmittag stieg Lilly an einem breiten Rasenstück, das den Grüntalhof zur Hauptstraße begrenzte, aus dem Bus. Obwohl sie umsteigen musste, war sie schnell am Ziel gewesen.

Von der Haltestelle aus blickte Lilly über die kleine Anlage, die in einer weiten, nach Süden hin offenen Senke lag. In der Mitte des Hofs ragte die Reithalle auf. Bei dem angrenzenden Gebäude rechts musste es sich um den Stall handeln, denn davor lagen einige eingezäunte Einzelpaddocks.

Lilly peilte die Lage. Draußen war niemand zu sehen. Auch nicht auf dem Außenreitplatz weiter hinten. Jetzt im Januar war der Boden sicher holprig hochgefroren. Unter einer Reihe kahler Bäume stand ein ausgedienter Lastwagen-Anhänger mit Plane. Lilly kannte solche Hänger. Bei ländlichen Wettkämpfen wurden sie als Sitz für die Turnierrichter mit Girlanden geschmückt.

Heißt das . . . es gibt hier sogar kleine Turniere?

Mit klopfendem Herzen lief Lilly den abschüssigen Asphaltweg herunter. Vor einer struppigen Hecke parkten zwei Golfs. Der Parkplatz wurde am Ende von einem zweigeschossigen Haus begrenzt.

Bestimmt wohnte dort der Besitzer. Sollte sie klingeln?

Ach nein, lieber vorher einen Überblick gewinnen. Erst mal zum Stall. Die hohe Holztür war nur angelehnt. Vorsichtig zog Lilly sie ganz auf.

»Hallo«, rief sie halb laut. »Darf ich mich mal umsehen?«

Zwischen Sattelkammer und weiß gefliestem Waschplatz betrat sie die helle Stallgasse. Lilly atmete tief durch. Schön, so eine vertraute Stallumgebung.

»Ist hier jemand? Hallo?«

Ungefähr ein Dutzend brauner und schwarzer Pferde streckte Lilly interessiert die Köpfe entgegen. Ausnahmslos gepflegte Großpferde.

»Hallo, ihr Süßen«, flüsterte sie.

Einige Pferde standen im Freien auf vorgebauten Paddocks. Lilly sah sie draußen dösen, hinter Vorhängen aus glasklaren Pendelstreifen, die als Kälteschutz für den Stall dienten.

Die Stallgasse wirkte verwaist, obwohl drei aufgeklappte Putzkastendeckel und Striegel vor den Boxen davon zeugten, dass irgendwo Reiter herumschwirrten.

Lilly warf einen raschen Blick auf die Stalltafeln an den Boxen. Auf allen Schildern standen Besitzernamen, soweit sie das erkennen konnte. Schulpferde schien es nicht zu geben. Auch keine Ponys.

Wahrscheinlich reiten hier viele Erwachsene, dachte Lilly hoffnungsvoll. Berufstätige, die erst abends kommen. Wer einen Job hat, brauchte auch ein Pflegemädchen.

Lilly verließ den Stall und ging den kurzen Weg über den Hof zur Reithalle hinüber. Zentimeterweise, um nicht aufzufallen, zog sie die Tür auf und spähte durch den Spalt.

Vielleicht finde ich jemand, der mir sein Pferd zum Pflegen gibt. Oder zum Trockenreiten.

Drei Pferde waren in der Halle unterwegs. Zwei riesige Braune, die unter ihren perfekt sitzenden Reiterinnen auf dem Zirkel gingen. Als Dritter trabte gerade ein mittelgroßer Schimmel mit wallender Mähne am Türspalt vorüber. Er äugte nach rechts und spitzte die Ohren. Lilly lächelte, natürlich nahm er sie mit seinen feinen Antennen wahr.

Lilly schob sich näher an die Türöffnung. Sie wollte mehr von ihm sehen. Wie herrlich der Schimmel über den Boden schwebte! Wie effektvoll er die Beine anhob! Scheinbar schwerelos wirkte das, obwohl seine Reiterin fast zu groß für ihn war. Das Pferd war nicht ungewöhnlich hoch. Kein Riese wie der Rotbraune auf dem oberen Zirkel, trotzdem schien der Schimmel den ganzen Raum auszufüllen. Lilly war wie geblendet. Wo er ging, leuchtete die Halle.

»Präsenz nennt man das, wenn ein Pferd ein echter Hingucker ist«, hatte Reitlehrer Bülow gesagt. »Dabei kommt es gar nicht auf die Größe an. Selbst ein kleines Fjordpferd kann alle anderen überstrahlen. Das liegt einfach an der Persönlichkeit des Pferdes.«

Was für eine Rasse mochte der Schimmel sein?

Lilly kannte viele Ponys und Pferde, Haflinger, Fjordies, Shettys, Lewitzer Schecken natürlich, Araber, Hannoveraner, Holsteiner, Mecklenburger, Trakehner, Oldenburger, Freiberger, Württemberger, Westfalen, aber dieser war etwas niedriger und kompakter als die gängigen Großpferde. Und dann der wallende Behang, die gewellte Mähne und der Schopf, der weit in die Stirn fiel. Ein Lipizzaner vielleicht? Berber? Oder ein Spanier?

So einen reiten zu dürfen . . .

Erhoff dir bloß nicht zu viel, höhnte die neue Warnstimme in Lillys Kopf. *So ein Prachtkerl – dafür stehen die Pflegemädchen Schlange. Meinst du, der Besitzer ist ausgerechnet auf dich angewiesen?*

Lilly stand vor der Tür mit ihren neuen Minderwertigkeitsgefühlen und kam sich grau vor. Als hätte der Beton aus der Siedlung schon auf sie abgefärbt.

Der Schimmel wurde zum Schritt durchpariert, marschierte

jetzt mit raumgreifenden Bewegungen auf dem zweiten Hufschlag neben der Bande und wurde in der Mitte zum Halten aufgestellt.

Diese große Reiterin . . . auf unbestimmte Weise kam sie Lilly bekannt vor, aber unter dem runden Schutzhelm konnte man sie schlecht sehen.

Sicher verwechsle ich sie, dachte Lilly, außer Vitali kenne ich doch keinen Menschen in Hamburg.

»Machst du schon wieder Schluss, Charlotte?«, rief die Frau auf dem Dunkelbraunen aus der Ecke. »Hast es ziemlich eilig in letzter Zeit.«

Charlotte hieß sie? Lilly wurde hellhörig. Doch nicht etwa . . .

»Ja, blöd. Hab so viel für die Schule zu tun.«

Die junge Reiterin schwang sich aus dem Sattel, zog die Bügel hoch und rieb ihr Gesicht liebevoll am Nasenrücken des weißen Pferdes. Im nächsten Moment richtete sie ihren Blick auf die Hallentür.

Tatsächlich: Charlotte aus ihrer Klasse.

Unglaublich.

Lilly zuckte zurück. In aller Hast drehte sie sich um, lief an der Halle entlang und verbarg sich hinter der nächsten Ecke. Aus dem Versteck lugte sie zum Ausgang. Wenig später trat Charlotte mit ihrem Pferd am Zügel aus dem Tor. Zärtlich strich sie dem Schimmel über die Backe und flüsterte ihm ins Ohr, während sie ihn über den Hof zum Stalleingang führte, der keine zwanzig Schritte entfernt lag.

Lilly biss sich auf die Unterlippe. Hier jemanden aus der 8a zu treffen, überraschte sie. Damit hatte sie nicht gerechnet, nicht nach diesem ersten Schultag. Andererseits – wenn überhaupt jemand aus ihrer Schule ritt, dann natürlich hier auf dem Grüntalhof. Schon wegen der guten Busverbindung.

Unschlüssig stiefelte Lilly auf dem schmalen Streifen hinter der Halle auf und ab, wo das graue Gras vom letzten Jahr stand, das ihr feucht um die Waden strich.

Was sollte sie tun? Einfach zu Charlotte in den Stall marschieren und sie ansprechen?

Aber wie? Etwa: »Witzig, dass ich dich hier treffe. Du brauchst nicht zufällig eine Reitbeteiligung? Ich bin ziemlich gut in Dressur. Soll ich mal vorreiten? Bezahlen kann ich allerdings nichts, aber ich könnte deine Stallarbeit übernehmen.«

Nein, idiotisch.

Überhaupt ein irrer Traum zu glauben, Charlotte hätte keine Reitbeteiligung für ein derart edles Pferd. Jeder würde sich die Finger danach lecken, jeder. Charlotte würde kaum auf sie warten . . . ausgerechnet auf sie, Lilly Beier, die Neue in der Klasse.

Dass Charlotte in der 8a zu den Alphaleuten gehörte, machte es doppelt heikel. Nach diesem einen Schultag konnte Lilly sie noch nicht wirklich einschätzen. Lustig und selbstbewusst war sie heute Morgen gewesen, das stand fest. Aber war Charlotte auch fair? Oder ein Biest? Eine fiese Ratte vielleicht? Mit Pech erzählte sie in der 8a: »Die Neue ist mir heimlich zum Reiterhof gefolgt. Wollte sich anschleimen. Dabei hat diese Lilly nicht mal Geld für eine Reitbeteiligung.«

Dann hatte sie gleich zweifach verloren. Auf dem Grüntalhof und in der Schule.

Zum zehnten Mal wechselte Lilly die Richtung auf ihrem

Marsch hinter der Hallenrückwand. Das nasse Gras hinterließ Wasserränder im Stoff der Turnschuhe. Ihre Füße fühlten sich klamm und kalt an.

Wie verliebt Charlotte ihren schönen Schimmel getätschelt hatte.

Wer so nett zu Pferden ist, kann doch kein Fiesling sein. Ich gehe rein und spreche sie an.

Lilly wagte sich aus der Deckung hervor.

Im selben Moment schoss Charlotte aus der Stalltür und rannte den Weg zur Haltestelle hoch. Auf der Hauptstraße rollte der rote Stadtbus vor. Wahrscheinlich hatte Charlotte die Abfahrtzeiten haargenau im Kopf. Leise zischend öffneten sich die Bustüren und schon war ihre neue Mitschülerin dahinter verschwunden.

»Bescheuert«, sagte Lilly laut und versetzte der Holzwand einen Fußtritt. »Warum habe ich bloß gewartet?«

Dass Charlotte so blitzschnell mit dem Putzen fertig war, konnte sie schließlich nicht ahnen. Und nun? Den nächsten Bus nach Hause nehmen? Oder – weil sie sowieso hier war – im Stall nach Arbeitsmöglichkeiten fragen?

Die zweite Möglichkeit!

Lilly strebte dem Stall zu. Sie fror jetzt, zog die Schultern hoch. Ihre Füße fühlten sich an wie Eisklumpen, kein Wunder bei den durchnässten Schuhen.

Wie vorhin lag der Pferdestall menschenleer vor ihr. Am Eingang blieb Lillys Blick an einem Pinnbrett mit handgeschriebenen Nachrichten hängen. Sie könnte dort einen Zettel anbringen: »Reitbeteiligung gegen Stallarbeit gesucht. Vier Jahre Reiterfahrung.«

Aber das hatte Zeit. Nun erst einmal zu Charlottes Pferd ...

Mit schnellen Schritten ging Lilly an der Sattelkammer vorbei, spähte auf die Stallgasse, ob sie den Schimmel entdeckte ... und da stand sie auch schon vor ihm.

Fasziniert verharrte Lilly vor seiner Box.

»Arcos«, las sie an der Boxentür, der ersten von allen. »Andalusier.«

Lilly seufzte vor Bewunderung, als sie das Pferd betrachtete. Arcos sah aus wie aus einem Märchenbuch entsprungen. Wie perfekt sein Rücken geformt war. Und diese muskulösen Schultern, die breite Brust. Wenn er vorgebeugt dastand wie jetzt, konnte man seine schön gerundete Kruppe mit dem üppigen Schweif sehen. Über den schimmernden Hals wallte eine dichte weiße Mähne lang herunter. Perfekter konnte ein Pferd nicht aussehen. Dabei hatte sie sein Gesicht noch gar nicht gesehen, denn der Andalusier hatte die Nase ins Stroh gesenkt und fraß.

»Eigentümer: Kerstin Stieger«, stand neben Arcos' Namen geschrieben.

Also gehörte er Charlotte gar nicht. War Kerstin Stieger ihre Mutter? Oder war Charlotte die Reitbeteiligung?

Arcos blickte auf, kurz nur, und beäugte Lilly. Was für schöne Augen er hatte. So warm. So ausdrucksvoll.

Es kam Lilly vor, als vergewisserte sich das Pferd, dass auf der Stallgasse alles seine Richtigkeit hatte mit dem unbekannten Menschen dort. Mit diesem zerbrechlichen, frierenden Mädchen im Kapuzenshirt. Nach wenigen Sekunden schien er seine Überprüfung abgeschlossen zu haben, denn Arcos wandte sich wieder seinem frischen Stroh zu.

Mit beiden Händen umfasste Lilly die glatten Gitterstäbe und beobachtete Arcos, wie er genussvoll und bedächtig Halm für Halm im Maul verschwinden ließ.

Wie kann man von diesem Traumpferd so schnell wegrennen wie vorhin Charlotte? Ich würde bis Mitternacht bleiben, wenn ich nur dürfte. Ach was, die ganze Nacht.

Ja, aber du darfst nicht, meldete sich die spöttische Stimme in ihrem Kopf. *So ein Pferd ist etwas für Leute mit Geld. Schlag dir den Andalusier aus dem Kopf, Lilly Beier.*

Lilly versuchte, so gut es ging, die zweite Stimme zu ignorieren. Sie konnte sich einfach nicht von Arcos lösen. Was für ein Pferd. Über spanische Pferde hatte sie letztes Jahr eine ausführliche Reportage gelesen, aber wirklich und wahrhaftig vor einem Andalusier zu stehen, war doch etwas anderes.

Erneut hob Arcos den Kopf. Leicht irritiert musterten seine schwarzen Augen Lilly.

Ist noch was?

Lilly hielt die Luft an.

Er nahm Kontakt auf!

Er redete mit ihr – so nannte Lilly das, wenn ein Pferd Signale sendete. Signale, die man als Mensch verstand, wenn man gut genug hinhörte. Wenn man ein Pferd nur genau genug beobachtete und sich in seine Gedankenwelt hineinversetzte. Palando, ihr verschmuster Mecklenburger, war so ein besonderes Pferd gewesen, mit dem sie sich perfekt verständigen konnte. Manchmal hatte Lilly bei ihm das Gefühl gehabt, sie könnte wörtlich aufschreiben, was er ihr mitteilen wollte. Seine Freude, seine Ängste, seine Vorlieben, sein gesamtes Seelenleben.

Und nun Arcos.

»Soll ich wiederkommen?«, flüsterte sie, als er vom Boden zu ihr nach oben schielte.

Sehr leise sprach Lilly, für den Fall, dass jemand sie hörte und für verrückt hielt, weil sie wie eine Gestörte vor sich hin brabbelte. Eine der Reiterinnen womöglich, bei denen sie sich nach einem Pflegepferd erkundigen wollte. Aber sie sah niemanden auf der Stallgasse.

Und plötzlich wollte Lilly auch gar nicht mehr, dass jemand aufkreuzte, den sie nach einer Reitbeteiligung fragen konnte.

Denn für Lilly gab es nur noch ein Pferd. Für sie stand fest: Sie wollte Arcos.

Größenwahnsinnig kam Lilly sich bei dem Wunsch vor. Überheblich. Lillys zweites Ich setzte ihr in Gedanken schwer zu.

Mach dich nicht lächerlich! Du bist darauf angewiesen, dass jemand dir großzügig seinen Vierbeiner zum Pflegen überlässt! Glaubst du, du könntest auch noch auswählen, welches Pferd du reiten willst?

Auf dem Hof wurden Frauenstimmen laut.

Lilly schreckte zusammen. Die beiden Reiterinnen aus der Halle?

Fluchtartig verließ Lilly den Stall. Sie rannte durch die offen stehende Tür an der Rückseite nach draußen. Niemand durfte sie hier sehen, bevor sie mit Charlotte gesprochen hatte. Sonst roch ihr Besuch auf dem Grüntalhof tatsächlich nach Anwanzen.

Lilly linste um die Stallecke. Als sie keinen Menschen gewahr wurde, lief sie an den Paddocks vorüber zur Hauptstraße hinauf.

An der Bushaltestelle zog es von allen Seiten. Lilly zerrte sich die dünne Kapuze über die Ohren, drückte sich in die Ecke des gläsernen Wartehäuschens und fuhr mit dem Zeigefinger über die Abfahrtszeiten des Fahrplans. Fünfzehn Minuten musste sie auf den Bus warten. Mindestens vierzehn Minuten lang hätte sie also noch bei Arcos bleiben können.

Sehnsüchtig schaute Lilly zum Stall hinüber. Vierzehn verschwendete Minuten. Nicht mal verabschiedet hatte sie sich von ihm.

Lilly begann zu bibbern und hüpfte auf der Stelle. Wie ungemütlich kalt es an der Landstraße war.

Im vorderen Paddock tat sich etwas. Zwei Stränge herabbaumelnder Folienstreifen teilten sich und der Andalusierschimmel schob sich durch den Schutzvorhang nach draußen.

Mit erhobenem Kopf trat Arcos ins Freie, ließ seinen Blick schweifen, wuchs – und wandte ihr langsam sein Gesicht zu.

Lillys Herz klopfte schneller. Suchte er sie?

Bilde dir bloß nichts ein, Lilly Beier, das Pferd hat dich nur ein einziges Mal gesehen.

Egal. Sie sah doch, was sie sah – nämlich seinen Blick, der über den Hof genau in ihre Richtung zielte.

Aber warum wollte Arcos wissen, wo sie geblieben war? Es hatte doch gar keinen echten Kontakt gegeben zwischen ihr und ihm. Jedenfalls nicht den üblichen. Kein Schnauben, kein Schmusen, kein Anstupsen. Nur so beredt geguckt hatte er, mit diesem fragenden Blick: *Ist noch was?*

Oder war das pure Einbildung gewesen? War ihr Wunsch übermächtig, er möge mit ihr reden?

Lilly drängte ihre Zweifel beiseite.

Fest stand: Arcos war aus seiner Box gekommen.

Fest stand: Er sah zu ihr herauf.

Fest stand auch, dass sie plötzlich nicht mehr fror.

Ein Zauber ging von dem Pferd aus, ein eigenartiger, fesselnder Reiz – selbst auf die Entfernung noch.

Es war, als hätte sein durchdringender Blick einen Glücksschalter in ihr umgelegt.

Ich setze Himmel und Hölle in Bewegung, um Arcos reiten zu dürfen.

5.

Wenn ich mich noch einmal zu Charlotte umdrehe, dachte Lilly, als sie am nächsten Morgen im Klassenraum zum wiederholten Mal zu ihr hinüberlinste, sieht das aus, als suchte ich Anschluss bei ihr, weil sie das Alphamädchen ist. Dabei geht es mir doch gar nicht um sie. Nur um Arcos.

Leider saß Charlotte in der entgegengesetzten Zimmerecke, an einem Vierertisch am Fenster.

Sie hatten Deutsch, Aufsatz. Innere und äußere Handlung. Techniken des Erzählens hatte Lilly auf ihrer alten Schule schon vor einem halben Jahr durchgenommen. Statt zuzuhören, konnte sie also unbesorgt darüber nachgrübeln, wie sie das Gespräch auf Pferde bringen konnte. Leider fiel ihr aber nichts Gescheites ein.

In den Pausen wachte sie aufmerksam, ob sie Charlotte mal für ein paar Minuten allein erwischte, aber keine Chance. Immerhin schaffte es Lilly, ein paar unverfängliche Worte mit ihr zu wechseln, wenn auch inmitten von Mitschülern. Zu Lillys Freude grüßte Charlotte sie von dem Moment an mit lässigem Handheben, wenn sie sich in der Cafeteria oder auf der Treppe begegneten. Doch mehr wurde nicht daraus, auch in den nächsten Tagen nicht.

Es war zum Verrücktwerden. An Charlotte war einfach kein Herankommen. Mittwoch und Donnerstag stand sie in der großen Pause ständig mit einem schwarz gekleideten Typen aus der Oberstufe zusammen. Da traute sich Lilly erst recht nicht zu ihr hin.

Auch nach der Schule hatte sie keine Chance, denn Charlotte rannte immer sofort zum Bus.

Am Freitag hielt Lilly es nicht länger aus. Sie musste endlich offiziell zum Grüntalhof fahren, zu Arcos, sonst wurde sie noch ganz irre. Es war ja jetzt schon so, dass sie abends vor dem Einschlafen nur an Arcos dachte und auch beim Aufwachen am Morgen war er Lillys erster Gedanke. Ständig stellte sie sich sein schönes Gesicht vor, diesen fragenden Ausdruck in seinem Blick, mit dem er sie gemustert hatte. Arcos könnte Glanz in ihr Leben bringen. Auch wenn sie ihn nicht reiten durfte, zumindest begrüßen wollte Lilly ihn und alles über ihn wissen.

Als Lilly am Freitag die Treppe zum Klassenraum hochstieg, nahm sie sich fest vor, in der ersten kleinen Pause zu Charlotte zu schlendern und ganz nebenbei nach der Buslinie zu fragen, die am Grüntalhof vorbeifuhr. Scheinbar ahnungslos wollte sie sich erkundigen, was das für ein Hof sei. Wenn niemand mithörte, *musste* Charlotte doch von ihrem Pferd sprechen – und ein Anfang war gemacht.

Aber Charlottes Platz am Fenster blieb leer.

»Charlotte lässt euch grüßen, sie muss die nächsten Tage zu Hause bleiben«, verkündete Frau Schulte zu Beginn der ersten Stunde. »Ihr Vater hat angerufen, Charlotte leidet unter Nachwirkungen der Mandeloperation.«

Oh nein! Jetzt kommt das endlos lange Wochenende – Samstag, Sonntag – und wieder nichts.

Auf dem Stuhl neben Lilly seufzte Maike auf: »Dann muss ihr garantiert wieder jemand die Hausaufgaben bringen.«

»Meinst du, sie fehlt länger?«, flüsterte Lilly.

Maike schüttelte den Kopf.

»Länger? Glaube ich nicht. Das duldet Charlottes Alter nicht. Harter Hund. Einen Tag krank und peng, muss jemand mit ihr pauken. Hölle. Der setzt sie total unter Druck. Na ja, unsere verrückte Charlotte steht auch nicht berauschend da, außer in Musik und Kunst.«

»Hallo, ihr dort drüben«, rief Frau Schulte zu ihnen herüber. »Bisschen mehr Ruhe. Oder lass uns an deinen Gedanken teilhaben, Maike.«

»Sorry, Frau Schulte, es ging gerade um Charlottes Hausaufgaben.«

Frau Schulte packte sich einen Stapel Arbeitsblätter auf den Arm und nahm Kurs auf ihren Tisch.

»Kannst du das wie gewohnt machen? Du wohnst am nächsten.«

Maike hob bedauernd die Arme. »Geht heute nicht. Muss gleich nach der Schule zum Kieferorthopäden wegen meiner Spange. Und von dort aus geht es direkt zu meiner Oma, das ganze Wochenende.«

Kerzengerade richtete sich Lilly auf. Das war ihre Chance. Sie sah ihrer Lehrerin ins Gesicht, beschwörend und eindringlich.

Bitte Frau Schulte, fragen sie doch mich! Ich würde furchtbar gern hinfahren. Ich muss dringend mit Charlotte über Arcos reden. Frau Schulte, fragen Sie mich ...

Sie versuchte, ihren Blick auf sich zu ziehen. Vielleicht funktionierte die wortlose Kommunikation nicht nur mit Pferden, sondern auch mit Lehrern.

Aufmerksam schaute Frau Schulte Lilly an. Bemerkte sie ihre stumme Bitte?

»Lilly, übernimmst du das heute mal?«, sagte sie da auch schon. »Es wäre gut, wenn Charlotte die Unterlagen von heute übers Wochenende durcharbeiten könnte. Am Montag lasse ich zum Thema innere Handlung einen Test schreiben. Du bist in Deutsch weiter als die Klasse, vielleicht kannst du ihr ja auch noch ein bisschen was dazu erklären.«

Fragend hielt sie Lilly zwei DIN-A4-Blätter hin.

»Klar, mache ich«, sagte Lilly so beiläufig, als wäre es nichts. Dabei musste sie sich zusammenreißen, damit ihre Stimme nicht zitterte, denn innerlich jubelte sie. Mit verstecktem Lächeln faltete sie die Arbeitsblätter und ließ sie in den Rucksack gleiten. Vielleicht ging es Charlotte morgen schon besser und sie könnten gemeinsam zu Arcos fahren. Gar nicht auszudenken . . . Lilly sprudelte fast über vor Aufregung und Vorfreude. Sie wollte ihre Freude unbedingt mit jemandem teilen, sonst platzte sie. Aber da musste sie bis mittags warten, dann erst konnte sie ihre Mutter in der Firma erreichen.

Für den Anruf zog Lilly sich hinter den Fahrradstand zurück.

»Mama, ich darf heute einer aus meiner Klasse die Hausaufgaben bringen.«

»Wunderbar, da kannst du ja gleich Kontakt knüpfen. Ist sie denn nett?«

»Ja, ich denke schon. Weiß du, wer es ist? Ausgerechnet Charlotte, die den schönen Andalusier reitet. Arcos. Weißt schon, ich habe dir doch von dem Wahnsinnsschimmel erzählt. Den ich ganz zuletzt entdeckt habe. Auf dem Grüntalhof. Genial, was?«

»Ach, das freut mich aber, Lilly. Dann sieh mal zu, dass du einen guten Eindruck machst.«

»Mama! Was soll das denn? Hältst du mich für bekloppt?«

»Schon gut. Kannst dir heute Zeit lassen, ich bin zu Hause, wenn Tim und Felix kommen.«

Kaum konnte Lilly den Schulschluss abwarten. Charlotte Jahrsens Adresse steckte in ihrer Hosentasche. Immer wieder tastete Lilly nach dem wichtigen Stück Papier.

Endlich ertönte der Gong. Lilly war bereits auf der Treppe zur Halle und an den Glasvitrinen vorbei, als Frau Schulte sie zurückrief.

»Ihr wohnt doch hoffentlich nicht zu weit auseinander, Charlotte und du? Im Moment weiß ich ehrlich gesagt nicht, wo du . . .«

Hastig fiel Lilly Frau Schulte ins Wort.

»Alles in Ordnung.«

Ihre Lehrerin sollte bloß nicht auf die Idee kommen, jetzt doch noch einen anderen Schüler zu betrauen und ihr die Chance auf Arcos kaputt zu machen.

»Ich bin ganz happy, wenn ich etwas mehr von Hamburg sehe.«

»Ach ja? Dann ist gut.«

Lilly sang leise vor sich hin, als sie zur Haltestelle schlenderte. Stoßend und lärmend überholten ganze Gruppen sie, aber sie sah nichts anderes als das lockende Bild von Arcos vor ihrem inneren Auge.

Zum ersten Mal nahm Lilly den Bus in die andere Richtung.

Am Rodigkamp stieg sie aus, nur vier Stationen von der Schule, und fand sich in einer anderen Welt wieder. Gemütliche Einfamilienhäuser standen hier, geborgen hinter immergrünen Hecken. Gemächlich harkte ein Mann im Overall altes Laub zusammen. Leichter Wind zerzauste in den Vorgärten Nester violetter Winterheide und bewegte die weißen Blüten niedriger Christrosen. An einem Spielgerüst im Vorgarten gaben zwei Frauen ausgelassen juchzenden Kindern Schwung im Drehkarussell.

Heile Welt.

Lilly verstand jetzt noch besser, was alle meinten, wenn sie mit diesem gewissen Unterton vom Beifußweg sprachen – eben *keine* heile Welt. Beton statt Blumen. Problemfamilien. Von Leuten aus der Großsiedlung erwartete man nicht viel. Kinder von dort gingen selten aufs Gymnasium, das hatte sie in der kurzen Zeit schon begriffen. Hamburg-Ost war auch kein Viertel für Reitermädchen. Die Jugendlichen aus der Siedlung trafen sich beim Kampfsport oder im Sonnenstudio. Man musste ständig gegen Vorurteile kämpfen, wenn man vom Beifußweg kam.

Charlotte darf nie und nimmer erfahren, wo ich wohne. Voll peinlich wäre das. Wenn sie in unser Wohngetto kommt, weiß sie sofort, dass ich darauf angewiesen bin, umsonst zu reiten.

Wer weiß, was sie dann von mir hält? Wahrscheinlich würde sie mir Arcos dann nicht mal zeigen. Vom Reiten ganz zu schweigen.

Rodigkamp Nr. 9 lag nur drei Minuten von der Haltestelle. Lilly war etwas überrascht, als sie vor Charlottes Elternhaus stand. Ein moderner Betonklotz mit Glasfronten, der zwischen den behaglichen Backsteinhäusern wie ein Fremdkörper wirkte.

Wenn ich Geld hätte, würde ich mir nicht so einen nackten Bunker bauen, dachte Lilly. Lieber etwas Romantisches, mit Kletterrosen bis zum Dach. Und natürlich mit Pferdestall im Garten.

Lilly schlug den breiten Weg zum Eingang ein. Feinkörniger Kies knirschte unter ihren Schuhsohlen. An der Haustür, vor dem matt glänzenden Stahlschild »Dr. Jahrsen«, fühlte Lilly sich auf einmal mulmig.

Auf ihr Klingeln öffnete Charlotte im Jogginganzug. In der Hand hielt sie ein halb volles Glas Wasser mit Eiswürfeln.

»Du? Ist was mit Maike?«, fragte sie als Erstes, als sie Lilly auf der Treppe sah.

»Kieferorthopäde.«

»Verstehe. Komm rein.«

Lilly war sofort leichter ums Herz. Charlotte benahm sich total normal, wie in der Schule.

Arcos, das Gespräch über dich rückt näher!

Charlotte nahm einen Schluck Eiswasser, winkte Lilly mit einer Handbewegung in die Diele und ging gurgelnd mit dem Kopf im Nacken vor.

Unauffällig sah Lilly sich im Eingang um. Sie hoffte auf eine Gerte im Schirmständer oder ein Pferdebild an der Wand, eine aufgestellte Skulptur vielleicht, ein Anknüpfungspunkt zur Reiterei.

Aber es gab gar keinen Schirmständer. Hinter der Haustür begann eine andere Welt. Eingefroren wie auf dem Hochhausdach. Künstlich leer, irgendwie unwirklich.

Metalllampen, graue Türen, Stahlkonstruktionen als Regale. Nichts stand herum.

Lilly dachte an ihre eigene Wohnung. Bei ihnen stapelte sich immer irgendetwas im Flur. Spielzeug, Rucksäcke oder die Skateboards von Tim und Felix.

Bei jedem Schritt trat Charlotte auf ihre Hosenbeine, die über den Boden schleiften und unten ausfransten.

Sie passt überhaupt nicht in diesen gestylten Schuppen, dachte Lilly unwillkürlich.

Im Bad spuckte Charlotte die Eiswürfel aus und kickte dann mit dem Fuß die angelehnte Tür zu ihrem Zimmer auf.

»Tut mir leid wegen der penetranten Ordnung draußen«, sagte sie. »Meine Mutter ist Innenarchitektin, die kann nicht anders.«

Hinter Charlottes Tür öffnete sich vor zwei bodentiefen Fenstern ein heller Raum, der im Gegensatz zur Diele achtlos eingerichtet war. Rund um einen abenteuerlich zugemüllten Schreibtisch stand alles voll mit schwarzen und grellbunten Sesseln.

Verstohlen suchte Lilly das Zimmer nach Pferdebildern ab, um sie als Aufhänger für ihr ersehntes Gespräch über Arcos zu nehmen. Nichts. An den Wänden hingen nur Schwarz-Weiß-Poster von schwer gepiercten Heavy-Metal-Gruppen, daneben drei kühne künstlerische Kohlezeichnungen, auf denen Trommeln, Becken und Schellenkränze zu erkennen waren.

Lilly beugte sich vor und studierte die großformatigen Zeichnungen hinter Glas. Völlig andere Bilder, als sie von einer Pferdefreundin erwartet hatte.

»Sammelst du so was?«

Charlotte zuckte die Schultern.

»Nö, alles von mir. Eigenproduktion.«

»Echt? Du hast ja Talent.«

Charlotte angelte ein blaues Kühlkissen zwischen den Papierstapeln auf dem Schreibtisch hervor, das sie sich vorsichtig an den Hals legte.

»Erzähl das mal meinem Vater. Der kriegt zu viel, wenn er die Bilder sieht. Malen ist für ihn Zeitverschwendung.«

»Und Geige? Das ist keine Zeitverschwendung?« Lilly deutete auf den Geigenrucksack, der in der Ecke stand. »Die darfst du spielen?«

Charlotte zuckte die Schultern.

»Darf? Ich *soll*. Öde ist das. Ich wollte immer nur ans Schlagzeug, da kann man mal richtig die Sau rauslassen und hört was Cooles. Auf der Geige kratze ich schon vier Jahre herum und finde es immer noch spaßfrei.«

Lilly staunte, wie offen Charlotte redete, dabei kannten sie sich nur von den paar Gesprächen auf dem Pausenhof.

»Ich finde Geige eigentlich schön. Irgendwie . . . wie Himmelsmusik«, sagte sie zögernd.

»Findet mein Vater auch. Kriegt gar nicht genug von Mozart und Beethoven. ›Geige ist Seelennahrung‹, sagt er. Zumindest für ihn, bei den ekligen Verbrechen, mit denen er als Anwalt zu tun hat. Bei Geige lebt er richtig auf. Er vielleicht, ich nicht.«

Lilly verzog das Gesicht. »Kannst du ihm das nicht klarmachen?«

»Keine Chance, er lässt mich nicht raus aus der Geigennummer«, fuhr Charlotte verdrossen fort. »›Sechs Jahre muss ich‹, sagt er. Sei wichtig für meinen späteren Lebenslauf. Künstlerische Komponente.«

»Hä?«

»Na, damit jeder sieht, dass ich vielfältig bin. Auch musikmäßig. Pah.«

»Und vier Jahre hast du schon rum?«

»Genau. Zwei fehlen noch, aber ob ich das durchhalte . . .«

Lilly tippte den langen Holzschläger mit gebogener Keule an, der am Schreibtisch lehnte.

»Hockey spielst du auch?«

Bei so vielen Hobbys kann sie doch unmöglich Zeit genug für Arcos haben.

Charlotte nahm den Schläger in die Hand und zeigte Lilly die richtige Griffhaltung.

»Hockey stelle ich mir klasse vor«, sagte Lilly.

Charlotte winkte ab.

»Nicht für mich. Wenn ich deinen Body hätte, ja, dann . . . Aber guck mich doch an. Nach zehn Minuten auf dem Feld hechle ich wie ein alter Jagdhund. Die anderen Spieler kommen meist von der Leichtathletik. Super Läufer. Ich würde gern aus dem Klub austreten, aber mein Vater findet die Kontakte dort wichtig.«

Lilly zog die Arbeitsblätter aus dem Rucksack und legte sie auf einen Stapel Musikzeitschriften.

»Darüber schreiben wir am Montag eine Arbeit . . . lässt dein Vater echt gar nicht mit sich reden?«

»Vergiss es. Er ist das Gesetz. Der lässt zu Hause noch mehr den Anwalt raus als im Gericht.«

»Hm, ja. Aber in der Schule lässt du dir doch auch nichts gefallen.«

»Ist irgendwie was anderes. Papa will mich nicht ärgern. Er meint echt, dieser ganze Zirkus sei superwichtig. Alles zu meinem Besten.

Später würde ich es ihm danken, dass ich die richtigen Leute kennengelernt habe, sagt er immer. Der checkt gar nicht, wie es mir damit geht. *Er* muss ja nicht fünfmal die Woche zu irgendeinem Training.«

Das war die Gelegenheit! Gerade wollte Lilly nach Reiterhöfen fragen, sie hatte bereits tief Luft geholt, als auf dem Flur Schritte zu hören waren. Charlotte horchte auf.

»Ich glaube, da kommt mein Vater schon. Chefvisite.«

Nach kurzem Klopfen wurde die Tür aufgedrückt. Ein mittelgroßer Mann im dunklen Anzug erschien im Rahmen. Büroblässe, schmale Lippen. Er sah ziemlich geschafft aus.

»Geht's dir besser?«, fragte er Charlotte. Er hob seine schwarze Tasche an. »Habe mir Akten mitgebracht, ich arbeite heute Nachmittag zu Hause.«

Da fiel sein Blick auf Lilly, die halb verdeckt hinter der Tür stand und vorsichtig lächelte. »Du hast Besuch? Sicher eine Mitschülerin mit den Hausaufgaben?«

»Hallo, Herr . . .«

»Dr. Jahrsen«, sagte er förmlich und reichte ihr die Hand. Lilly fiel auf, dass er das gleiche runde Gesicht hatte wie Charlotte. Aber während ihres offen, fröhlich, warm aussah und lebenshungrig, wirkte seins wie ein bleicher Wintervollmond. Unter der Vorderglatze wachsame, unbewegliche Augen. Solche Augen hatte sie doch kürzlich erst gesehen. Die Möwe auf dem Dach fiel Lilly ein. Das war es – Charlottes Vater hatte den starren Blick eines Vogels. Die Augen gaben fast nichts über Jahrsens Innenleben preis, außer, dass der Mann misstrauisch war. Von Berufs wegen vermutlich.

Bevor Lilly etwas sagen konnte, nahm der Anwalt sie am Ellenbogen und führte sie freundlich, aber bestimmt in die Diele.

»Charlotte darf nicht so viel sprechen. Ich denke, sie sollte gleich mit den Hausaufgaben beginnen. Nett von dir, dass du gekommen bist.« Und zu seiner Tochter gewandt, brummte er: »Räum endlich deinen Schreibtisch auf. In dem Chaos kannst du doch keinen klaren Gedanken fassen.«

»Kannst du mir deinen Test vorbeibringen, wenn ihr ihn geschrieben und zurückgekriegt habt? Ich muss nächste Woche nämlich erst mal noch zu Hause bleiben«, rief Charlotte durch den Flur. Sie deutete auf ihren Vater und zuckte entschuldigend die Schultern. »Aus diesen blöden Arbeitsblättern werde ich nicht schlau, das sehe ich gleich. Ich muss was Fertiges in der Hand haben. Machst du das?«

»Klar«, rief Lilly zurück.

Mit gemischten Gefühlen verließ sie das Haus und ging zur Haltestelle. Lilly wusste nicht genau, ob es nun gut oder schlecht gelaufen war bei Charlotte. Eigentlich beides.

Schlecht, weil sie das Thema Reiten nicht angesprochen hatte. Gut, weil Charlotte erfreulich nett gewesen war und total normal – im Gegensatz zu ihrem strengen Vater mit den Vogelaugen. Aber mit dem würde sie ja zum Glück nie etwas zu tun haben.

In der Haltestelle hingen Fahrpläne für alle Richtungen der Buslinie aus.

»Ach, da steht ja *Grüntalhof«,* sagte Lilly laut, als sie die einzelnen Haltestellen durchging. Sie war überrascht, wie schnell man von hier aus zu den Pferden kam. Viel fixer als vom Beifußweg. Charlotte musste nicht einmal umsteigen wie sie.

An der kleinen Kreuzung bog ein langer Bus um die Ecke und schwenkte schräg gegenüber in die Haltebucht. Die Linie zum Grüntalhof. Zu Arcos.

Sollte sie . . .?

Kurz entschlossen rannte Lilly über die Straße und schlüpfte atemlos durch die sich schließenden Türen.

Arcos, ich komme.

Nach wenigen Stationen erkannte sie das Reithallendach mit der auffallenden Solaranlage.

Lilly sprang aus dem Bus, drückte ihre Baseballkappe tief in die Stirn und ging den steilen Weg zum Hof hinunter. Besser, sie fiel hier keinem auf. Charlotte würde sich bestimmt veralbert vorkommen, wenn später einmal jemand sagte: »Lilly war doch schon früher hier und hat mit Arcos geredet.«

Nach allen Seiten sichernd hastete Lilly um den Stall mit den Paddocks herum und spähte durch die offene Hoftür auf die Stallgasse.

Sofort drehten sich alle Pferdeköpfe in ihre Richtung. Lilly zuckte zurück und wagte kurz darauf einen neuen Blick.

Vor den Boxen waren einige Pferde angebunden. Geduldig ließen sie sich putzen. Arcos stand ganz am Ende und wurde gerade abgesattelt.

Lilly kniff die Augen zusammen, um im halbdämmrigen Zwielicht besser sehen zu können. Eine kleine, schlanke Frau mit kinnlangem Bob trug einen Sattel in den Raum nebenan und machte sich dann am Putzkasten zu schaffen.

Lilly horchte auf, als jemand rief: »Wie lange soll das denn noch so weitergehen, Kerstin? Du hast ja nichts von deinem schönen Spanier.«

Damit musste Arcos' Besitzerin gemeint sein. Kerstin Stieger hieß sie, den Namen hatte Lilly gespeichert.

Die angesprochene Reiterin hob beide Hände.

»Hast ja recht. Aber die Fortbildungen laufen noch bis Ostern. Hoffentlich ist meine Reitbeteiligung bald wieder fit. Charlotte ist heute und die nächsten Tage krank. Nur darum bin ich in der Tagungspause schnell hergekommen, um Arcos zu bewegen.«

Lillys Herz schlug schneller. Das klang wie Musik! Arcos' Eigentümerin brauchte offenbar jemanden für ihr Pferd. Eigentlich noch jemanden, außer Charlotte. Wahnsinn.

Sie war drauf und dran, einfach in die Stallgasse zu stürzen und zu rufen: »Ich kann ihn jeden Tag reiten! Jetzt, wo Charlotte krank ist, aber auch sonst, wenn sie keine Zeit hat. Alles, was Sie wollen. Nur Schritt, nur Trab, nur ins Gelände. Oder nur Putzen, das würde mir sogar auch reichen. Hauptsache, ich kann in Arcos' Nähe sein.«

Aber der Gedanke an ihre Mitschülerin hielt Lilly zurück. Sie hatte noch vor Augen, wie verliebt Charlotte mit Arcos geschmust hat. Wenn Lilly jetzt plötzlich wie Kai aus der Kiste im Stall auftauchte, würde sie das garantiert als hinterhältig auslegen. Sie selbst war krank – und die Neue aus ihrer Klasse hatte nichts Eiligeres zu tun, als sich an ihr geliebtes Pferd heranzumachen.

Nein, unmöglich . . . nun war es sowieso zu spät.

»Tschüss, ich muss dann. Bin spät dran.«

Kerstin Stieger winkte kurz und lief aus dem Stall. Durch die Reihe der Paddocks beobachtete Lilly, wie sie in einen blauen BMW stieg und mit durchdrehenden Reifen vom Hof fuhr.

Die Reiterinnen auf der Stallgasse waren mit dem Satteln fertig und führten ihre Pferde zur Reithalle hinüber.

Freie Bahn!

Lilly beobachtete, wie Arcos durch den Streifenvorhang nach draußen aufs Paddock trat. Mit gesenktem Kopf ging sie über den Hof und blieb dann direkt vor Arcos stehen. Seine dunklen Augen glitten über ihr Gesicht.

Ich kenne dich.

Lilly spürte, wie ihr Puls schneller ging. Die Sicherheit, die sie vorhin unter dem strengen Blick von Dr. Jahrsen eingebüßt hatte, kam zurück. Arcos redete mit ihr, er wollte erneut stumme Zwiesprache halten!

Ja, Arcos, ich war Montag hier.

Weiß ich genau.

Du bist das schönste Pferd, das ich je gesehen habe.

Der Andalusier gab ein leises Grummeln von sich und stellte die Ohren entspannt zur Seite.

Kommst du wieder?

Sobald ich kann, ich schwöre.

Aufgewühlt fuhr Lilly mit dem Bus heim zum Beifußweg. Am liebsten wäre sie an jeder Station ausgestiegen und zu Arcos zurückgekehrt, doch sie riss sich zusammen. Aber wenigstens aufs Dach musste sie gleich . . . noch einmal zum Grüntalhof hinübersehen.

Sie zog ihr Handy hervor und schrieb eine SMS an Vitali.

Gratulier mir, ich habe einen supertollen Reiterhof gefunden!!! Kann ich den Griff haben? Lilly. Schreib zurück!

Postwendend kam die Antwort.

Glückwunsch :-) Warum musst du dann überhaupt noch aufs Dach? Vitali

Lilly tippte die Antwort.

Will versuchen, den Stall von oben zu entdecken. Lilly

Okay, ich bin da. Vitali

Eine halbe Stunde später stand Lilly vor Vitalis Wohnungstür. Der enge Hausflur im vierten Stock glich haargenau dem im zweiten. Helle Trittspuren zogen sich über den Teppichboden.

Vitali grinste breit, als er Lilly öffnete, und fuhr sich durch sein blondes Bürstenhaar.

»Du siehst doch eh nichts von oben. Regnet in einer Tour.«

Lilly verdrehte die Augen.

»Egal, Mann. Ich will trotzdem versuchen, den neuen Stall zu entdecken.«

»Sekunde.«

Während er in seinem Zimmer verschwand, spähte Lilly über den Flur in die blitzsauber aufgeräumte Wohnung. Im Hintergrund dröhnte der Fernseher. Lilly verstand kein Wort, wahrscheinlich Russisch.

»Bist du nicht auf der Gesamt?«, fragte Vitali, als er zurückkam. Er legte ihr eine Plastikbox mit Totenkopf und der Warnung *Achtung! Ätzend!* in die Hand und lächelte sie aus seinen wasserblauen Augen an. »Hab dich noch nie auf dem Pausenhof gesehen.«

»Gymnasium Südost.«

Vitali tat so, als träfe ihn die Information wie ein Keulenhieb. Stöhnend ließ er sich gegen den Türrahmen sinken. »Puh, Gymnasium. Eine Oberschlaue.«

»Quatsch. Normal. Kommst du nicht mit hoch?«

»Möchtest du das denn?«

Lilly spürte, wie sie rot wurde. Sie wollte Vitali doch nicht anmachen, aber zu zweit fühlte sie sich sicherer auf dem Hochhausdach.

»Vielleicht . . . doch, ja.«

Aus dem Wohnzimmer rief ein Mann etwas auf Russisch.

Vitali antwortete beruhigend, ebenfalls auf Russisch.

»Sorry, mein Vater ist wieder schlecht drauf«, sagte er achselzuckend. »Irgendwie kriegt er nicht die Kurve in Hamburg. Weil die seine Diplome nicht anerkennen. Dauernd redet er davon, dass er zurückwill nach Kasachstan. Ich glaube, da läuft schon was. Scheißspiel.«

»Musst du dann mit zurück?«

Vitali verzog grimmig das Gesicht und griff nach seiner Steppjacke, die an der Garderobe im Flur hing, und machte Anstalten, Lilly zu begleiten.

»Scheint so. Aber ich will nicht weg aus Hamburg. Jetzt nicht mehr. In der Schule läuft es okay, außerdem sind wir eine super Clique. Und manchmal ziehen hier am Beifußweg richtig nette Leute ein, zum Beispiel im zweiten Stock.«

Vitalis Vater rief wieder, diesmal schärfer.

»Verdammt, geht nicht mit dem Dach. Ich muss wieder rein«, sagte Vitali ärgerlich und streifte seine Jacke ab. »Pass auf, dass der Hausmeister dich nicht sieht. Der wohnt oben.«

»Mache ich. Man sieht sich.«

Obwohl Vitali nicht ihr Typ war, fand Lilly ihn gut. Sie konnte schwören, dass man mit ihm Pferde stehlen konnte. Etwas Besseres konnte ihr nicht passieren in diesem anonymen Hochhaus. Außerdem war er echt hilfsbereit. Vorgestern hatte er ihr Fahrrad repariert, als die Kette abgesprungen war. Und dann besaß Vitali natürlich diesen genialen Fenstergriff fürs Dach ...

Im obersten Stock war der schmale Flur wie beim ersten Mal verwaist.

Gut, dass ich gewohnt bin, mich auf jedes hohe Pferd zu schwingen, dachte Lilly, als sie sich ohne Schwierigkeiten aufs Dach hinaufzog. Palando zum Beispiel, das war ein Riese.

Nein, jetzt bloß nicht an die alten Freunde in Mallwitz denken, sonst musste sie wieder heulen ... wie gestern, als ein Brief vom früheren Stall in der Post lag.

Reitlehrer Theo Bülow hatte ihr ein Foto geschickt, wo sie alle drauf waren: Palando, Dorio, die Lewitzer Schecken. Lachend standen die Zehnjährigen dabei, die zu Lillys Zeiten höchstens mal Huffett oder Wurzelbürsten herantragen durften. Offenbar waren die Kinder höher gerückt in der Rangordnung, seit sie weg war. Durften mittlerweile die Schulpferde draußen putzen. Gab ja nicht mehr viele Jugendliche dort. Mit einem Schlag war Lilly bei diesem Foto klar geworden: Ihren Platz besetzten jetzt andere. Es gab keinen Weg zurück in die Geborgenheit ihrer alten Heimat. Bei dem Gedanken waren ihr die Tränen gekommen.

Aber im Grunde wollte Lilly auch gar nicht zurück, denn da war ja Arcos ...

Wenn ich ihn reiten dürfte, dann würde ich mich hier sofort zu Hause fühlen. Sofort.

Auf dem Dach warf Lilly ihre Kapuze über, um den blonden Pferdeschwanz verschwinden zu lassen. Ihr Haar leuchtete auch bei Nieselwetter. Sie musste nicht unbedingt den Hausmeister anlocken.

Lilly schob sich an dem schwarzen Vorbau mit der verschlossenen Eisentür vorüber. Als sie auf die andere Dachseite gelangte, frischte der Wind auf und brachte saubere, salzige Seeluft mit.

Zwischen Abzugsrohren und Einlaufstutzen suchte Lilly sich einen guten Standplatz. Ihren linken Fuß schob sie an den Sockel des Antennenaufbaus, um einen Fixpunkt zu haben. Mit einer Hand stützte Lilly sich auf das Metallgestänge. Dünne Regentropfen perlten ab und rannen in ihren Ärmel.

Eigentlich war sie nicht schwindelfrei. Genau genommen fühlte sie hier oben sogar ein furchtsames Kribbeln im Bauch. Andererseits hatte es einen starken Reiz, über Hamburg zu blicken und den Himmel so nah und unverstellt über sich zu sehen.

Wenn Arcos draußen im Paddock stand, war sie praktisch in direkter Luftlinie mit ihm verbunden.

Vielleicht witterte er sie sogar? Pferde können kilometerweit riechen. Aber so weit? Acht oder zehn Kilometer lag der Grüntalhof bestimmt entfernt. Egal. Das unsichtbare Band zwischen ihnen war hier oben auf dem Dach stärker als hinter all dem Beton im Haus.

Lilly blinzelte nach unten. Rechts lag der einzige Bauernhof in der Nähe. Wenn Lilly über den Hof hinwegsah, musste in gerader Linie Arcos' Stall liegen. Bei Sonnenschein müsste das blaue Solardach auf dem Grüntalhof schillern.

So weit konnte sie heute allerdings nicht gucken, denn noch immer ging feiner Nieselregen herunter, der die Luft verschleierte.

Lilly legte den Kopf in den Nacken und blickte in den Himmel. Immerhin sah es über ihr nicht mehr total dunkel aus. Statt der bedrohlichen, dichten Decke türmten sich nun lockere Wolken auf, die sich zu Haufen ballten und gleich wieder auseinanderdrifteten.

Für einen flüchtigen Moment blitzte die Sonne durch und tauchte die nassglänzende Stadt in flüssiges Silber. Lichtbündel brachen sich an Wassertropfen. Die Luft war ein einziges Funkeln.

Wie schön das aussah.

Lilly seufzte. Wie eine Verheißung kam ihr der sprühende Funkenregen vor. Wie eine Ankündigung von strahlenden Tagen. Zeit mit Arcos. Allein sein Name . . . Arcos . . . wie himmlisch der klang: Lilly dachte an warme spanische Sommer, an Ferien am Mittelmeer, glänzende Palmen, an blendend weiße Häuser in der Sonne.

Ganz weit hinten – gleißte da nicht ein bläuliches Licht? Arcos' Stalldach vielleicht?

Lillys Träume gingen auf die Reise . . . Sie sah sich auf dem Rücken von Arcos sitzen, seine wehende Mähne vor sich, sie sah Charlotte und Kerstin Stieger, wie sie von der Tribüne zuschauten und staunten, was für ein harmonisches Paar sie und Arcos abgaben.

Metallisches Knirschen ließ Lilly zusammenzucken. Ein Schlüssel wurde im Schloss gedreht, dann quietschte die Eisentür. Der Hausmeister? Sofort war Lilly zurück in der Wirklichkeit – auf dem Dach des zwölften Stockwerks ihres Hochhauses.

Auf Zehenspitzen schlich Lilly zum offenen Fenster, sprang lautlos in den Hausflur, verschloss den Rahmen und lief die Fluchttreppen hinab in den vierten Stock zu Vitali.

Ich darf keinen Fehler machen, dachte Lilly, als sie auf den Klingelknopf von Vogt drückte, um die Totenkopfbox mit dem Vierkanteisen zurückzubringen. Ich muss mich dringend mit Charlotte allein treffen und es so drehen, dass *sie* mich aufs Reiten anspricht. Nicht umgekehrt. Sonst könnte sie alles für einen raffinierten Plan halten, ihr Arcos abspenstig zu machen.

Auf dem Weg durchs Treppenhaus kam Lilly eine grandiose Idee: Sie musste ihren Deutschaufsatz mit innerer Handlung am Montag in eine Reitergeschichte einbetten. Charlotte wollte ihn ja unbedingt lesen ...

Wenn Frau Schulte freie Themenwahl gibt, schreibe ich über ein Pferd und bringe Charlotte hinterher den Test nach Hause. Dann bekommt niemand aus der Klasse mit, dass ich reite, aber Charlotte weiß trotzdem Bescheid ...

6.

Es kam anders, als Lilly es sich vorgestellt hatte.

Am Montag wurde der Deutschtest geschrieben, und als Lilly ihn abgab, ging sie davon aus, dass niemand außer ihrer Lehrerin und Charlotte den Aufsatz über Pferde lesen würde.

Aber heute hatte Frau Schulte Lillys Aufsatz der ganzen Klasse als leuchtendes Beispiel vorgetragen. Die gesamte 8a wusste nun, dass Lilly eine Pferdenärrin war. Schrecklich peinlich war ihr das heute Vormittag gewesen. Und da hatte sie noch gar nicht gewusst, dass alles noch viel peinlicher werden würde. Denn vor fünf Minuten war Charlotte am Beifußweg aufgetaucht und stand seitdem draußen vor der Haustür und klingelte Sturm.

Lilly spähte aus dem Fenster ihres Zimmers. Selbst von oben aus dem zweiten Stock erkannte sie ihre Mitschülerin genau an ihrer unverwechselbaren rosa Steppjacke und dem bunten Schal. Ungeduldig tippelte Charlotte hin und her. Ihr rotes Mountainbike stand am Straßenrand.

Wer hatte Charlotte bloß so schnell über den Test informiert? Eigentlich kam nur Maike infrage, die ihr heute wie gewohnt die Hausaufgaben gebracht hatte.

Lilly war gerade dabei gewesen, sich für den Besuch bei Charlotte umziehen, als es vorhin klingelte. Seit Schulschluss fieberte sie darauf, mit ihrer prämierten Pferdeerzählung zum

Rodigkamp zu fahren. Dafür hatte sie sogar Vitali abgesagt, der ihr heute zwei gebrannte DVDs vorbeibringen wollte. Und nun machte Charlottes Überraschungsbesuch ihren Plan zunichte.

Frustriert pfefferte Lilly ihre Turnschuhe gegen die Tür.

Das Schlimmste war geschehen: Jetzt wusste Charlotte, wo sie wohnte – mitten unter Losern. Das wurde ja an jeder Ecke des Beifußwegs deutlich. An den Klamotten, an den zehnmal benutzten Plastiktüten, mit denen die Frauen vom Einkauf kamen, an den Gruppen arbeitsloser Männer, die mit Bierpacks an der U-Bahn standen, an den Russen, die mit grauen Gesichtern in Garagen herumhingen und Karten spielten.

Lilly zog das Rollo ein Stück hoch und beobachtete, wie Charlotte an der Hochhausfassade emporblickte. Wann gab sie endlich auf?

Dass Charlotte die Siedlung nun kannte, war furchtbar genug. Da musste sie das abgewohnte Hochhaus nicht auch noch von innen sehen! Todsicher würde sie die Nase rümpfen, wo sie doch selber in einem brandneuen Glashaus wohnte.

Hätte sie doch bloß nicht diesen dämlichen Aufsatz geschrieben. Die Erinnerung an die Deutschstunde am Morgen kehrte zurück ...

Frau Schulte war mit dem Packen Tests unterm Arm im Klassenzimmer erschienen und ohne Umschweife zur Sache gekommen.

»Ist mäßig gelaufen. Einige haben die Technik des Erzählens noch nicht begriffen. Lediglich eine Einzige von euch hat den Ton einer inneren Handlung richtig getroffen. Ich lese euch

Lilly Beiers Erzählung vor, das ist hilfreich für eure eigenen Arbeiten. Ihren Test konnte ich als einzigen mit »sehr gut« bewerten.«

Lilly versank fast unterm Tisch, als Frau Schulte begann, ihrer Klasse den Aufsatz über den Tod eines geliebten Schulpferdes vorzulesen.

Sie hatte über Sandro Boy geschrieben, der sich auf der Weide ein Bein gebrochen hatte und eingeschläfert werden musste. Wie sie selber die furchtbaren Stunden erlebt hatte, damals vor drei Jahren in ihrem alten Reitstall. Das über sie hereinbrechende Gefühlschaos. Ihre verzweifelte Trauer. Die hin- und herspringenden Gedanken.

»Lilly Beier hat genau den Ton einer inneren Handlung getroffen«, lobte Frau Schulte. »Lasst ihre Geschichte sacken, dann fällt euch sicher ein, an welchen Punkten es bei euren eigenen Erzählungen hapert. Wir gehen das gleich noch im Einzelnen durch.«

Am Nebentisch tuschelte Patrick mit Tobias, als Frau Schulte die korrigierten Arbeiten an den Tischen verteilte.

»Also eine Reitertussi bist du«, flüsterte Tobias in Lillys Richtung und Patrick stichelte: »Jetzt weiß ich endlich, warum du nach der Schule sofort abzischst. Wartet wohl ein starker Hengst auf dich. Haha.«

Maike nahm Lilly in Schutz.

»Du bist nur neidisch, weil du solche Texte nicht auf die Reihe kriegst«, sagte sie zu Tobias.

In der Pause gab es eine Diskussion, ob Reitermädchen Zicken sind. Nach ein paar Minuten hatte Lilly genug und floh hinter den Fahrradstand, weil sie sich unglaublich blöd vorkam im Rampenlicht. In der 8a herrschte ein rauer Ton, sie konnte nicht mithalten bei der Frozzelei.

Nach der Schule rannte Lilly sofort zur übernächsten Haltestelle und fuhr nach Hause. Wenigstens blieb ihr noch die Hoffnung, mit ihrem Pferdeaufsatz bei Charlotte weiterzukommen. Dann sollte ihr der peinliche Auftritt die Sache wert sein. Es ging ihr schließlich um Arcos.

Und nun stand Charlotte unten und Lilly traute sich nicht, den Türöffner zu drücken.

Von der U-Bahn näherte sich eine Gruppe hüpfender kleiner Jungs mit Schulranzen. Lilly erkannte ihre Brüder an den neongrünen Mützen. Hand in Hand kehrten Tim und Felix aus dem Hort zurück. Sie sah, wie die rosa Steppjacke auf die Zwillinge zulief, die zum Eingang von Haus Nr. 5 hüpften. Lilly schwante Schlimmes.

Charlotte würde die Jungs doch nicht ansprechen?

Doch genau das schien sie zu tun.

Tim und Felix preschten ein Stück rückwärts und zeigten auf Lillys Zimmer. Sie zuckte hinter dem Rollo zurück.

Die beiden bringen Charlotte einfach mit rauf, wie ich sie kenne.

Mit unbehaglichem Gefühl öffnete Lilly die Wohnungstür, beugte sich vor und behielt den Aufzug im Auge, der sich kurz darauf zischend öffnete. Zum Vorschein kam ein Rad. Charlottes rotes Fahrrad.

Hastig riss Lilly die Liste mit ihrem Pflichten-Programm vom Sicherungskasten im Flur und stopfte das zerknüllte Papier in die Tasche.

»Deine Brüder meinten, ich soll das Rad mit nach oben nehmen«, sagte Charlotte und schob ihr Mountainbike über den

Gang zur Wohnungstür. »Unten würde es geklaut. Ist das okay? Hast du mein Klingeln vorhin nicht gehört?«

»Ich? Nein, ich . . . ich stand bis eben unter der Dusche. Komm rein.«

»Sie ist ungefährlich«, schrie Tim hinter Charlottes Rücken. »Wir haben sie total abgecheckt. Sie wusste, wie deine Lehrerin heißt.«

Charlotte lachte. Lilly beugte sich zu den Zwillingen hinunter und gab jedem einen freundschaftlichen Schulterklaps. »Gut gemacht, ihr beiden Detektive. Aber jetzt ab in euer Zimmer, bis Mama kommt.«

»Oooh, können wir nicht ins Wohnzimmer?«, quengelte Felix. »Vom Balkon aus kann man doch viel besser Leute beobachten.«

»Ausnahmsweise, weil ihr Detektive seid! Aber Finger weg von der Fernbedienung.«

»Ich beneide dich, du hast Geschwister«, seufzte Charlotte und blickte Felix nach, der seinen Ranzen mit einem Fußtritt ins Kinderzimmer beförderte und dann kichernd mit Tim ins Wohnzimmer polterte. »Die beiden haben mich unten total ausgequetscht. Echt süß.«

Geistesabwesend nickte Lilly, während sie Charlottes Fahrrad umständlich an eine freie Wand rückte. Hoffentlich schimpfte ihre Mutter nicht über das Rad im Flur. Im selben Moment fiel Lilly etwas erheblich Schlimmeres ein: Was, wenn ihre Mutter Arcos erwähnte? Charlotte ahnte ja nicht, dass Lilly ihn längst kannte. Wenn sie das erführe . . . dann stände Lilly als berechnendes Aas da. Grauenvolle Vorstellung.

Fieberhaft überlegte Lilly. Ihre Mutter musste gerade in der U-Bahn sitzen.

»Moment«, murmelte Lilly und zog ihr Handy vom Gürtelclip. »Muss noch eine SMS schicken.«

Hilfe, Mama! Charlotte aus meiner Klasse ist hier. Kein Wort über Arcos, sie weiß nicht, dass ich ihn schon kenne. Melde dich schnell!!!

»Wundere dich nicht, dass ich einfach hier auftauche«, sagte Charlotte. »Hab mehrmals versucht, dich anzurufen, aber eure Leitung ist tot.«

Da, das SMS-Signal. Lilly schielte auf den Text. Ihre Mutter antwortete.

Ich schweige wie ein Grab

Ein riesiger Stein fiel Lilly vom Herzen.

». . . Maike hat mir von deinem Aufsatz erzählt«, fuhr Charlotte fort, ». . . und vor allem, dass du reitest. Obergenial. Du bist die einzige Reiterin in der Klasse, ich muss unbedingt mit dir über Pferde reden. Ach, ich liebe Pferde. Aber du kennst ja inzwischen unsere Klasse. In der Schule ist das Thema tabu, die anderen finden die ganze Reiterei extrem bescheuert.«

Lilly zog Charlotte in ihr Zimmer und schloss die Tür. Die angepinnten Pferdefotos über dem Bett kamen ihr plötzlich billig vor. Wenn es wenigstens Kunstfotos wären, fein hinter Glas wie bei Charlotte.

Aber ihre kleinen Abzüge waren schon ein wenig lächerlich für eine vierzehnjährige Gymnasiastin.

Hoffentlich ignoriert sie die Bilder.

»Oh, da sind ja Pferde«, sagte Charlotte jedoch prompt und zeigte auf die Wand hinterm Bett. »Crazy.«

Argwöhnisch musterte Lilly das Mädchen aus ihrer Klasse. Meinte sie das ironisch?

»Was hast du denn erwartet?«, fragte Lilly.

»Weiß nicht genau. Was Kluges irgendwie. Goethe, Einstein, Bismarck.«

»Die Bilder stammen aus meinem alten Reitstall.«

»Süß, die Pferde. Übrigens war ich noch nie in deiner Hochhaussiedlung. Granatenmäßig. Ist was anderes als unsere verpennte Gegend.«

Ungeniert ließ Charlotte sich aufs Bett fallen und zerrte den Reißverschluss der Steppjacke auf, unter dem ein giftgrünes Printshirt zum Vorschein kam.

»Super, dass du reitest, Lilly. Wie lange?«

»Vier Jahre. Mal sehen, ob ich in Hamburg einen Stall finde. Kennst du einen?«

Mit klopfendem Herzen setzte sich Lilly auf die Bettkante. »Ställe findest du genug, aber wenig Reitschulen. Die anständigen liegen am Stadtrand, von uns aus blöd zu erreichen.«

Charlotte zog die rosa Strickmütze vom Kopf und warf sie auf den Schreibtisch. »Wenn man keine Reitbeteiligung an einem Privatpferd findet, läuft in unserer Ecke nichts.«

»Hast du etwa eine Reitbeteiligung?«, erkundigte sich Lilly so normal, wie es ging.

Arcos – jetzt reden wir über dich.

»Ja, auf einem genialen Andalusier. De luxe, sage ich dir. Steht auf dem Grüntalhof.« Charlottes Augen schimmerten verträumt. »Arcos heißt er. Wenn er ein Mann wäre, würde ich ihn heiraten.«

Ich auch. Dann würden wir zu echten Konkurrenten . . .

»Ein Spanier ... toll! Hab noch nie auf einem Andalusier gesessen. Aber Großpferde habe ich auch meistens geritten. In meinem alten Stall standen zwei: ein Mecklenburger und ein Trakehner. Wenn du den Andalusier heiraten willst – warum hängt dann in deinem Zimmer kein Bild von ihm ... wie heißt er noch ... Arcos?«

Lilly tat, als wäre ihr der Name nicht gleich eingefallen.

Grinsend zuckte Charlotte die Schultern.

»Um Papa zu ärgern. Mein Zimmer ist die einzige Chance, meinen Willen durchzusetzen. Die schwarzen Heavy-Metal-Poster hasst er und meine Schlagzeug-Zeichnungen natürlich auch.«

Charlotte richtete sich halb auf und fingerte in der aufgenähten Seitentasche ihrer knallengen Jeans. Sie zerrte ihr flaches Fotohandy hervor, klappte es auf und begann, im Bildspeicher zu suchen.

»Edles Teil«, sagte Lilly bewundernd.

»Hätte lieber ein Smartphone mit Internet und allem, aber mein Vater hält das für übertrieben. Ich kriege seins, sobald er sich ein neues kauft.«

Ein Lächeln huschte über ihr Gesicht, als sie Lilly das Display hinhielt.

»Hier, das ist er. Mein Schatz Arcos.«

Andächtig starrte Lilly auf das erste Foto. Arcos auf einem sandigen Reitweg. Seine weiße, gewellte Mähne wehte sanft hoch. Klick, das nächste Bild. Arcos mit leuchtenden Augen auf der Weide. Klick. Arcos mit seinen raumgreifenden Tritten auf dem Dressurplatz, aber nur das halbe Pferd. Klick. Weiter Trab, diesmal Arcos mit halb angeschnittenem Kopf.

»Sorry, Bewegung kriege ich nie hin, er ist schnell im Trab

und das blöde Fotohandy hat so eine lange Auslöseverzögerung. Aber trotzdem sieht man, wie schön er ist, oder?«

Lilly seufzte. Welche Ausstrahlung Arcos besaß, selbst auf diesem kleinen Display!

»Was ist? Du sagst ja nichts?«, drängte Charlotte. »Hat er dir die Sprache verschlagen?«

»Ehrlich gesagt – ja. Ist der schön! Wem gehört er denn? Deinen Eltern?«

Charlotte schüttelte den Kopf.

»Nein. Kerstin Stieger. Die hat Arcos vor zwei Jahren gekauft.«

Charlotte schwang die Beine zur Seite und setzte sich neben Lilly auf den Bettrand.

»Mann, war Arcos schwierig!«, sprudelte sie weiter. »Stand in einer Tour unter Spannung. Der Vorbesitzer hatte zu viel Druck gemacht; damit kam Arcos nicht klar. Bei jedem kleinen Anlass reagierte der Arme total panisch.«

»Wirst du denn mit ihm fertig?«

»Ist okay. Ich reite ihn erst ein knappes Jahr. Die ersten Monate wollte Kerstin ihn allein, bis er wieder Vertrauen zu Menschen fand. Damals habe ich Arcos nur geputzt, geführt, bin mit ihm grasen gegangen. Und vor allem haben wir wie die Weltmeister geschmust.«

Charlotte seufzte.

»Das war eigentlich die schönste Zeit. Beim Schmusen kannst du nichts falsch machen, aber wenn du erst im Sattel sitzt, meckert jeder an dir rum.«

»Weshalb reitest du ihn dann überhaupt?«

»Arcos soll allmählich für kleine Turniere trainiert werden, meint Kerstin. Aber sie hat im Moment wenig Zeit.«

Lillys Puls beschleunigte sich. Wer sein Pferd trainieren wollte, brauchte regelmäßig Reiter ... und wenn Charlotte lieber putzte und grasen ging ...

»Arcos braucht viel Abwechslung, viele Wendungen im Schritt, immer neue Lektionen, damit er bei Laune gehalten wird, sonst zappelt er herum. Der Süße ist ziemlich intelligent.«

Das weiß ich doch längst.

»Mittlerweile ist er ein richtiger Kuschelbär.« Charlotte kicherte. »Manchmal schmusen wir so lange, dass ich kaum noch zum Reiten komme.«

Sie sprang auf und zog Lilly hoch.

»Komm mit, ich zeige dir Arcos. Bin extra mit dem Rad gekommen, damit wir zum Grüntalhof fahren können.«

Lillys Herz überschlug sich fast. Damit hatte sie nicht gerechnet, nicht so plötzlich.

»Echt?«

»Logisch. Von Hamburg-Ost aus geht das mit dem Rad viel schneller als mit dem Bus, einfach durch die Felder.«

»Woher hast du eigentlich meine Adresse?«

Charlotte lachte.

»Jeder in der Klasse hat eine Liste. Damit wir uns reihum anrufen können, wenn erste Stunden ausfallen. Telefonkette. Du stehst inzwischen auch drauf. Hat Frau Schulte dir noch keine gegeben?«

Lilly schüttelte den Kopf.

»Bisher nicht«, murmelte sie. Doch bevor sie sich darüber ärgern konnte, dass jetzt jeder ihre Adresse kannte, steckte ihre Mutter den Kopf durch die Tür. Sie war noch im Mantel.

»Hallo zusammen. Ein fremdes Fahrrad im Flur?«

»Ja, gehört Charlotte aus meiner Klasse«, sagte Lilly schnell und sah ihre Mutter beschwörend an. »Sie will mir ihren Reitstall zeigen. Kann ich mitfahren, Mama? Jetzt gleich? Bitte!«

Lillys Mutter schüttelte Charlotte herzlich die Hand. Lilly atmete auf, weil ihre Mutter vollkommen normal redete, nicht komisch tat und keine einzige Anspielung auf den Grüntalhof oder auf Arcos machte.

»Lilly ist die größte Pferdenärrin der Welt. Dann saust mal los, ihr beiden. Wie schön, dass sich zwei Pferdeverrückte gefunden haben.«

Lilly angelte ihre dicke Jacke vom Kleiderhaken, warf sie sich über die Schulter und trat aus der Wohnungstür.

Charlotte zog die rosa Mütze über ihr zusammengebundenes Haar und wickelte den breiten Schal enger.

»Total unpeinlich, deine Mutter«, sagte sie, als sie mit ihrem Fahrrad im Flur stand und ihr durch die offen stehende Tür nachschaute. »Andere Mütter würden garantiert wegen der schmutzigen Fahrradreifen herumzicken.«

»Stimmt«, sagte Lilly. »Sie ist ganz in Ordnung.« Sie musterte ihr Gegenüber. »Darfst du überhaupt Rad fahren mit deinen Halsschmerzen?«

Charlotte winkte ab.

»Hab ja keine mehr. Außerdem muss ich morgen sowieso wieder zur Schule. Ach so, dein Test . . . kann ich den zum Lesen mitnehmen?«

»Logisch.« Lilly ging noch einmal in die Wohnung zurück und holte die Aufsatzblätter. »Steck ein.«

7.

Total irre«, wiederholte Charlotte ständig, als sie kurz darauf gemeinsam durch die Hochhaussiedlung fuhren. »Volle Kanne Wahnsinn.«

Bevor sie zum Grüntalhof aufbrachen, wollte Charlotte sich unbedingt in der Umgebung umsehen, genau das, was Lilly die ganze Zeit über vermeiden wollte. Aber sie merkte schnell: Charlotte war nicht voreingenommen, ganz im Gegenteil. Sie war hungrig nach Abwechslung.

Komisch, dass ihr eingebildeter Vater sie noch nicht beeinflusst hat, dachte Lilly.

Charlotte fand jede Kleinigkeit am Beifußweg aufregend. Gerade so, als wäre sie selber neu aus der Provinz zugezogen und nicht Lilly.

»Guck mal, voll zugetackert«, rief Charlotte begeistert, als ihnen eine Gruppe Jungs mit offenen schwarzen Mänteln entgegenkam, behängt mit dicken Ketten und schweren Piercingstäben an den Ohren. »Bei uns an der Schule siehst du höchstens mal einen Ring in der Augenbraue.«

»Du findest das richtig gut, oder?«, fragte Lilly. Sie dachte an die Heavy-Metal-Poster in Charlottes Zimmer.

»Irgendwie schon.«

Sie kurvten am Sportklub vorüber, vor dem eine Front Männer mit Gelfrisuren herumhing. »Zuckerweiber«, rief einer ihnen nach. Kichernd zückte Charlotte ihr Handy und fotografierte die Muskelmänner.

»Wie im Fernsehen. Und diese Hochhäuser.« Charlotte klickte in einer Tour. »Gäbe eine gute Kulisse zu einem rattenscharfen Krimi.«

Lilly seufzte und schwieg. Für jemanden aus dem Beifußweg klang es nicht sehr aufbauend, in einem rattenscharfen Krimi-Milieu zu wohnen. Obwohl Lilly die Bemerkung im Moment nicht wirklich an sich heranließ: Die Aussicht, Arcos wiederzusehen, überstrahlte alles.

Noch immer konnte Lilly es nicht fassen, dass sie gleich ihr Wunschpferd umarmen würde. Hoffentlich wurde sie nicht plötzlich wach und fand sich in ihrem Bett wieder, statt auf dem Fahrrad unterwegs zu Arcos.

»Bin ich froh, dass jetzt noch jemand aus der 8a reitet«, lachte Charlotte, als sie zehn Minuten später über eine unbelebte Asphaltstraße Richtung Grüntalhof fuhren.

»Ich auch«, sagte Lilly. Endlich lag die Großsiedlung außer Sichtweite. »Sag mal, was für ein Typ ist diese Frau, die Besitzerin von Arcos?«

»Richterin am Amtsgericht. Mein Vater kennt sie beruflich. Aus irgendeinem Grund ist Kerstin wichtig für ihn. Jedenfalls ist er ganz wild darauf, dass ich ihr Pferd anständig reite. Will sich wohl bei Kerstin einschleimen. Er meint ja dauernd, man müsste nach allen Seiten Kontakte pflegen.«

»Dein Vater macht sich ganz schön viele Gedanken.«

Charlotte fuhr freihändig weiter und lockerte dabei ihren eng zugezogenen Schal. »Zu viele, wenn du mich fragst.«

»Wieso?« Lilly sah Charlotte an.

»Papa hat mein Leben schon total verplant. Ich soll Jura studieren wie er. Sein Vater, sein Opa, alles Juristen. Strafrecht. Nun soll ich auch. Er hat sogar schon drei Universitätsstädte zur Auswahl.«

»Puh, das ist heftig.«

Charlotte stöhnte auf. »Genau. Er will immer nur Leistung, Leistung, Leistung. Am liebsten möchte er mich auf ein Elite-Gymnasium stecken, aber das blockiere ich voll. Never. Würde ich auch gar nicht wuppen.«

Sie gelangten an eine kleine Kreuzung mit Wegweisern. Charlotte sprang vom Rad und studierte ein Blatt Papier, das sie aus dem Jackenärmel zog.

»Nach links.«

»Ist die Richterin genauso ein strenger Typ wie dein Vater?«, erkundigte Lilly sich beim Weiterfahren. »Diese Kerstin?«

»Nee, die ist ganz anders. Voll in Ordnung, nur im Moment viel unterwegs. Deshalb reite ich öfter als sonst.« Charlotte zog die Nase kraus. »Eigentlich ist mir das viel zu viel. Wo ich Arcos doch sowieso am liebsten nur beschmusen würde. Neben der Penne und der Mistgeige schaffe ich das mit der Reiterei kaum noch.

Und Kerstin möchte nun mal, dass Arcos regelmäßig trainiert wird.«

Lillys Herz überschlug sich fast bei der Bemerkung. Da war sie, die Chance, auf die sie gewartet hatte.

»Warum nimmt sie keine zweite Reitbeteiligung?«

Lilly dachte, sie hätte den Satz leicht herausgebracht, wie eine ganz normale Frage, die es natürlich nicht war. Offenbar war der hoffnungsvolle Unterton Charlotte nicht entgangen, denn sie musterte Lilly plötzlich intensiver von der Seite und lachte dann laut los.

»Aha, du denkst dabei nicht zufällig an *dich?* Hast du denn dafür genug Cash?«

Lilly lief feuerrot an. Abrupt drehte sie ihr Gesicht zur Seite. Wie endlos peinlich. Nach dem Besuch am Beifußweg musste Charlotte ahnen, dass Familie Beier nicht im Geld schwamm. Und dass Lilly keine Reitbeteiligung bezahlen konnte. Lilly kam sich unendlich elend und dumm vor. Sie konnte als Gegenleistung ja nur Stallarbeit anbieten. Prompt meldete sich auch schon wieder ihre innere Stimme.

Was hast du dir da ausgerechnet, du Vollidiot? Warum sollte eine Amtsrichterin dich nehmen, wo sie dich überhaupt nicht einschätzen kann? Und dann auch noch ohne einen einzigen Cent?

Charlotte lachte Lilly offen an.

»Hallo ... jetzt sei mal nicht so empfindlich. Ich bin immer so direkt. Manche finden mich saugrob. Ach zum Teufel, so bin ich eben. Cash hin, Cash her ... das mit der Reitbeteiligung kann leider sowieso nicht hinhauen, weil Kerstin keinen Fremden für Arcos will. Mich hat sie nur genommen, weil sie meinen Vater vom Gericht kennt.«

Aufmunternd stieß sie Lilly mit der Hand an. »Aber ich fände es toll, wenn du mich im Stall besuchst. Wir könnten zusammen grasen gehen, allein ist das ziemlich langweilig. Was ist?«

Lilly stand da wie erstarrt. Die Richterin ließ also keinen Fremden auf Arcos. Für Lilly brach eine Welt zusammen. Sie bemerkte Charlottes Blick und musste sich räuspern, um ihren Frust aus der Kehle zu bekommen. Erst dann konnte sie antworten.

»Logisch. Grasen gehen wäre super. Ach, es ist überhaupt toll, wieder einen Stall von innen zu sehen.«

Als sie ihre Räder nach knapp dreißigminütiger Fahrt auf den Grüntalhof herunterrollen ließen, sagte Charlotte: »Da ist noch was, aber das wirst du ja gleich merken. Arcos ist bei Fremden sehr zurückhaltend. Ein paar Reiter im Stall mag er zum Beispiel nicht. Wenn die ihn tätscheln wollen, ist er total reserviert. Fast schon verletzend, wie er gucken kann. So ist er eben, mein Arcos. Genauso direkt wie ich. Also sei bloß nicht gekränkt, falls er nichts von dir wissen will.«

Das habe ich aber total anders erlebt.

Sie stellten die Räder an der Reithalle ab und Charlotte ging vor. In Lillys Bauch summte und kribbelte es.

Ich darf mich nicht verraten, schärfte sie sich ein, als sie die Stallgasse betrat. Charlotte darf auf keinen Fall merken, dass ich hier schon alles kenne.

Sekunden später jedoch war der Vorsatz vergessen. Kaum sah Lilly Arcos, zog es sie mit aller Macht zu seiner Box – als wären die Gitterstangen magnetisch.

Was für ein Augenblick! Endlich durfte sie Arcos das erste Mal streicheln ... all die Tage hatte sie sehnsüchtig darauf gewartet.

»Hi kleiner Arcos«, flüsterte Lilly, als sie vor ihm stand.

Verdutzt starrte Charlotte sie an.

»Bist du Hellseher? Woher weißt du, dass das Arcos ist?«

Reaktionsschnell zeigte Lilly auf die Namenstafel an der Tür. »Steht dran. Außerdem habe ich doch vorhin deine Fotos gesehen.«

Arcos machte einen Schritt nach vorn, als Charlotte die Boxentür öffnete. Gleichzeitig trat Lilly zurück. Eigentlich wäre sie dem Pferd am liebsten um den Hals gefallen. Aber garantiert kränkte es Charlotte, wenn Arcos zuerst Lilly beschnupperte. Sie wusste selber, wie eifersüchtig man als Pferdefreund sein konnte ...

Doch als Charlotte Arcos mit beiden Händen die Backen rieb und zärtlich sagte: »Guck mal, Arcos, das ist Lilly, die reitet auch, die musst du gut behandeln«, da stand Lilly blitzschnell in der Box.

Nicht einmal zwei Minuten dauerte es, bis Arcos seinen großen weißen Kopf zwischen beiden Mädchenschultern platzierte und zufrieden grummelte.

Lilly fühlte sich wie im siebten Himmel. Was für ein sensationeller Moment. Sie sagte nichts, genoss nur sein weiches Fell an ihrem Gesicht und seine kitzelnde lange Mähne.

Plötzlich hörte Lilly ein rauchiges Lachen in ihrem Rücken.

»Hat unser wählerischer Arcos eine neue Freundin?«, fragte eine dunkle Frauenstimme.

Die Mädchen fuhren herum.

Lilly erkannte Arcos' Besitzerin sofort an ihren gerade geschnittenen Haaren. Sie trug alte schwarze Reithosen, eine verwaschene grüne Jacke und war im Begriff, sich etwas Warmes überzuziehen. Lilly fühlte sich unbehaglich: Man geht nicht einfach so zu einem fremden Pferd. Eilig verließ sie die Box, um die Richterin nicht gegen sich aufzubringen. Aber die Juristin benahm sich deutlich entspannter als ihr Kollege Dr. Jahrsen.

»Hi Kerstin«, sagte Charlotte erfreut, »super, dass du da bist. Das ist Lilly aus meiner Klasse, die wollte gerne unseren Arcos sehen. Hab ihr Fotos gezeigt und wahnsinnig von ihm geschwärmt.«

Lilly konnte ihren Blick kaum von dem Andalusier nehmen. »Arcos ist das schönste Pferd, das ich je gesehen habe, Frau Stieger. Kommt er echt direkt aus Spanien?«

Arcos senkte den Kopf und schnaubte. Es schien ihm zu gefallen, so im Mittelpunkt zu stehen.

Kerstin lachte auf.

»Freut mich, dass er dir gefällt. Ja, Arcos ist in Spanien geboren. Reitest du auch?«

»Und ob. Seit vier Jahren.«

»Wo denn? Ich habe dich auf dem Grüntalhof noch nie gesehen.«

Lilly zuckte die Schultern. »Wir sind ja auch erst Anfang Januar nach Hamburg umgezogen. Ich suche noch einen neuen Stall. Ich vermisse das alles so: Reiten, Stallarbeit, Pferdepflege ...«

Kerstin Stieger lehnte sich an die Box und verschränkte die Arme vor der Brust. Sie musterte Lilly mit professionellem Interesse und schien etwas Bestimmtes zu überlegen.

»Arcos' Fell sieht aus, als hättest du schon geritten, Kerstin«, sagte Charlotte. »Blöd. Lilly hätte wahnsinnig gern gesehen, wie ein spanisches Pferd geht.«

»Was sagst du?« Kerstin Stieger richtete ihren Blick wieder auf Charlotte. »Ja, richtig, Charlotte, ich bin gerade durch mit Reiten.« Sie tippte Lilly an. »Aber wenn du möchtest – warum setzt du dich nicht selber auf Arcos und reitest ein paar Runden? Er ist noch warm, ich habe ihn eben erst in die Box gestellt.«

Lilly verschlug es die Sprache. Hatte sie richtig gehört?

Auch Charlottes Gesicht war ein einziges Fragezeichen.

»Hä? Was ist los mit dir, Kerstin? Du lässt eine Fremde auf Arcos? Das tust du doch sonst nicht.«

Kerstin Stieger lächelte.

»Arcos scheint Lilly ja auf Anhieb zu mögen. Das ist selten genug. Und darum ist mir gerade etwas durch den Kopf gegangen. Du weißt doch, wie eng es bei mir im Moment mit dem Reiten wird, zumindest, solange ich in meiner Fortbildung stecke.« Sie seufzte. »Als du krank warst, habe ich mich manches Mal nach einer zweiten Reitbeteiligung gesehnt. Aber bis jetzt konnte ich mich nicht dazu durchringen – es ist ja auch nicht einfach, jemanden zu finden, dem man so ein Pferd anvertraut . . .«

»Aber bestimmt bewerben sich doch jeden Tag tausend gute Reiter bei Ihnen«, sagte Lilly, »für so ein schönes Pferd wie Arcos!«

»Stimmt genau, hier fragen oft Mädchen an. Reiten können sie alle. Aber sie sind ja völlig fremd für mich. Was ist mit ihrem Verantwortungsbewusstsein? Woher soll ich wissen, ob sie die nötige Umsicht haben?«

Kerstin Stieger zeigte auf zwei große Pferde auf der anderen Seite der Stallgasse.

»Was glaubst du, was meine Stallfreundinnen schon erlebt haben! Den Braunen dort drüben hat das Pflegemädchen trotz Verbots frei springen lassen. Und auf dem Fuchs in der Nebenbox hat die Reitbeteiligung schwere Lektionen der Hohen Schule geübt, obwohl sie davon keine Ahnung hatte. Sie hat nicht einmal gemerkt, dass der Fuchs lahmte, und ihn tagelang mit einem Sehnenschaden geritten.«

Die Richterin seufzte.

»Das Problem auf diesem Hof ist: Wir haben hier keinen Reitlehrer, der so etwas bemerkt und notfalls durchgreift. Stallbesitzer Tillner ist Bauer, ein sehr guter Landwirt, aber er ist eben kein Pferdemensch.«

Sie zog die Jacke in der Taille zusammen und schloss den Reißverschluss. »Darum muss ich mich bei der Reitbeteiligung darauf verlassen, dass sie allein mit Arcos fertig wird. Und verantwortungsvoll mit ihm umgeht und du machst wirklich einen vernünftigen Eindruck. Aber suchst du denn überhaupt eine Reitbeteiligung, Lilly?«

»Klar sucht sie eine«, ging Charlotte dazwischen, bevor Lilly antworten konnte. »Bloß kiesmäßig sieht es schlecht aus. Stimmt doch, Lilly, oder nicht?«

Mit glühendem Kopf nickte Lilly. Sie starb fast vor Scham. Es war so demütigend, kein Geld zu haben. Wie leicht Charlotte den richtigen Schluss aus der Wohngegend gezogen hatte ...

»In meinem alten Stall habe ich die Reitstunden abgearbeitet«, sagte sie leise. Nervös knetete sie ihre Hände.

»Das regeln wir schon. Für mich ist entscheidend, dass jemand drauf sitzt, der nicht etwa seinen Ehrgeiz befriedigen will. Der Arcos einfach mag und ihn leicht reitet, damit er in Form bleibt. Und natürlich möchte ich keinen Wildfremden. Aber ganz fremd bist du ja nicht als Charlottes Mitschülerin.«

Kerstin Stieger machte den Eindruck, als sei ihr die Kostenbeteiligung unwichtig. »Falls Charlotte noch einmal krank wird, brauche ich wirklich einen Ersatzreiter. Zumindest in den nächsten Monaten. Wie wär's, Lilly ... willst du's probieren? Arcos' Sattel ist noch nicht kalt.«

»Ist das Ihr Ernst?«

»Aber sicher.«

Lilly betrachtete Arcos, wie er sich reckte, größer wurde und mit den Wimpern klimperte. Kein Zweifel – der Andalusier flirtete mit ihr.

Die Gelegenheit können wir uns nicht entgehen lassen. Lass uns gleich starten.

Und wenn es schiefgeht, Arcos?

Denk doch nicht an so etwas. Es geht nicht schief.

»Aber ich habe keine Reitsachen hier«, sagte Lilly.

»Warte, ich hole meine Klamotten.« Charlotte lief zum Spind in der Sattelkammer und brachte ihre Reitkappe und eine sehr lange, sehr weite Reithose mit, die sie Lilly kichernd anhielt.

»Das hat keinen Sinn, da passt du dreimal rein. Behalt lieber deine Jeans an.«

»Lässt du deine Reitsachen immer hier?«, erkundigte Lilly sich erstaunt.

»Allerdings. Papa duldet nicht, dass es in seiner Hochglanzhütte nach Stall duftet«, sagte Charlotte und stülpte Lilly ihre Kunststoffkappe über die Haare. »Er kriegt einen Herzanfall bei der Vorstellung, dass ihn ein Klient zu Hause aufsucht und es nach Pferd riecht.«

Wenigstens der Schutzhelm passte, aber Lilly war so aufgeregt, dass sie dreimal ansetzen musste, bevor sie den Verschluss unterm Kinn schließen konnte. Sie kam sich wahnsinnig linkisch vor, als hätte sie Hände aus Holz. Zum Teufel, was sollte Frau Stieger von ihr denken? Dieses elegante Pferd – und sie ungelenk wie ein Seehund auf dem Trockenen. Hoffentlich schreckten ihre hölzernen Bewegungen Frau Stieger nicht ab.

Das erste Mal auf Arcos. Hätte ihr das heute Morgen jemand prophezeit, sie hätte ihn für verrückt erklärt.

Weil Kerstin Stieger wenig Zeit hatte, trensten und sattelten sie gemeinsam. Wenige Minuten später fand Lilly sich auf Arcos' Rücken in der Reithalle wieder.

Und da ging eine wunderbare Verwandlung mit ihr vor. So wie es immer gewesen war, sobald Lilly einen Sattel unter sich spürte. Sie hob den Kopf, richtete sich auf und senkte entspannt die Schultern. Oben auf dem Pferd fiel alles Eckige und Ängstliche von ihr ab. Lilly fühlte sich frei und gelöst. Von der ersten Sekunde an wusste sie: Hier war ihr Platz, hier gehörte sie hin. In Arcos' Sattel würde sie ihre Sicherheit zurückgewinnen.

Ein Glücksgefühl rieselte ihr über den Rücken.

Wie sehr habe ich mir diesen Augenblick herbeigewünscht, Arcos.

Durch selig verschleierte Augen registrierte Lilly beim Anreiten, dass Charlotte und Frau Stieger auf der Zuschauerbank saßen. Danach nahm sie nichts mehr wahr außer Arcos.

Es schien Lilly, als sei im Zügel eine unsichtbare Fernbedienung eingebaut, mit der sie alles ausblenden konnte, was sie bedrückte: Die Betonsiedlung ... der Geldmangel ... die Pferdetussi-Flüsterer in der 8a.

Am liebsten hätte Lilly sich von Arcos nur tragen lassen, ohne jede Hilfengebung wollte sie einfach auf seinem Rücken sitzen, mit geschlossenen Augen, aus der Halle hinausreiten ins Gelände ... gemeinsam bis ans Ende der Welt.

Doch Lilly riss sich zusammen. Sie durfte jetzt nicht träumen. Kerstin Stieger wollte sehen, ob sie Arcos reiten konnte. Sie musste sich anstrengen. Vernünftige Hilfengebung, Wadendruck, Gewicht verlagern. Das war ein anderes Gefühl als auf Palando und Dorio . . . der Andalusier war viel spritziger.

Gegen Bülows Pferde bewegte Arcos sich wie ein rasanter Sportwagen. Schnell und temperamentvoll. Ungewohnt. Nicht so leicht, wie Lilly beim heimlichen Zusehen gedacht hatte. Arcos reagierte blitzartig auf ihre Hilfen.

Als Lilly ihn vom Trab zum Schritt durchparieren wollte, blieb er sofort wie angewurzelt auf dem Hufschlag stehen. Sie war völlig überrumpelt und fiel prompt vornüber auf den Hals, konnte sich gerade noch in seiner üppigen Mähne festhalten, sonst hätte sie den Abgang gemacht.

Hilfe, das war Murks, Arcos.

Kannst mal sehen, wie reaktionsschnell ich bin.

Rasch ein Blick zur Zuschauerbank. Runzelte Kerstin Stieger die Stirn? Sie stand auf und lief durch die Späne auf sie zu.

Sorgenvoll schaute Lilly ihr und Charlotte entgegen.

Meckert sie jetzt, Arcos?

»Das war doch fast perfekt«, sagte Kerstin Stieger stattdessen. Sie wirkte hocherfreut. »Man merkt, dass du ordentlichen Reitunterricht genossen hast. Eine schöne weiche Hand hast du.«

»Mann, Lilly, easy, wie du das gemacht hast.« Auch Charlotte sparte nicht mit Lob. »Ich weiß, wie schnell er werden kann, besonders an den langen Seiten.«

Die Worte legten sich wie Balsam auf Lillys Seele.

»Musst nur in Hamburg die Chance bekommen, deine Begabung zu zeigen.« Die Bemerkung ihres alten Reitlehrers ging ihr durch den Kopf. Nun hatte sie die Chance bekommen. So schnell nach dem Umzug.

Lilly sprang aus dem Sattel und tätschelte Arcos den Mähnenkamm. Zufrieden streckte er den Kopf und rieb seine Nase von links nach rechts an allen Umstehenden.

Charlotte lachte. »Er will zeigen, dass er uns alle mag. Süß, nicht?«

Kerstin übernahm den Zügel und führte Arcos flankiert von Lilly und Charlotte aus der Halle.

»Toll, dass du mit Charlotte in eine Klasse gehst«, sagte sie, als sie Arcos in die Box stellte. »Da könnt ihr euch im Notfall absprechen. Und es gibt auch keine Eifersucht, denke ich? Hoffe ich?«

Kerstin nahm den Sattel ab und forschte in Lillys Gesicht.

»Du brennst darauf, Arcos zu reiten, hab ich recht?«

Lilly errötete.

»Sieht man mir das an?«

»Allerdings. Du leuchtest ja, als hätte man eine Glühbirne unter deinem Pony angeknipst. Ich hab ein gutes Gefühl bei dir.«

»Aber ich bleibe Arcos' Oberschmuser«, sagte Charlotte schnell.

»Hundertpro.«

Arcos, wir zeigen es keinem, dass wir uns so gut verstehen. Ich will Charlotte nicht vergrätzen.

»Wie kann ich die Reitstunden abarbeiten?«, fragte Lilly, nachdem Kerstin Stieger Sattel und Zaumzeug in die Sattelkammer getragen hatte.

»Das besprechen wir morgen. Jetzt müssen wir erst mal das Wichtigste klären: Wann kannst du zu Arcos kommen? Passt es dir donnerstags und montags?«

Lilly nickte mit roten Wangen. Und ob ihr das passte.

Charlotte stieß Lilly ungestüm in die Seite.

»Mann Lilly, wer hätte das gedacht?«

Die Richterin blickte auf die Armbanduhr.

»Gut, ich denke, dass wir die Sache bis Ostern testen. Danach sehen wir, ob wir das Ganze auf eine richtige Grundlage stellen. Mit Vertrag. Die nächsten Monate bin ich beruflich stark eingespannt, bin viel unterwegs, aber ich möchte, dass Arcos durchgehend trainiert wird.«

»Das ist der Hammer«, flüsterte Lilly bewegt.

»Eine Bedingung habe ich noch«, setzte Frau Stieger hinzu.

Ach du Schreck, Arcos, jetzt kommt der Haken, nun wird es doch nichts . . .

»Du musst dir ganz sicher sein . . .« Kerstin Stieger sprach schon weiter. » . . . dass du wirklich bis Ostern Zeit für Arcos hast. Mindestens. Er verträgt ständigen Wechsel nicht. Der Junge braucht eine stabile Beziehung. Nicht, dass du ihn nach zwei Wochen wieder im Stich lässt, weil du einen anderen Stall gefunden hast.«

Wie konnte sie so etwas nur denken?

»Nie und nimmer verlasse ich ihn.«

»Das klingt ja wie ein Eheversprechen. Wunderbar.« Die Richterin schmunzelte und zog ihr Handy auf. »Gibst du mir deine Telefonnummer? Ich rufe deine Eltern an, ob sie einverstanden sind.«

»Zu Hause ist alles klar«, sagte Lilly schnell. »Meine Mutter unterstützt mich total.«

»Glaub ich dir. Ich bin auch nicht superpingelig wie gewisse Juristen-Kollegen . . .« Sie zwinkerte Charlotte zu, die kichernd nickte. »Aber du bist sicher auch erst vierzehn wie Charlotte?«

»Ja.«

Mit leicht mulmigem Gefühl nannte Lilly ihre Telefonnummer. Hoffentlich fragte Kerstin Stieger nicht nach der Adresse, dann konnte sie gleich ihre Sachen nehmen und nach Hause fahren. Einem Mädchen vom Beifußweg würde die Richterin ihr Pferd nicht anvertrauen.

Aber das Telefongespräch verlief problemlos und zügig.

»Also dann, Lilly: Willst du morgen anfangen? Siebzehn Uhr?« Die Richterin reichte ihr die Hand. »Ich heiße Kerstin, wir sagen alle Du hier im Stall.«

Als sie den Stall verließen, schaute Lilly noch einmal zurück zu Arcos, der ihr mit wachen Augen nachschaute, und sie nahm seinen Blick mit.

8.

Kommst du noch mit zu mir?«, fragte Charlotte, als sie ihre Fahrräder vom Grüntalhof zur Straße hinaufschoben. Es dämmerte bereits. »Ich brauche noch ein paar Tipps für Deutsch. Zu dieser dämlichen inneren Handlung.«

»Kann ich machen. Muss nur schnell zu Hause Bescheid sagen.«

Mit dem Daumen tippte Lilly ins Handy.

Danke, danke, danke für vorhin! Du bist super, Mama. Ich fahre noch zu Charlotte. Kiss Lilly

Zwei Reiterinnen im Auto überholten sie auf der Einfahrt. Grüßend hoben sie die Hände und lächelten Lilly zu. Wahrscheinlich sieht mir jeder an, wie glücklich ich bin, dachte Lilly und strahlte in sich hinein. Sie hatte das Gefühl, gar nicht mehr zu gehen – sie schwebte.

Sie stellten sich mit ihren Rädern an die Haltestelle und warteten auf den Bus. Im Dunkeln wollten sie nicht durch die Felder heimfahren. Autos rauschten in endloser Linie an ihnen vorbei, es war Feierabendzeit. Sie hinterließen einen kalten Luftzug.

»Ist dein Vater zu Hause?«, fragte Lilly.

Charlotte lachte auf und gab ihr einen Knuff gegen die Schulter.

»Der beißt nicht. Soll sich doch freuen, wenn du mir kostenlos Nachhilfe gibst.«

»Du hast selber gesagt: Er ist das Gesetz und du kommst nicht gegen ihn an . . . vielleicht ist er wieder sauer, wenn du Besuch hast.«

Das wäre das letzte, was Lilly jetzt vertragen könnte – jemand, der sie von ihrer Arcos-Wolke herunterholte.

»Quatsch. Mein Vater ist nicht fies, nur superstreng. Gibt viel miesere Väter.«

In Charlottes Augen blitzte der Übermut, als sie hinzufügte: »Was er nicht wissen darf, verschweige ich ihm logischerweise einfach.«

Lilly sah Charlotte an der Nasenspitze an, dass sie darauf brannte, etwas loszuwerden. Andererseits zögerte sie, ob sie es Lilly erzählen sollte. Schließlich kannten sie sich erst ein paar Tage.

»Und was darf er zum Beispiel nicht wissen?«

Charlotte kaute auf der Unterlippe.

»Aber nicht in der Klasse rumgehen lassen. Das bist du mir schuldig, wegen Arcos. Also, bisher weiß es nur meine Mutter. Wenn Papa Wind davon kriegt . . .«

»Ehrenwort. Meinst du etwa, ich falle dir in den Rücken, obwohl du Arcos mit mir teilst? Nun sag schon.«

Charlotte holte tief Luft.

»Ich bin aus dem Hockeyklub ausgetreten. Letzten Oktober schon.«

»Ach, sonst nichts?«

Lilly hatte etwas Dramatisches erwartet, aber offenbar war das für Charlotte schon dramatisch genug.

»Dann hast du doch mehr Zeit zum Reiten?«

Charlotte wand sich.

»Eigentlich schon. Aber wie ich dir schon gesagt habe, im Grunde bin ich gar nicht der große Reiter. Ich liebe meinen süßen Arcos, das ist ja wohl klar, aber ich würde einfach nur gern bei ihm sein – ohne zu reiten, verstehst du? Ständig dieser Druck. Ich will nur mit Arcos in der Box sitzen und kuscheln, aber das begreift ja keiner. Immer heißt es gleich: ›In den Sattel und trainieren.‹«

Lilly nickte. Sie verstand genau, was Charlotte meinte, aber sie selber liebte beides: schmusen und reiten.

»Ohne Hockey müsstest du doch jetzt geheime Freizeit haben. Warum rennst du denn dann nach der Schule immer sofort weg? Gibt es noch mehr Geheimnisse? Läuft da etwa was mit einem Typen?«

»Bullshit. Schwör, dass du niemandem was erzählst. Egal, was passiert. Dann würde mein Vater nämlich komplett austicken.«

»Mach's nicht so spannend, Charlotte. Also gut: Ich schwöre.«

Lilly hob drei Finger.

»Schwör bei Arcos.«

Charlotte klappte ihr Handy auf und rief ein Fotos von Arcos auf, das sie Lilly unter die Augen hielt.

»Ich schwöre bei Arcos.«

Leise röchelnd rollte der Bus vor, sie hoben ihre Räder hinein und lehnten sich drinnen an die Haltestangen.

Charlotte öffnete einen Geheimreißverschluss in ihrem Jackenfutter und holte einen Computerausdruck hervor, zigmal geknickt. »Lies.«

Lilly entfaltete das Papier. Eine Anzeige aus dem Internet. Sie erwartete eine Flirtseite oder einen Text, der sich um Pferde drehte, aber was sie las, stammte aus einer ganz anderen Welt.

Wenn du Bock hast, krassen Metal zu spielen, melde dich einfach bei mir und wir können mal spontan jammen, um zu sehen, ob wir alle zufrieden sind. Wir: Metal-Band, noch ohne Live-Erfahrungen, neu seit drei Monaten. Unser Drummer ist weggezogen. Probenraum und Schlagzeug sind da. Melde dich bei Luke.

»Die suchen einen Drummer!« Irritiert hob Lilly den Blick. »Willst du dich etwa melden?«

Charlottes Gesicht glühte vor Eifer. »Hab ich längst. Bei denen spiele ich seit vier Monaten«, flüsterte sie. »Total abgefahren. Einer geht auf unsere Penne, Luke. 11a.«

»Der Typ, mit dem du manchmal in der Pause zusammenstehst? Mit den schwarzen Klamotten und den Nietenarmbändern?«

»Exakt.«

»Ach deshalb . . . aber dann hast du ja schon wieder mehr an der Socke.«

Verträumt schloss Charlotte die Augen.

»Aber endlich etwas, das mir irre Spaß macht. Nicht so etwas Ödes wie Geige und Hockey.«

Lilly dachte an die Kohlezeichnungen in Charlottes Zimmer, an die Trommeln, Becken, Schellenkränze.

»Darum die Bilder!«

»Genau. Erst bin ich nur aus Neugierde hin, die Jungs fanden mich ziemlich gewöhnungsbedürftig. Mädchen! Geige! Bunte Klamotten! Das ging gar nicht. Aber bin ja geübt in Musik, fiel mir nicht schwer mit dem Schlagzeug. Die Band, das sind die totalen Freaks. Luke, Jo, Mike . . . ja, und nun Charly.«

»Charly bist du?«

»Logisch. Das ist echt mein Leben. Kannst du dir meinen Vater vorstellen, wenn er mich am Schlagzeug sieht?«

»Absolut.«

»Wenn du Arcos reitest, kannst du demnächst auch eine von meinen Stunden übernehmen und ich bin schneller bei meiner Band. Krass. Wirklich genial, wie das heute gelaufen ist. Genial für uns beide. Nimm dein Rad, Lilly, wir müssen raus.«

Die wenigen Meter zum Rodigkamp fuhren sie. Lilly war völlig durcheinander und aufgeregt, was die nächsten Wochen bringen würden.

Was war heute alles geschehen: Der Aufsatz in der Schule . . . Charlotte am Beifußweg . . . diese wunderbare Treffen mit Arcos . . . und nun auch noch geheime Neuigkeiten von Charlotte.

Als sie die Räder vor dem hell erleuchteten Haus abstellten, spürte Lilly schon wieder das bekannte Ziehen in der Bauchgegend. Dr. Jahrsen lag ihr im Magen.

Hoffentlich verdirbt er uns die sensationelle Stimmung nicht.

Doch genau das geschah, als sie mit Charlotte die Diele betrat.

Noch bevor sie richtig »Guten Abend« wünschen konnte, schnupperte Dr. Jahrsen in der Luft und wandte sich stirnrunzelnd an Charlotte.

»Hast du etwa noch Reitsachen an? Du weißt, was wir abgemacht haben: Reitkleidung gehört in den Reitstall. Stell dir mal vor, heute kämen noch Klienten und hier röche es nach Pferd . . .«

»Kommen denn welche?«

»Nein.«

Lilly wurde rot und sah an sich herunter. Sie war es, die nach Stall roch. Genauer gesagt ihre Jeans. Kein guter Einstieg bei Dr. Jahrsen. Die Realität holte sie ein.

»Ach Papa, hör doch erst mal, was ich dir sagen muss«, sprudelte Charlotte hervor. »Lilly musste mit ihren Jeans in den Sattel. Sie hat nämlich kurz Probe auf Arcos geritten. War nicht geplant. Wo ist Mama überhaupt?«

»Yoga. Aber Charlotte, du kannst doch nicht einfach einen Fremden auf Arcos reiten lassen. Ohne Wissen von Kerstin Stieger.«

Er musterte Lilly wie einen undurchsichtigen Verbrecher, dessen Pflichtverteidigung er übernehmen sollte.

»Würde ich doch nie machen, Papa. Kerstin war dabei. Und nun kommt der Oberhammer: Sie will Lilly als zweite Reitbeteiligung, weil Kerstin und ich in der Woche einfach zu wenig bei Arcos sein können. Erst mal ohne Bezahlung und Vertrag. Zwei oder drei Monate auf Probe.«

»So.«

Demonstrativ lehnte Dr. Jahrsen sich zurück. Ganz offensichtlich hielt er nicht viel von den Neuigkeiten.

»Wieso brichst du nicht in Begeisterungsschreie aus, Papa?«

»Reitbeteiligung ohne Vertrag? Da habe ich meine Bedenken.«

Entschuldigend sah Charlotte Lilly an.

»Papa sucht immer nach Haken.« Sie versuchte, seiner abweisenden Haltung einen lustigen Anstrich zu geben. »Berufskrankheit. Anwälte können nur in Katastrophen denken.«

»Kein Grund, albern zu werden, Charlotte.« Dr. Jahrsen wandte sich an Lilly. »Weißt du, du bist für mich ja völlig fremd. Ein paar Dinge über dich möchte ich schon wissen, wenn meine Tochter sich mit dir ein Pferd teilt.« Er lächelte dünn. »Guck mich nicht so entgeistert an, Mädchen, ich beiße nicht. Ist es von deiner Wohnung nicht zu weit zum Grüntalhof?«

Schnell schüttelte Lilly den Kopf.

»Nein. Mit Bus und Bahn geht es toll hier in Hamburg«, sagte sie ausweichend. »Ich komme schnell überallhin.«

»In welcher Straße wohnst du denn?«

»Papa!«, rief Charlotte empört. »Ist das ein Verhör?«

Lilly überlegt kurz, ob sie einen Straßennamen erfinden sollte, aber das war sinnlos, weil Charlotte ihre Adresse kannte. Ziemlich sicher würde ihr Vater herausfinden, dass er angelogen wurde. Aber wieso mischte er sich überhaupt in ihre Angelegenheiten ein? Im Grunde hatte er absolut nichts mit Arcos zu tun, er war schließlich nicht sein Pferd. Nur, dass die Eigentümerin zufällig seine Arbeitskollegin bei Gericht war.

»Beifußweg«, antwortete Lilly trotzig.

»Oh«, sagte Dr. Jahrsen und zog die Augenbrauen hoch.

Lilly und Charlotte wechselten Blicke.

»Hast du Vorurteile gegen die Ecke oder was?«, warf Charlotte schnell ein. »Ich war heute dort, da ist es total friedlich, wirklich Papa.«

»Komm mal kurz in mein Büro«, ordnete Dr. Jahrsen an. Mit einer kleinen Handbewegung bedeutete er Charlotte, ihm zu folgen. Gleichzeitig nickte er Lilly zu. »Du hast sicher Verständnis dafür? Ich muss das mit meiner Tochter unter vier Augen besprechen.«

Charlotte zog die gefaltete Deutscharbeit aus ihrer Jackentasche und reichte sie Lilly.

»Kannst du inzwischen markieren, was wichtig ist? Gelbe Marker liegen irgendwo auf dem Schreibtisch.« Ihrem Vater rief sie quer über die Diele hinterher: »Lilly ist nämlich der Klassenstar in Deutsch. Die Beste.«

Lilly spürte einen Stich in der Brust, als Charlotte hinter der Bürotür verschwand. Dass Dr. Jahrsen gleich so massiv Unruhe stiftete und sich einmischte, hatte sie nicht erwartet.

Noch vor einer Stunde hatte sie in eine rosige Zukunft geblickt. Jetzt senkten sich düstere Schatten über ihr Glück. Dr. Jahrsen hatte es geschafft, dass Lilly sich minderwertig vorkam.

Was ging in dem Zimmer zwischen den beiden vor? Sie musste es wissen. Normalerweise horchte Lilly nicht an fremden Türen. Aber was war heute schon normal?

Auf Zehenspitzen schlich sie über den Flur und drückte sich an die Wand. Falls Charlottes Mutter heimkam, konnte sie vorgeben, sie sei auf der Suche nach dem Bad.

Schon hörte sie aus dem Büro erregte Stimmen.

»Ich will keinen Ärger mit Kerstin Stieger«, sagte Dr. Jahrsen heftig. »Wir haben schließlich bei Gericht miteinander zu tun.«

»Wieso soll es denn Ärger geben, Papa? Sie selbst hat doch Lilly gefragt und ihr das Angebot mit Arcos gemacht. Ich habe sie nicht überredet oder so. Außerdem ist es doch erst mal nur auf Probe. Und Lilly reitet seit vier Jahren. Besser als ich, wenn du es genau wissen willst.«

»Und wennschon! Ich bin strikt gegen Reitbeteiligungen ohne schriftlichen Vertrag. Da verstehe ich auch Frau Stieger nicht. Sie als Juristin! Weiß sie überhaupt, dass deine Klassenkameradin im Beifußweg wohnt?«

Charlotte wurde ebenfalls lauter.

»Ist das wichtig?«

Wieder Dr. Jahrsen.

»Nichts gegen den Beifußweg. Aber in solchen Stadtteilen geht man mit dem Wort Verantwortung anders um als bei uns. Die Leute dort haben sicher nicht unsere Vorstellungen von Erziehung. Ich bezweifle, dass deine Lilly gewohnt ist, verantwortungsvoll mit Wertgegenständen umzugehen – und Arcos ist schließlich ein wertvolles Pferd.«

Wie kann dieser herzlose Anzugträger Arcos einen Wertgegenstand nennen . . .

Und wieder Charlottes Stimme. »Nicht so laut, Papa. Wenn sie dich hört. Was sagst du denn da überhaupt. Du kennst sie ja gar nicht.«

Lilly hörte Geräusche, die vom Schreibtisch zu kommen schienen.

»Ich rufe Frau Stieger an und informiere sie darüber, dass deine Mitschülerin aus dieser zweifelhaften Großsiedlung kommt. Dann soll sie selbst entscheiden, was sie tut.«

»Das ist gemein, Papa. Das geht dich doch alles gar nichts an!«

»Vielleicht doch. Was ist, wenn Lilly etwas anrichtet? Ob gewollt oder fahrlässig? Ist sie versichert? Wohl kaum. Wenn etwas im Stall passiert mit deiner neuen Mitschülerin, haben wir letzten Endes das Theater mit Arcos' Besitzerin, weil wir Lilly vermittelt haben.«

»Vermittelt? Nein, so war es nicht! Und überhaupt, dann war ich es, nicht du!«

»Ach hör auf, Charlotte. Du bist minderjährig. Tu bitte nicht so unbedarft. Am Ende bleibt doch alles wieder an mir hängen. Ich will das einfach nicht, dass wir Privates und Geschäftliches vermischen.«

Lilly fühlte sich zutiefst gedemütigt. War sie bloß wegen ihrer Adresse ein Mensch zweiter Klasse? Wie abwertend und pauschal Charlottes Vater über die Hochhäuser sprach. Sie hatte gedacht, Großstädter wären toleranter. Aber hier gab es genauso viele Menschen mit Vorurteilen wie in Mallwitz.

Lilly bekam mit, wie etwas aus einem Regal gezogen wurde.

»Weißt du eigentlich, was man da für Verpflichtungen eingeht, Charlotte?«

Lilly hörte leises Quietschen, als würde die Spange eines Aktenordners geöffnet. Rascheln von Papier, dann erneut Jahrsens Stimme.

»Hier ist dein Vertrag für die Reitbeteiligung. Hör zu, was darin steht: ob das Pferd auf die Weide darf, in welcher Situation du sofort den Tierarzt holen darfst, wer für Verletzungen haftet, ob du auf der Straße reiten darfst, ob du an Turnieren teilnehmen kannst und so weiter. Das alles haben wir Punkt für Punkt mit Frau Stieger geregelt.«

»Du bist voll spießig, Papa.«

»Ach Charlotte, du hast doch keine Ahnung vom wahren Leben. Der Beifußweg ist mir wirklich ein Begriff! Letztes Jahr hatte ich vor Gericht mit einem Taxifahrer zu tun, den hatten Jugendliche in die Wohnsiedlung deiner Freundin bestellt« – deine Freundin zog er betont auseinander – »und mit Baseballschlägern traktiert und ausgeraubt.«

Lilly ahnte, dass die Geschichte stimmte. Nachts holte die Polizei öfter mal jemand aus dem Hochhaus. Klar, in so einem großen Komplex gab es auch komische Leute. Aber wie konnte Herr Jahrsen alle über einen Kamm scheren? Sie war doch nicht so und ihre Mutter auch nicht und Vitali ebenso wenig. Überhaupt waren die meisten Leute im Beifußweg ganz normal, anständig und nett.

Dieser blasierte Dr. Jahrsen, bloß weil er einen Doktortitel vorneweg hatte, meinte er, dass er über alles urteilen konnte. Was glaubte der denn? Dass Leute vom Beifußweg mit Baseballschlägern zum Reiten fuhren statt mit Gerten? Das war lächerlich und verletzend.

»Aber Kerstin will Lilly«, rief Charlotte.

Ihr Vater begann nun, gespreizt zu dozieren. Es fielen Worte wie »Rand der Gesellschaft«, »Sozialverlierer« und »Problemviertel«.

»Sei mir nicht böse, Charlotte«, endete die Predigt, »aber das lässt mir alles keine Ruhe. Ich rufe jetzt doch Kerstin Stieger an.«

Lillys Knie begannen zu zittern. Sie presste ihr Ohr an die kalte Steinwand.

Offenbar hatte Charlotte ihrem Vater signalisiert, das Telefon auf laut zu stellen, denn plötzlich hörte Lilly das Gespräch bis auf den Flur. Klar, Charlotte wollte sich mit eigenen Ohren von Kerstins Antworten überzeugen. Wollte ihrem Vater keine Chance geben, ihr etwas vorzugaukeln.

» . . . ja, meine Tochter sitzt gerade bei mir. Habe nur eine kurze Frage, um mich zu vergewissern: Stimmt es, dass Sie ein Mädchen aus Charlottes Klasse ohne Vertrag reiten lassen wollen?«

Lilly hörte das rauchige Lachen von der anderen Seite.

»Das geht schon klar, Herr Kollege.«

»Sind Sie sich da sicher?«

»Kommen Sie.« Wieder das heisere Lachen. »Reiten ohne Vertrag steht doch neuerdings nicht etwa im Strafgesetzbuch?«

»Frau Stieger, Sie wissen, wie schnell eine unklare Situation entstehen kann.«

»Ach, man muss doch nicht immer schwarzsehen. Das Mädchen machte auf mich einen vertrauenswürdigen Eindruck. Sehr kompetent, was Reiten angeht. Wir kommen schon alle miteinander klar, Charlotte, Lilly und ich.«

Lilly sah praktisch vor sich, wie Charlotte ihren Vater beschwörend anstarrte, damit er den Beifußweg nicht ins Feld führte.

»Gut, ich wollte das nur sicherheitshalber mit Ihnen abklären. Entschuldigen Sie bitte die Störung.«

»Grüßen Sie Charlotte. Bis morgen im Gemäuer.«

Jahrsen hatte das Thema Großsiedlung nicht angeschnitten!

Lilly stieß einen Seufzer der Erleichterung aus. Obwohl nun alles klar war, mochte sie sich nicht mehr richtig freuen. Ein Stachel blieb zurück. Ihre höhnische innere Stimme meldete sich wieder.

Neu in Hamburg und sofort ein Superpferd finden . . . und dazu eine Nette in der Klasse. Und Reiten ohne Kostenbeteiligung. Das hättest du wohl gerne. Wie naiv bist du eigentlich? So etwas passiert nur im Film . . .

»Danke, dass du nichts gesagt hast, Papa«, hörte Lilly Charlotte sagen.

»Aber nur, weil es mich im Prinzip wirklich nichts angeht«, hörte sie Dr. Jahrsen. »Frau Stieger wird schon sehen, was sie von ihrer Gutgläubigkeit hat.«

»Ach Papa, sag doch nicht so was . . .«

Lilly hatte genug gehört. Leise schlich sie in Charlottes Zimmer zurück. Mit beiden Händen tastete sie durch Papierstapel, bis sie den flachen Neonstift fand. Geistesabwesend nahm sie sich den Deutschtest vor und begann, Sätze zu markieren. Sie legte den Aufsatz mit einer Klebenotiz für Charlotte auf die Computertastatur und ging auf Zehenspitzen durch die Diele zum Ausgang. Keine Minute länger mochte sie in diesem Haus bleiben.

Mit Dr. Jahrsen würde es garantiert noch Schwierigkeiten geben, sagte ihr Magen. Er würde keine Ruhe geben, bis er ihr einen Fehler nachweisen konnte, Charlottes unduldsamer Vater. Ein sturer Paragrafen-Hengst war er, nichts anderes. Obwohl er nichts mit Pferden zu tun hatte, musste sie seinetwegen höllisch aufpassen. Er würde sie misstrauisch beobachten. Sie durfte sich nichts leisten, gar nichts. Die geringste Schwäche, jede winzige Nachlässigkeit würde Dr. Jahrsen in seinen Vorurteilen bestätigen. »Siehst du Charlotte, ich habe dich gewarnt, mit jemandem aus dem Beifußweg kannst du nicht arbeiten.« So hörte sie ihn bereits triumphierend ausrufen.

Und zack war die Reitbeteiligung weg. Und Arcos verloren. Nie durfte das passieren. Arcos war doch ihr Rettungsanker in der fremden Stadt.

Leise zog Lilly die Tür hinter sich zu.

9.

Am nächsten Tag wies Kerstin Stieger Lilly in alle Arbeiten auf dem Grüntalhof ein.

»Um das gründliche Ausmisten und um die Fütterung kümmert sich Herr Tillner«, sagte sie. »Nimm du nur das nasse Stroh aus der Box und die Pferdeäpfel. Frisches Stroh rein, dann noch Tränke und Trog putzen.«

»Das ist doch keine Gegenleistung für zwei Reitstunden in der Woche!«, protestierte Lilly. »Das macht man ja sowieso, wenn man zum Reiten kommt.«

Aber Arcos' Eigentümerin genügte es.

»Mir ist wichtig, dass du dich genau an unsere Absprachen hältst. Dass du Arcos leicht reitest. In aller Ruhe. Zunächst keine anspruchsvollen Lektionen. Und Vorsicht mit dem Zügel, aber du hast ja keine harte Hand, wie ich gestern gesehen habe.«

Die ganze Zeit, während sie sich unterhielten, saß Lilly die Furcht im Nacken. Kam Kerstin am Ende, angestachelt durch Dr. Jahrsen, doch noch mit einer schriftlichen Vereinbarung? Und würde sie einen Rückzieher machen, sobald sie das Wort Beifußweg hörte?

Kerstin erwähnte den Vertrag jedoch mit keinem Wort. Lilly hatte das Gefühl, die Richterin freute sich tatsächlich, dass jemand sich um Arcos kümmerte, und als sie sich endlich verabschiedete, um pünktlich zu ihrem Seminar zu kommen, da hätte Lilly die Welt umarmen können.

Von Tag zu Tag wurde die Verbindung zu Arcos inniger. Es war die reinste Freude, Arcos zu reiten, und Lilly und der schöne Andalusier harmonierten miteinander, wie es besser nicht sein konnte.

Arcos wurde zum Dreh- und Angelpunkt in Lillys Leben. Sogar die Wochentage benannte sie nicht mehr nach dem Kalender. Sonntag hieß bei Lilly nicht Sonntag, sondern »der Tag vor der Montags-Reitstunde«, und Freitag war nicht Freitag, sondern »der Tag nach der Donnerstags-Reitstunde«.

Jedes Mal, wenn sie am Grüntalhof in den Bus stieg und von Arcos zurück nach Hause fuhr, hatte Lilly das Gefühl, das Treffen mit ihm sei schon eine Ewigkeit her und sie könnte die zwei oder drei Tage bis zur nächsten Reitstunde unmöglich überstehen. Endlos dehnten sich die Stunden bis zum nächsten Besuch. Die gesamte Familie zog Lilly liebevoll mit ihrer Arcos-Verliebtheit auf. Lillys Mutter hinterließ im Kühlschrank kleine Aufkleber am Joghurt. »Für den Stall – damit du nicht vor Hunger ohnmächtig wirst, wenn du deinen Arcos stundenlang putzt.« Manchmal brachten die Zwillinge Äpfel aus dem Hort mit nach Hause, die Lilly blank poliert auf ihrem Kopfkissen fand, mit einem Zettel in Tims steiler Handschrift: »Für dein süüüüüüßes Pferd«.

Arcos wurde das Maß aller Dinge. Als Lilly mit der 8a den Hamburger Hafen erforschte, fragte sie sich nicht wie der Rest der Klasse: Wie viele Kilometer sind es von hier bis New York? Sondern: Wie viele Kilometer sind es bis zum Grüntalhof? Lud

Charlotte sie in die Eisdiele ein, weil Lilly ihr manchmal in Deutsch half, fiel ihr prompt beim Anblick des Metall-Cups Arcos' Trog ein: Frisst er vielleicht gerade? Wartete Lilly morgens auf den Bus, ging ihr durch den Kopf: Steht Arcos draußen auf dem Paddock und guckt in meine Richtung?

Voller Glück spürte sie, dass der sensible Wallach auf ein Mädchen wie sie gewartet zu haben schien. Lilly freute sich wahnsinnig über diese Entdeckung, sprach aber nie darüber. Sie konnte doch Kerstin und Charlotte nicht vor den Kopf stoßen, die das Pferd viel länger kannten.

Doch Lilly bemerkte ganz deutlich die Feinheiten in Arcos Benehmen. Sobald sie die Stallgasse betrat, senkte der Andalusier wie befreit den Kopf und seine Stirnfalten verschwanden. Die schnelle Abfertigung durch Kerstin oder Charlotte fand er offenbar grässlich.

Auch beim Reiten spiegelte sich die innige Beziehung wider. Längst war Arcos nicht mehr das Formel-1-Pferd, das in hohem Tempo durch die Halle fegte. Inzwischen konzentrierte er sich besser und ging wunderschön versammelt. Von Reitstunde zu Reitstunde kamen sie und Arcos ein Stück weiter.

Manchmal sehnte Lilly sich so sehr nach ihm, dass es wehtat. Das spanische Pferd beherrschte alle ihre Gedanken und neben der Schule hatte sie für nichts anderes Zeit als für Arcos.

Dabei hätte sie sich, wenn sie ehrlich war, gern öfter mit Vitali getroffen. Ein paar Mal hatte er sie in die Croque-Bude an der U-Bahn eingeladen, doch nur einmal war sie mitgegangen. Aber für Lilly stand fest: Sobald sie sicher sein konnte, Arcos als Reitbeteiligung zu behalten, wenn sie nicht länger aus Sorge um die Zukunft so schrecklich angespannt war, würde sie mehr mit Vitali unternehmen. Neulich hatte er auf dem Dach plötzlich zwei russische Teegläser aus der Tasche geholt und sie ihr geschenkt. Und das erste Mal davon gesprochen, ganz verlegen, wie gemütlich er die Teestunden in seiner alten Heimat in Erinnerung hatte. Süß war das gewesen. Vielleicht sollte sie Vitali in den Frühjahrsferien mal einladen? Sie könnte Waffeln backen und Tee kochen ...

Doch dazu sollte es nicht mehr kommen.

Lilly hatte ein paar Tage nichts von Vitali gesehen und gehört, was an sich nichts Ungewöhnliches war. Darum fiel sie aus allen Wolken, als am Abend ein Päckchen von ihm auf der Fußmatte vor ihrer Tür lag. Auf dem Umschlag stand in dickem Filzer: »Für Lilly Beier. Ich bin ausgezogen!!!«

Als Lilly den Umschlag aufriss, fiel ihr als Erstes die Totenkopfbox mit dem Vierkanteisen in die Hand. Was war passiert? Mit Unbehagen las sie den beiliegenden Brief.

Hi Lilly!
Bin absolut down.

Wir gehen zurück nach Kasachstan. Mein Vater hat sich durchgesetzt. Er hat meinen Bruder und mich von heute auf morgen von der Schule abgemeldet. Einfach so. Kannst du dir vorstellen, wie sauer ich bin??? War heute dreimal bei dir an der Tür, keiner da. Jetzt packe ich meinen Fenstergriff in den Umschlag. Lagerst du ihn für mich? Kannst jetzt immer aufs Dach.

In vierzehn Monaten bin ich volljährig, dann komme ich zurück nach HH, ich schwör. Im März melde ich mich aus Kasachstan. Scheißspiel. Vitali. :-||

Frustriert ließ Lilly den Brief sinken.

Vierzehn Monate. Was für eine unvorstellbar lange Zeit. Fünfzehn war sie dann, fast sechzehn. Verdammt, Vitali würde ihr fehlen. Alles war so problemlos und einfach mit ihm gewesen. Zwischen ihnen hatte einfach alles gepasst, dazu mussten sie sich gar nicht ständig sehen.

In einem spontanen Impuls stieg Lilly in den Fahrstuhl, fuhr in den zwölften Stock und kletterte aufs Dach.

Kalt war es hier oben. Bibbernd ließ Lilly die Arme kreisen. Vitali war weg. Schon wieder wurde ihr Leben durcheinandergeschüttelt.

Mit den Händen schlug sie sich die Schultern warm. Ob es in Kasachstan auch kalte Winter gab? Wo lag das Land eigentlich? Irgendwo weit im Osten, früher Sowjetunion, mehr wusste sie nicht. Aber wo? Norden? Süden? Wie sie Abschiede hasste! Konnte nicht immer alles gleich bleiben? Es war so mühselig, sich immer neue Positionen in der Welt zu suchen.

Vitali war ein richtig guter Freund gewesen. Einer, auf den sie sich verlassen konnte. Und nun? Weg. Verschwunden aus ihrem Leben.

Mit traurigem Herzen tickerte Lilly eine SMS an Vitali.

Bin total geschockt! Hammerharte Nummer, die deine Familie durchzieht. Wie konnte dein Vater nur! Es ist so gemein. :: (Melde dich gleich, wenn du angekommen bist! Stehe gerade auf dem Dach. 1000 Dank für den Fenstergriff. Wir wohnen sicher noch hier, wenn du zurückkommst. Wenn nicht, hinterlege ich eine Nachricht an der Mobilfunkantenne. Schlag dich tapfer im Packeis . . . oder wo liegt Kasachstan genau? Werde im Diercke nachgucken. LG Lilly. PS: Du musst zurückkommen, damit wir deine Teegläser einweihen können.

Was für ein Glück, dass es Arcos gab . . .

Nach den niederdrückenden Neuigkeiten von Vitalis Umzug konzentrierte sich Lilly nun vollkommen auf ihren schönen Andalusier. Zum Glück gab es im Stall keinen Grund zur Sorge.

Die Befürchtung, Dr. Jahrsen könnte Kerstin Stieger doch noch auf den Beifußweg aufmerksam machen, verblasste in Lillys Gedanken – obwohl Charlotte berichtete, dass ihr Vater bei jeder Gelegenheit auf dem Hochhausviertel herumhackte.

»Es wurmt ihn, dass er sich nicht durchgesetzt hat«, glaubte Charlotte. »Papa ist gewohnt, alles so lange zu drehen und zu wenden, bis er recht hat.«

Nachdem Vitali weggezogen war, gewöhnte Lilly sich an, nicht nur montags und donnerstags zum Grüntalhof zu fahren, sondern fast jeden Tag, sobald ihre Mutter von der Arbeit heimkam und die Zwillinge übernahm. Von nun an fand sie es gar nicht mehr so toll, wenn ihre Mutter Pläne fürs Wochenende schmiedete, weil sie dann nicht bei ihrem Schatz sein konnte.

»Lilly, wir wollen Sonntag mit der ganzen Familie zur Schiffsbegrüßungsanlage fahren.«

»Ach Mama, kannst du nicht mit den Jungs allein fahren? Ich würde gern Arcos besuchen.«

»Ich dachte, am Wochenende reitet Charlotte?«

»Schon, aber ich möchte Arcos einfach nur sehen.«

»Deine Begeisterung für das Pferd nimmt langsam überhand, finde ich. Du hast ja nichts anderes mehr im Kopf.«

»Lass mich doch, Mama. Vor dem Umzug hast du versprochen, wenn ich einen neuen Stall finde, darf ich jederzeit zu den Pferden, solange die Schule nicht leidet. Und die leidet nicht.«

»Ach Lilly, hast ja recht. Ich habe dir in letzter Zeit eine Menge zugemutet mit Tim und Felix. Du hast dir den Stall wirklich verdient. Aber was tust du denn auf dem Grüntalhof, wenn du nicht reitest?«

Darauf hätte Lillys ehrliche Antwort eigentlich so lauten müssen: »Wenn du es genau wissen willst, Mama: Ich verstecke mich. Ja, du hörst richtig – ich verstecke mich hinter der Plane im Lkw-Anhänger am Außenplatz. Warum? Damit Charlotte und Kerstin mich nicht sehen. Sonst glauben sie noch, ich spioniere ihnen nach. Dabei will ich nur beim Reiten zugucken. Meistens trainieren sie ja draußen. Du kannst dir nicht vorstellen, wie schön das ist, Arcos traben zu sehen. Aus meinem Versteck kann ich beobachten, wann Kerstin und Charlotte den Stall verlassen. Was meinst du, wie hektisch die jedes Mal vom Hof stürmen. Und oft vergessen sie etwas: Mal liegt ein Hufkratzer in der Einstreu, mal ist die Boxentür nicht richtig geschlossen. Und stell dir vor: Letzte Woche musste ich Pferdeäpfel aus der Tränke holen, die hatte Charlotte in der Eile übersehen. Aber die anständige Versorgung ist natürlich nur eine Sache. Am herrlichsten ist es, Arcos einfach zu beobachten. Beim Fressen. Beim Dösen. Und dann sind da unsere Gespräche ... Nein, Mama, ich spinne nicht. Klar weiß ich, dass Pferde nicht reden können. Aber wir kennen uns so gut, Arcos und ich, dass ich genau weiß, was er mir sagen will. Ich verstehe, was er denkt. Er bedeutet mir mehr als alles andere auf der Welt. Und Mama, dann ist da noch etwas: Arcos ist so schön, so überirdisch schön, dass ich das Gefühl habe, sein Glanz strahlt auf mich ab, solange ich bei ihm bin. Und wenn ich von Arcos heimfahre in unsere graue Siedlung, bleibt sein Leuchten in mir zurück.«

Doch das alles sagte Lilly nicht. Nicht zuletzt, weil die Sehnsucht nach Licht im Leben ihre Mutter gekränkt hätte. Darum sagte Lilly nur: »Im Stall gibt es immer Arbeit, Mama.«

Arcos gewöhnte sich sehr schnell an die zusätzlichen Schmusestunden mit Lilly, ja, er wartete regelrecht darauf. Feste Rituale hatten sich entwickelt. Beim Hereinkommen warf Lilly ihm eine Kusshand zu – für Arcos das Signal, an die Boxentür heranzutreten und seine Nase leicht gegen die Gitterstäbe zu legen, während Lilly die Schiebetür Zentimeter für Zentimeter zur Seite schob. Dann genoss Arcos mit halb geschlossenen Augen das Entlanggleiten der Türstäbe. Nur bei Lilly traute er sich das, stellte sie mit heimlicher Genugtuung fest. Bei jedem anderen Reiter zog Arcos sofort den Kopf zurück. Eine Pferdenase reagiert höchst empfindlich auf Druck.

Als der Winter Mitte Februar zurückkam und Lilly sich eine heftige Erkältung einfing, mit Fieber, Husten und Halsschmerzen, schleppte sie sich tagelang durch kalten Regen zur Schule – aus Angst, ihre Mutter würde ihr auch die Stallbesuche verbieten, wenn sie sich am Gymnasium krank meldete. Mit dem Montagsritt klappte es mehr schlecht als recht, danach schmerzte Lilly jeder einzelne Knochen. Zu Hause ließ sie das Fieberthermometer verschwinden, um ihren geheiligten Donnerstag mit Arcos nicht zu gefährden.

Mühselig brachte sie die Reitstunde zu Ende, aber Freitag früh glühte Lillys Kopf derartig, dass ihre Mutter sie ins Bett schickte und ihr verbot, zum Gymnasium oder in den Stall zu fahren.

»Wenn du drei Tage strikt im Bett bleibst, darfst du Montag

wieder zu deiner Reitstunde«, versprach ihre Mutter. Lilly kapitulierte, wenn auch schweren Herzens. Ihr einziger Trost war, dass Charlotte von Freitag bis Sonntag Stalldienst hatte und Lilly niemand bitten musste, ihre Stunde zu übernehmen. Das war noch nie vorgekommen.

10.

Feuchtkühle Luft schlug Lilly entgegen, als sie am Montag nach dem Erkältungs-Wochenende aus dem Bus sprang und die abschüssige Straße zum Grüntalhof hinablief. Drei Tage ohne ihren Schatz, furchtbar. Sie freute sich wahnsinnig auf Arcos.

Auf dem Außenplatz leuchteten zahllose kleine Regenpfützen. Schwerer Boden. Sah aus, aus müsste sie mit Arcos drinnen bleiben.

Nur gut, dass die letzte Stunde ausgefallen war. Gleich von der Schule aus war Lilly zum Grüntalhof gefahren, denn jetzt um Viertel nach eins hatte sie noch freie Bahn in der Reithalle. Vor drei erschien selten ein anderer Reiter auf dem Hof.

Dünner Nieselregen legte sich wie ein Film auf Lillys Haar. Sie zog die Schultern ein und stellte den Kragen ihrer Schuljacke hoch, als sie am Kasino entlanghuschte. Sie wollte sich auf keinen Fall gleich wieder erkälten. In Tillners Blumenkästen im ersten Stock blühten zaghaft die ersten Stiefmütterchen, ein gelber Lichtblick in der trüben Februarstimmung.

Mit Charlotte hatte sie morgens nur kurz sprechen können, denn ihre Freundin saß ab heute nicht mehr neben ihr wie in den letzten Wochen. Frau Schulte hatte einen neuen Sitzplan aus der Tasche gezogen und Charlotte musste bis zu den Maiferien ganz nach vorn. Der erste Tisch – Höchststrafe nannten sie das in der Klasse.

Mit zwei sportlichen Sätzen sprang Lilly über eine Reihe von Pfützen hinweg. Die Erkältung war aus den Knochen, sie fühlte sich wieder fit.

In der großen Pause wollte Lilly mit Charlotte reden, aber sie stand die ganze Zeit mit Luke aus der 11a zusammen, dem Jungen aus ihrer Metal-Band.

Lilly schüttelte den Stallschlüssel aus dem Bund am Umhängeband. Das Schloss klemmte, wie immer bei feuchtem Wetter. Obwohl sie sich gegen die Tür stemmte, bewegte sich der Schlüssel um keinen Millimeter. Nichts zu machen.

Sie lief an den Paddocks vorbei zum Hintereingang. Mit triefend nassen Mähnen standen vier Pferde draußen und dösten zufrieden. Das Wetter machte ihnen nichts aus. Als Lilly vorüberging, öffneten zwei Pferde ihre Augen einen Spalt, um sie danach gleich wieder zu schließen.

Die Hoftür zu den Boxen stand offen. Die Stallgasse dampfte feucht.

Schade, dachte Lilly, dass Charlotte mir nichts von Arcos erzählt hat. Sie hätte gern gewusst, ob er am Wochenende die Achtmetervolten gegangen war.

Den ganzen Januar und Februar über hatten sie alle intensiv mit Arcos gearbeitet. Anfangs hatte Kerstin ihr jede Woche ins Reiterbuch geschrieben, welche Lektionen Lilly reiten sollte. Doch inzwischen vertraute sie darauf, dass Lilly ihr Pferd nach Tagesform ritt. Im Moment war Arcos top trainiert.

»Ich bin sehr zufrieden«, hatte Kerstin Stieger letzte Woche ins Buch geschrieben, »habe deswegen eine Überraschung für dich. Wir sollten über eine feste Reitbeteiligung sprechen.«

Vielleicht durfte sie Arcos dreimal die Woche reiten? Charlotte würde sich freuen, dann konnte sie in Ruhe zu ihren Schlagzeugproben. Das Reitprogramm war ihr ja ohnehin zu stressig. Erst letzte Woche hatte sie gestöhnt: »Wenn ich doch bloß nur noch zum Schmusen kommen könnte. Reiten muss ich nicht haben, aber der Mensch braucht ja mal Körperkontakt, wo schon meine Eltern die reinsten Eisblöcke sind.« Typisch Charlotte. Immer direkt.

Arcos schaute Lilly entgegen, als sie ihm einen Kuss durch die Luft zuwarf. Er stand ruhig in seiner Box, fraß nicht und döste nicht.

»Hallo, mein Schatz«, flüsterte Lilly leise, um die schlafenden Nachbarpferde nicht aufzuschrecken.

Komisch, dass er nicht zur Tür kommt wie sonst, ging Lilly flüchtig durch den Kopf, als sie ihren Rucksack auf der Bank am Waschplatz abstellte.

Sie machte sich aber keine weiteren Gedanken. War wohl einfach die falsche Zeit, vielleicht hatte sie ihn beim Mittagsnickerchen gestört.

In der Sattelkammer wechselte Lilly die Hose und schloss die vordere Eingangstür auf, die von innen leichter zu öffnen war.

Mit Kardätsche und Striegel trat sie in Arcos Box. Lilly bürstete kurz über die Sattellage, bevor sie das Pferd sattelte und auftrenste.

»Das richtige Putzen erledigen wir später in Ruhe. Jetzt sausen wir schnell in die Halle, bevor die Reitermeute auftaucht«, flüsterte sie ihm ins Ohr.

Arcos folgte ihr durch die Stallgasse über den Hof zur Halle, etwas langsam, wie Lilly schien. Ob Charlotte am Wochenende zu viel getan hatte?

»Hast du etwa Muskelkater, mein Kleiner?«

Ungemütliche Kühle hüllte Lilly ein, als sie durch die Hallentür trat. Sie schüttelte sich. Wie frisch es heute war, dabei stand der Frühling doch in den Startlöchern.

»Beim Reiten wird uns gleich warm, Arcos.«

Summend zog Lilly die Steigbügel herunter. Das Leben war schön. Hamburg gefiel ihr immer besser. Am tollsten fand Lilly die U-Bahn, die alle zehn Minuten fuhr. Kreuz und quer konnte sie durch die Stadt kurven. Inzwischen kannte Lilly eine Menge malerischer Ecken in Hamburg. Und zu Hause wartete ein besonderes Highlight: ein Musical-Gutschein von Frau Jahrsen. Geschenk für Nachhilfestunden, die sie Charlotte gegeben hatte.

Behutsam gurtete Lilly nach und schmiegte dann schnell ihre Backe an Arcos Schulter.

Der Umzug nach Hamburg entwickelte sich immer mehr zum Glücksfall. Ihre Mutter arbeitete inzwischen in der Zentrale ihrer Firma und hatte bessere Bürozeiten.

Aber das Schönste, das Beste, das Genialste war: Sie durfte Arcos reiten . . .

Lilly schwang sich in den Sattel und ließ ihn antreten. Zögernd setzte Arcos die Hufe voreinander, unwilliger als normalerweise.

Hatte er heute einfach keine Lust?

»Du bist auch schon mal freudiger losgegangen«, sagte Lilly und kraulte aufmunternd seinen Widerrist. »Na, das wird schon nach ein paar Runden.«

Aber anstatt leichtfüßiger voranzuschreiten, ging Arcos zunehmend schwerfälliger. Nicht einmal eine ganze Runde hatte

Lilly geritten, da meinte sie, dass Arcos die Hinterbeine durch die Sägespäne nachzog. Irritiert drehte sie sich im Sattel um und versuchte, den Grund für das Schlurfen zu erkennen.

»Bist du etwa lahm?«, fragte sie mit wachsender Besorgnis. Bevor sie darüber nachdenken konnte, wurde Arcos plötzlich stocksteif. Im nächsten Moment blieb er wie angewurzelt stehen. Sekunden später knickte er mit der Hinterhand ein, als hätte ihm jemand die Beine weggezogen.

Panik erfasste Lilly. Sofort sprang sie aus dem Sattel.

»Was hast du denn?«, fragte sie und forschte in seinem Gesicht. Furchtsame Überraschung spiegelte sich in Arcos' Augen.

Lilly beugte sich zu den Hinterbeinen vor. Arcos entlastete kein Bein, wie Lilly das von Lahmheiten oder Hufgeschwüren kannte.

Sorgfältig tastete sie seine Beine Stück für Stück ab, aber sie erkannte nichts Ungewöhnliches. Keine Schwellung, keine Verletzung, keine Wärme, keine angelaufenen Sehnen. Wenn sie Arcos jedoch betrachtete, seine steife Haltung, sein verwirrtes, verängstigtes Gesicht, war unübersehbar, dass ihr Pferd nicht in Ordnung war.

»Ich bringe dich zurück in die Box. Komm mein Schatz.«

Lilly nahm die Zügel vom Hals. Arcos rührte sich nicht. Wie gelähmt verharrte er noch immer auf derselben Stelle. Keinen Schritt mochte er vorwärts gehen.

»Komm doch, Arcos. Warum willst du denn nicht mit? Sag doch was!«

Trotz der Kühle spürte Lilly ein heißes Kribbeln an den Schläfen, das langsam in den Nacken kroch, Zentimeter für Zentimeter.

Das Pferd redete nicht mit ihr, nicht mit den Augen, nicht mit den Ohren, nicht mit den Nüstern. Arcos' Gesicht zeigte nur einen einzigen Ausdruck, aus dem Lilly las: »Ich habe Schmerzen.«

Erst fünf oder zehn Minuten später, die Lilly wie eine Ewigkeit erschienen, gelang es ihr, Arcos im Schneckentempo aus der Halle zu führen, Schritt für Schritt über den leeren Hof. Seine Vorderbeine wollten vorwärts gehen, aber die hintere Körperhälfte schien ihm nicht zu gehorchen.

Endlich hatte sie ihn in die Box bugsiert. Mit hängendem Kopf blieb Arcos im Stroh stehen, ohne Anstalten zu machen, sich über die frischen Weizenhalme herzumachen, die er sonst nie liegen ließ.

Vielleicht brauchte Arcos einfach nur Ruhe?

Beim Reiten hatte sie auf jeden Fall nichts falsch gemacht, in diesen zwei Minuten. Sorgenvoll betrachtete Lilly das Pferd. Arcos litt, das war offensichtlich. Würde sich sein Zustand von allein bessern? Oder musste sie den Tierarzt rufen? Armer Arcos.

Du tust mir so leid.

Und dann war da plötzlich ein anderer Gedanke, der sich vor Lillys Mitgefühl schob. Der Gedanke an Charlottes Vater. Sie ahnte, was Dr. Jahrsen sagen würde, wenn er erfuhr, dass der Tierarzt kommen musste.

»Eine wie du kann eben nicht mit wertvollen Pferden umgehen. Wer zahlt nun die Rechnung? Du hast doch gar kein Geld, also bleibt alles an meiner Kollegin hängen. Kerstin Stieger wird mir schöne Vorwürfe machen, dass ich ihr nicht massiver abgeraten habe.«

Ja, was sollte Kerstin denken, wenn Lilly ihr Pferd krank aus der Reithalle zurückbrachte?

Ängstlich starrte Lilly auf ihren geliebten Arcos. Vor so einer schwierigen Situation hatte sie noch nie allein gestanden. Ohnmacht, Furcht, Verantwortungsgefühl ... das alles zerrte an ihr.

Schlagartig wurde Lilly klar, was dieser Vorfall bedeutete: Wenn Arcos ernsthaft erkrankt war, ausgerechnet in ihrer Stunde, würde man sie nicht mehr reiten lassen. Dafür würde Dr. Jahrsen sorgen.

Aber das durfte nicht passieren. Ein Leben ohne Arcos konnte sie sich gar nicht mehr vorstellen. Er war doch ihr Rettungsanker in dieser Stadt. Lillys Gedanken wirbelten durcheinander . . . bis sich eine fixe Idee in ihrem Kopf festsetzte.

Niemand darf erfahren, dass ich bei Arcos gewesen bin – dann kann mir auch niemand die Schuld für sein Lahmen in die Schuhe schieben.

Sie musste den Stall nur schnell verlassen und erst gegen drei zurückkehren, wenn auch die anderen Reiter eintrafen. Noch hatte niemand sie auf dem Grüntalhof gesehen. Noch schaffte sie es, unbemerkt zu verschwinden.

Aber konnte sie Arcos zumuten, mehr als eine Stunde auf den Tierarzt zu warten?

Arcos' Ohren zuckten ein wenig. Wirkte er nicht bereits entspannter? Oder war das nur ihr sehnlicher Wunsch? Sie hob die Hände und streichelte sachte über sein Gesicht, über den üppigen Stirnschopf und das glatte weiße Fell, das sich in ihre Handflächen schmiegte. Arcos zeigte keine Reaktion.

Du bist doch gesund, Arcos, komm, zeig doch, dass alles vorbei ist. Das war doch nur so eine dumme Schwäche vorhin in der Halle.

Aber anstatt lebhafter zu werden, begann Arcos zu schwitzen. Das ganze Pferd wankte, schwankte und mit einem Mal ließ es sich aufstöhnend ins Stroh fallen, gerade so, als fehlte ihm die Kraft zu stehen.

Entsetzt trat Lilly einen Schritt rückwärts und starrte auf das am Boden liegende Pferd. Ein Albtraum!

Wie hatte sie nur eine Sekunde daran denken können, heimlich fortzuschleichen! Arcos war ihr anvertraut. Sie allein trug in diesem Moment die Verantwortung.

Lilly warf noch einen letzten Blick in die Box und rannte dann aus dem Stall über den Hof zu Tillners Haus. Sie warf sich gegen die Klingel und pochte gleichzeitig an die Holztür.

»Herr Tillner, schnell, ich brauche einen Tierarzt.«

Als niemand öffnete, rannte sie zurück auf den Hof und starrte zu den Fenstern hoch.

»Herr Tillner«, rief sie gellend. »Herr Tillner, ein Notfall! Sind Sie da?«

Im ersten Stock rührte sich nichts.

Verzweifelt blickte Lilly sich um. Der Geländewagen fehlte, der große Anhänger ebenfalls. Sie schlug sich gegen die Stirn. Natürlich, heute war Montag, da holte Herr Tillner Futter.

Irgendwo schrie eine Motorsäge . . . aber von weit her. Lilly konnte nicht einmal die Richtung zuordnen, sonst hätte sie hinlaufen und Hilfe holen können.

Völlig aufgelöst stürzte sie zurück in den Stall.

Ich muss Kerstin benachrichtigen.

Ihre Telefonnummer stand in Arcos' Reiterbuch, in das man nach jeder Reitstunde kurze Bemerkungen eintrug. Vorn waren alle wichtigen Adressen aufgelistet: Tierarzt, Schmied, Charlotte, Kerstin.

Lilly riss die kleine graue Spindtür auf. Mit fahrigen Fingern schob sie Dosen mit Leckerli zur Seite, Sporen, ein Paar Steigbügeleinlagen. Sonst lag das Reiterbuch doch immer hinten rechts, verdammt, wo steckte es nur? Vielleicht hatte Charlotte gestern etwas aufgeschrieben, was ihr weiterhalf?

Nichts. Sinnlos, länger zu suchen.

Schluchzend wischte sie sich mit dem Ärmel übers Gesicht, das nass von Tränen war.

Du Weichei, schimpfte sie mit sich. Verlier nicht die Nerven. Bist *du* krank oder Arcos? Denk doch mal mit Plan, du hast doch Kerstins Nummer gespeichert.

Lilly zog ihr Handy hervor und rief Kerstin an.

»Dies ist die Mailbox von Kerstin Stieger. Bitte hinterlassen Sie eine Nachricht.«

Nur der Speicher!

»Arcos ist krank, Kerstin! Ich weiß nicht, was ich tun soll. Er liegt schwitzend in der Box. Im Stall ist kein Mensch, auch Herr Tillner nicht. Bitte, bitte, ruf mich sofort auf dem Handy an, wenn du die Nachricht abhörst. Ich habe keine Telefonnummer vom Tierarzt.«

Bei Charlotte sprang nicht einmal die Mailbox an.

Lilly warf einen ängstlichen Blick auf Arcos' Box. Noch immer lag er auf dem Boden.

Die Stallgasse war wie ausgestorben. Vor drei Uhr würde sich niemand blicken lassen. Zu lange.

Noch einmal lief Lilly zum Spind herüber und wühlte den Blechschrank durch. Zum zehnten Mal räumte sie alles auf den Boden. Irgendwo musste doch eine Tierarztadresse zu finden sein. Aber sie entdeckte nichts.

Lilly lehnte sich gegen das kalte Stahlblech.

Ihre Horrorvorstellung wurde wahr – sie musste Charlottes Vater anrufen. Für absolute Notfälle war Dr. Jahrsens Büronummer in ihrem Handy gespeichert. Mit dem Anruf riskierte sie alles.

Mit kalten Fingern suchte Lilly im Speicher nach der Nummer der Anwaltskanzlei. Da tauchte sie auf. Lilly starrte auf die Zahlen und dachte daran, dass sie sich mit diesem Anruf die Chance nahm, ihr geliebtes Pferd jemals wieder reiten zu dürfen. Jahrsen anzurufen, war das Schlimmste, was ihr passieren konnte.

Noch einmal tief Luft holen. Dann drückte Lilly die grüne Wähltaste.

»Bitte, ich möchte Herrn Dr. Jahrsen sprechen«, sagte sie mit trockenem Hals, als die Kanzlei sich meldete. »Schnell. Es ist dringend.«

»In welcher Angelegenheit?«

»Das Pferd seiner Tochter.«

Sie wurde sofort verbunden.

»Herr Dr. Jahrsen? Verzeihung, dass ich Sie störe, aber ich erreiche weder Kerstin noch Charlotte.«

Mit Panik in der Stimme berichtete sie von Arcos und seinem furchterregenden Zustand.

»Natürlich muss der Tierarzt kommen«, erwiderte der Anwalt, »gib mir mal seine Nummer. Was, die hast du nicht?« Dr. Jahrsen redete sich in Rage. »Diese plötzliche Lahmheit geht ja wohl auf deine Kappe. Meine Tochter hat gestern nichts davon gesagt, dass Arcos etwas fehlt. Ist schon ein starkes Stück, dass du mich bei der Arbeit unterbrichst, weil du deine Siebensachen nicht beisammenhast.«

Lilly stöhnte. Der Jahrsen war so ungerecht! Sollte sie ihm erzählen, dass seine Charlotte womöglich das Stallbuch mit den Telefonnummern mit nach Hause genommen hatte? Weil sie keine Lust hatte, ihre Reitberichte im Stall einzutragen? Nein, das sähe so aus, als wollte sie ihr die Schuld zuschieben.

»Charlotte hat heute Geigenstunde«, fuhr der Anwalt kühl fort. »Da stellt sie das Handy aus. Weißt du wenigstens den *Namen* des Tierarztes?«

»Ich . . . ich habe ja noch nie mit ihm zu tun gehabt! Fing mit A an, glaube ich.«

»Glaubst du! Mehr kann man ja wohl nicht erwarten . . . na gut, warte, meine Auszubildende sieht im Branchenbuch nach.«

Dr. Jahrsens Stimme schwächte sich ab. »Frau Fasbender, kommen Sie doch mal kurz her.«

Lilly behielt Arcos im Auge. Sein Zustand änderte sich nicht. »Hier gibt es einen Dr. med. vet. Ammann«, tönte es aus dem Hintergrund. Charlottes Vater meldete sich wieder. »Ammann. Hat seine Praxis in der Gegend.«

»Ja genau, der ist es.«

»Wenigstens etwas. Hat wenig Sinn, dass ich ihn anrufe. Du musst ihm ja den Zustand des Pferdes schildern. Also schreib auf. Mobilnummer 0170. . .«

»Moment noch, ich habe nichts zu schreiben.«

»Meine Güte, das darf doch nicht wahr sein. Hast doch Zeit genug gehabt, danach zu suchen.«

Lilly lief in die Futterkammer. Auf dem kleinen überfüllten Regal lagen meistens Notizzettel. Heute nicht. Kein Block, kein Kalender, nicht mal eine Salbenschachtel. Aber ein Kugelschreiber.

»Hast du endlich Papier gefunden?«, blaffte die Anwaltsstimme in ihr Ohr.

Bei dem klingt jedes Wort wie eine Anklage. Ich mache dich darauf aufmerksam, Lilly Beier, dass alles, was du aussagst, gegen dich verwendet werden darf.

Lilly ließ die Kugelschreibermine hervorschnellen.

»Jetzt.«

»Noch einmal. 0170. . .«

Lilly drückte Zahl für Zahl in ihre Handfläche.

Sie hörte gar nicht mehr hin, was für einen Seitenhieb Dr. Jahrsen ihr zum Schluss noch mitgab. Eine Bemerkung, die sinngemäß bedeutete: »Ich wusste es ja. Eine wie du bringt nur Probleme. Bei Charlotte ist so etwas nie passiert.«

Sie wusste ja sowieso, was er ihr damit in Wahrheit sagen wollte: »Ich sorge dafür, dass du Kerstins Pferd nicht mehr reitest.«

Mit dem Handy lief Lilly zurück zu Arcos. Auf der Stallgasse stolperte sie über ihren heruntergerutschten Schulrucksack. Den hatte sie völlig vergessen, die Suche nach Zetteln hätte sie sich vorhin sparen können. Der Rucksack war voll mit Heften.

Vorsichtig zog Lilly die Boxentür auf. Ganz still lag Arcos im Stroh. Nur seinen Kopf wendete er, als sie die Tür öffnete. Ein Blick voller Todesangst traf Lilly, ein Blick der ihr das Herz umdrehte. *Hilf mir doch.*

Wenn ich doch nur wüsste, wie! Arcos, bitte, bitte, halt durch, ich habe genau solche Angst wie du.

Erneut drehte Arcos seinen Kopf nach hinten.

Pferde drehen sich zu der Quelle der Schmerzen um, fiel Lilly ein. Das hatte sie schon fürs Kleine Hufeisen gelernt. Umsehen zum Bauch heißt Kolik ... Koliken können tödlich enden, wenn nicht sofort ein Tierarzt hilft.

Im Türrahmen blieb Lilly stehen, immer einen halben Blick auf Arcos, als sie mit zitternden Fingern die Nummer des Tierarztes eingab. Wie konnte sich Arcos' Zustand so dramatisch schnell verändern? Noch vor einer halben Stunde hatte der Andalusier gesund gewirkt.

Wenn Dr. Ammann nun nicht erreichbar war? Würde Arcos ... nein, daran wollte sie auf keinen Fall denken.

»Bitte, lass ihn da sein«, flüsterte Lilly und blickte durch das Stallfenster in den wolkenverhangenen Himmel hoch. »Bitte lass ihn da sein, bitte.«

Dort oben musste es doch jemand geben, der sich um kranke Pferde sorgte.

»Ammann«, meldete sich eine kräftige Männerstimme im Handy.

Ja!

»Bitte kommen Sie schnell. Wir haben einen Notfall und ich bin ganz allein im Stall, hier am Grüntalhof. Mein Pferd ...«

Lilly konnte nicht weitersprechen. Erneut stiegen ihr die Tränen hoch. Sie riss die Augen auf, legte den Kopf in den Nacken, um über die Heulattacke wegzuatmen. Sie musste es sagen, das Unaussprechliche, sie *musste*, um Dr. Ammann klarzumachen, wie brisant die Situation war.

»Ich habe solche Angst ... dass Arcos stirbt.«

Der Tierarzt reagierte ruhig.

»Schildere mir kurz, was passiert ist.«

Lilly fuhr sich mit der Hand über die Stirn.

»Wenn ich das doch wüsste! Eigentlich war nichts Besonderes. Aber plötzlich konnte Arcos überhaupt nicht mehr laufen. Er scheint schreckliche Schmerzen zu haben. Überall. Als ich ihn in die Box gebracht habe, hat er sich sofort hingelegt. Nein, nicht gelegt, er ist fast hingefallen.«

»Was für ein Pferd ist Arcos? Pony? Großpferd?«

»Großpferd, Warmblut, also genauer gesagt ein spanisches Pferd. Andalusier.« Lilly stieß alles hervor, was ihr zu Arcos einfiel.

»Seit wann hat er die Beschwerden?«

»Kurz nachdem ich anfing zu reiten, ging es los. Da wurde er total steif im Rücken.«

»Ist er unruhig? Guckt er sich andauernd nach seinem Bauch um? Ist er mehrfach aufgesprungen, hat sich wieder hingelegt? Hat er sich gewälzt?«

»Ja, er guckt sich nach hinten um, ich dachte erst, es ist vielleicht eine Kolik. Aber er wälzt sich nicht. Liegt ganz still im Stroh.«

Arcos hatte den Kopf auf den Boden gesenkt, sein Unterkiefer ruhte im Strohbett, als koste das Aufrechthalten zu viel Kraft.

»Wie hat sich das Problem beim Reiten geäußert?«

»Mit einem Mal hat er auf beiden Hinterbeinen zu lahmen angefangen, er ist richtig eingeknickt.«

»Warte eine Sekunde, ich bin im Moment bei mir zu Hause. Ich fahre gerade den PC hoch.«

Plastikklicken im Telefon.

»Wie heißt der Halter?«

»Kerstin Stieger.«

»Danke ... ach ja, Frau Stieger. Ist schon länger Kunde bei mir. Spanisches Pferd Arcos. Der schöne Andalusier.«

»Ja, richtig.«

»Und wer bist du?«

»Die Reitbeteiligung. Ich erreiche niemanden, hab es schon überall versucht.«

»Gut. Ich komme sofort. Die Anfahrtsgebühr würde ich euch gern ersparen, heute Abend bin ich ohnehin in der Nachbarschaft. Aber so lange kann dein Pferd nicht warten, das ist ein Notfall. Halbe Stunde ungefähr, dann bin ich da.«

»Was soll ich denn bis dahin tun? Soll ich versuchen, ihn zu führen? Wie bei einer Kolik? Aber ich glaube nicht, dass er überhaupt hochkommt.«

»Nein, nicht hochtreiben. Erst müssen wir herausfinden, was ihm fehlt. Räum so viel Stroh wie möglich aus der Box. Wenn er sich nicht rühren mag, arbeite um ihn herum. Dicke Schicht Späne auf den Boden schütten. Falls Futter im Trog liegt, raus damit. Nichts füttern, auch keine Leckerli. Und deck ihn schön warm zu, das ist in dieser Situation wichtig.«

»Ja, mache ich. Bitte, kommen Sie schnell.«

Lilly ließ das Handy in ihren Hosenbund gleiten, hastete in die Sattelkammer und wollte die Tür zum Deckenschrank aufziehen. Abgeschlossen.

Oh nein, das nicht auch noch.

Sie hatte keinen Schlüssel für diesen Schrank. Lilly presste die Arme vor den Bauch. Ihr war schlecht.

Ein Blick hinüber zur Box. Durch die offene Tür beobachtete Lilly, wie Arcos seine Vorderbeine in die Einstreu stemmte, seinen Körper mit großer Anstrengung aus dem Liegen hochwuchtete und dann erschöpft stehen blieb. Immerhin stand er wieder. Aber er schüttelte sich nicht mal die Sägespäne aus der Mähne. Er stand nur da, armselig und frierend.

Eine Welle des Mitgefühls überschwemmte Lilly.

Am liebsten hätte sie ihn auf den Arm genommen.

Wenn das nur ginge bei einem fünfhundert Kilo schweren Pferd.

Sie brauchte etwas Warmes für Arcos. Lillys Blick flog über die hölzernen Holme, auf denen säuberlich Ersatz-Sättel aufgereiht lagen, aber kein einziger mit Decke oder Schabracke.

Kurzerhand zog sie ihre Jacke aus und eilte zur Box, wo Arcos auf derselben Stelle verharrte wie vorhin. Sein Atem ging gepresst und unruhig.

»Gleich wird dir wärmer«, murmelte Lilly und legte ihre graue Schuljacke behutsam über Arcos Hinterteil. Lilly spürte, wie verhärtet sich seine Muskeln anfühlten. Trotz der flüchtigen Berührung zuckte er zusammen.

Wärme war gut. Doch was war schon eine kurze Mädchenjacke für einen ganzen Pferderücken?

Mein Fleece-Pullover, der ist schön lang.

Schon streifte Lilly den leichten Pulli über den Kopf und breitete ihn über den Pferderücken. Die Reitweste noch obenauf. Sie selbst stand nur noch im weißen T-Shirt da und klapperte mit den Zähnen. Hauptsache, Arcos hatte es warm.

Weiter. Die Box musste ausgeräumt werden, hatte Dr. Amman gesagt. Lilly griff zur Schubkarre, hob mit der Mistgabel das Stroh heraus, warf es auf die Stallgasse, vorsichtig, ohne Arcos anzustoßen. Aus den Nachbarboxen reckten einige Pferde die Köpfe und guckten neugierig herüber.

Sie schuftete so, dass sie trotz der Kälte ins Schwitzen kam. Als Lilly fertig war, klebte ihr das nasse dünne Baumwollhemd kalt auf dem Rücken.

Meine Mutter würde zu viel kriegen, wenn sie mich hier sehen könnte.

Aber ihre Jacke gehörte jetzt auf Arcos' Rücken.

Apathisch stand das Pferd vor ihr. Die Maulwinkel zusammengekniffen, seine schwarzen Augen leuchteten nicht mehr. Tiefe Schmerzfalten im Gesicht ließen den schönen Andalusier krank und hinfällig aussehen. Es war schwer, den leidenden Arcos anzuschauen. Aber sie musste stark sein, sie musste ihm jetzt eine Hilfe sein, musste ihm Mut machen.

Wie sprach man mit seinem geliebten Pferd, wenn es krank war?

Da kam Lilly auf eine verrückte Idee: Arcos kommt aus Spanien, schoss es ihr durch den Kopf . . . ich muss spanisch mit ihm reden . . . vertraute Worte muntern ihn sicher auf. Etwas, das er als Fohlen gehört hat.

In ihrer alten Schule hatten sie Spanisch, aber sie war nur ein paar Monate dabei gewesen, bevor sie umzogen. Trotzdem hafteten die ersten Stunden noch in Lillys Gedächtnis.

»Con algo hay que empezar«, flüsterte Lilly. So hieß ihre erste Lektion: Mit etwas muss man anfangen.

»Un cafe y una copa de licor.«

Ein Kaffee und ein Glas Likör.

Wie dämlich. Wenn mich jemand hört!

Weitere Sätze fielen ihr nicht ein. Aber sie musste reden, reden, reden, möglichst auf Spanisch. Arcos sollte spüren, dass sie bei ihm war, seine Lilly, er sollte ihre vertraute Stimme hören und sein vertrautes Spanisch.

»Amigo Arcos«, murmelte sie und danach flüsterte sie alles, was ihr an spanischen Wörtern einfiel. »Buenos dias« und »Señor« und »por favor« und »el aeropuerto« und immer wieder »Amigo Arcos«.

Als sie nichts mehr zu sagen wusste, fing Lilly zu singen an.

»Weißt du, wie viel Sternlein stehen . . .«

Das Lied hatte ihre Mutter zuletzt für sie gesungen, als sie mit acht grippekrank im Bett lag.

Arcos reagierte nicht, aber Lilly sang weiter, viel zu hoch, viel zu schnell.

»Gott der Herr hat sie gezählet, dass ihm auch nicht eines fehlet . . .«

War da nicht ein schwacher Blick von Arcos? Ein Zeichen, dass er sie wahrnahm?

»Kennt auch dich . . .«

Mit Mühe schielte Arcos erneut zu ihr herüber, zu seinem Lieblingsmenschen, der da frierend vor ihm stand und mit zitternder Stimme sang.

Wie würde das alles enden? Wenn Arcos gesund war? Würde er überhaupt gesund werden?

Da meldete sie sich wieder, diese verhasste innere Stimme, die das Geschehene drehte und wendete und hämisch flüsterte: *Deine Reitbeteiligung ist weg. Definitiv.*

Lilly wollte das nicht hören, aber die höhnische Stimme schwieg nicht, zog sie herunter. Lilly versuchte, den Gedanken zu fassen und zu zerquetschen, aber es gelang ihr nicht.

Wenn sie Arcos nur fest anschaute, dann musste ihre Angst doch eigentlich verschwinden. Aber nein, es war wie verhext . . . Arcos' schöner Kopf verwandelte sich in ein blasses rundes Gesicht mit unerbittlichem Blick, mit kalten Vogelaugen ... Dr. Jahrsen ... seine dünnen Lippen öffneten sich nur zu einem Wort: »Schuldig.«

Bisher hatte niemand sie angeklagt. Nur Dr. Jahrsen, das ahnte Lily, der hatte längst sein Urteil gesprochen, noch bevor der Tierarzt da gewesen war: »schuldig.« Noch bevor feststand, woher Arcos' Schmerzen rührten: »schuldig.« Wer vom Beifußweg kam, hatte immer Schuld. Charlottes Vater brauchte den Fall nicht näher zu prüfen.

Arcos schwitzte und fror jetzt zugleich. Dunkle Flecken verfärbten sein Fell. Seine Brust bebte. Nass klebte die lange weiße Mähne am Hals. Keine Spur mehr von der alten, lockeren Haarpracht. Das Pferd zitterte, aber nur vorn, seine Schultern, der Nacken. Das Hinterteil dagegen wirkte wie gelähmt.

Lilly bibberte am ganzen Körper. Ihr war schrecklich kalt in dem dünnen T-Shirt ohne Jacke und Pullover. Sie musste sich auf die Unterlippe beißen, damit ihre Zähne nicht aufeinanderschlugen.

Aber es war nicht nur die Kälte, die ihr zusetzte, sondern auch beklemmende Angst, ja die Gewissheit, dass man ihr Arcos nehmen würde. Dass man ihr verbieten würde, Arcos künftig zu sehen nach diesem unerklärlichen, verhängnisvollen Vorfall.

Lilly schaute auf die Uhr über der Tür zur Sattelkammer. In zehn Minuten musste Dr. Amman eintreffen. Endlose Minuten. Sie durfte nicht aufhören, mit Arcos zu reden.

»Leise rieselt der Schnee«, sang Lilly tapfer. Es war kurz vor Ostern, draußen blühten die ersten Krokusse, aber ihr fiel nichts anders ein als ein Weihnachtslied.

Sie schlang die Arme um ihre Schultern und schlug sich warm. Wie gern hätte sie die Arme um Arcos Hals gelegt, ihre Hände unter seiner dichten Mähne gewärmt. Aber Lilly traute sich nicht, ihn anzufassen, nicht mal ganz vorsichtig. Jede Berührung schien ihm Schmerzen zu bereiten.

11.

Wie lang zehn Minuten sein können, wenn man wartet.

Wie zehn Stunden fühlen sie sich an. Wie zehn Tage. Zehn Jahre.

Lilly hatte das Gefühl für die Uhrzeit verloren, nur der Minutenzeiger machte ihr klar, wie zäh die Zeit verrann. Ihr Kopf ging ständig zwischen Arcos und der offenen Hoftür hin und her.

Endlich tat sich etwas. Die Pferde bemerkten es eher als Lilly, denn ein Dutzend Köpfe drehte sich gleichzeitig zum hinteren Eingang. Dr. Ammann? Lilly hatte keinen Wagen kommen hören, aber das war kein Wunder, draußen kreischte erneut die Motorsäge, die jedes Geräusch überdeckte.

Da bog auch schon eine kräftige Gestalt in die Stallgasse ein, im Gegenlicht, den linken Arm von sich gestreckt, um das Gewicht der Tasche in der Rechten auszugleichen.

Lilly stieß einen erleichterten Seufzer aus und eilte dem Mann entgegen. Das konnte nur Dr. Ammann sein. Er war mittelgroß, ungefähr Ende vierzig, mit dichtem braunem Igelhaar.

Sie hatte den Tierarzt vorher noch nie gesehen und fand ihn auf Anhieb sympathisch. Schon deswegen, weil er hoffentlich Arcos' Schmerzen lindern konnte.

»Ammann«, stellte der Tierarzt sich vor, als sie vor den mittleren Boxen zusammentrafen. »Haben wir vorhin telefoniert?«

Lilly nickte.

»Wo finde ich den Patienten?«

»Ganz oben. Wo die Tür halb offen steht.«

»Oh ja, krankes Pferd«, sagt Dr. Ammann spontan, als er einen Blick in die Box warf. »Man sieht ihm an, dass es starke Schmerzen hat.«

Arcos verdrehte den Kopf etwas, als der Tierarzt seine Tasche an der Boxenwand abstellte, bewegte seinen Körper jedoch keinen Zentimeter. Aber seine Augen nahmen einen noch furchtsameren Ausdruck an und er hob die Nase, als Dr. Ammann Jacke, Weste und Pulli vom Rücken wegnahm.

»Hast du gut gemacht mit deiner Kleidung«, lobte der Tierarzt, »aber jetzt zieh dir die Sachen schnell wieder über. Du holst dir ja eine Erkältung. Zwei Kranke brauchen wir nicht. Ich habe eine Pferdedecke im Wagen. Kannst du bis morgen haben.«

Lilly schlüpfte in ihre Jacke, die der Tierarzt ihr durch die Tür reichte. Der Stoff strömte Arcos' vertrauten feinen Geruch aus. Wärme hüllte Lilly ein, *seine* Wärme.

Dr. Ammann neigte ein Ohr zum Pferdebauch und horchte. Dann holte er ein Stethoskop aus der Arzttasche und untersuchte Arcos. Er schüttelte den Kopf.

»Kolik ist das nicht.«

Behutsam fuhr der Tierarzt mit den Händen über Arcos Rücken, und nachdem das Pferd sofort zusammenzuckte, schwebten Ammanns Finger nahezu über die Kruppe.

»Lendenbereich und Kreuz sind deutlich schmerzhaft«, sagte er. »Seine Muskeln sind bretthart und leicht geschwollen. Hat er etwas Vergleichbares schon einmal gehabt?«

Lilly schüttelte den Kopf.

»Zumindest hat Kerstin das nie erwähnt.«

Dr. Ammann erkundigte sich weiter nach Arcos' Vorgeschichte, nach seinen Krankheiten, auch nach der Reitweise. Lilly berichtete ihm, was sie wusste. Als sie fertig war, nahm der Tierarzt Arcos' Blut für das Labor ab.

»Was ist denn mit ihm?«, fragte Lilly leise.

»Bis jetzt habe ich nur einen Verdacht.« Dr. Ammann verschloss das Probengefäß sorgfältig und schob es in ein kleines Fach seiner Arzttasche. »Ich muss erst die Laborwerte sehen und einiges abklären. Das Blut wird schnellstens untersucht. Heute Abend ist das Ergebnis da.«

»Heute Abend? So lange dauert das? Das hält Arcos doch nicht aus.«

»Keine Sorge, Mädchen. Ich gebe ihm etwas gegen die Schmerzen und Entzündungshemmer. In ein paar Stunden sehen wir weiter. Bis dahin darf er nichts fressen außer ein bisschen Heu, hörst du? Und der Rücken muss warm gehalten werden. Ich hole die Decke aus dem Auto.«

Nachdem Arcos in die blaue Decke gehüllt war, wandte sich Dr. Ammann zum Gehen.

»Ab neunzehn Uhr weiß ich mehr. Deine Handy-Nummer habe ich ja. Entweder rufe ich bei dir an oder ihr versucht es bei mir. Du oder die Eigentümerin von Arcos.«

»Ich möchte so gern etwas tun für ihn. Soll ich Arcos in der Halle führen?«

»Auf keinen Fall! Er würde auch gar nicht mitgehen. Lass ihn einfach warm eingepackt stehen und pass auf, dass niemand zu ihm hineingeht und ihn aufregt. Und sag Herrn Tillner Bescheid, wenn du gehst. Er soll hin und wieder ein Auge auf das Pferd werfen, falls sich sein Zustand verschlimmert.«

Seit Dr. Ammann vor einer halben Stunde gegangen war, hockte Lilly mit eingeschlafenen Beinen auf ihrem Putzkasten vor Arcos' Box und beobachtete das Pferd, das jedoch nie länger als einen Wimpernschlag zu ihr herüberschaute.

Arcos' Blick erreichte sie nicht mehr. Das Pferd hatte sich ganz in sich selbst zurückgezogen, blickte nach innen, als rätselte es, warum es diese plötzlichen Schmerzen ertragen musste. Als suchte es nach einer Erklärung für den ungewohnten Tagesablauf und für den Tierarzt mit der Spritze.

Lilly spürte: Sie musste Arcos jetzt in Ruhe lassen, genau wie Dr. Amman geraten hatte. Der Andalusier wollte sich mit sich selbst beschäftigen, bis das Schmerzmittel wirkte.

Noch immer war Lilly allein im Stall. Zweimal hatte sie probiert, Charlotte zu erreichen, doch nun signalisierte das Akku-Symbol im Handy, dass bald Schluss mit dem Saft war. Sie durfte nicht mehr telefonieren, sonst erreichte Dr. Ammann sie am Ende nicht.

Im vorderen Stall tat sich etwas. Lilly sprang auf, als ungeduldig an der Klinke geruckelt wurde. Es rumste und jemand warf sich gegen die klemmende Tür. Das klang nach Charlotte.

Dann stürzte sie auch schon mit hochrotem Gesicht auf die Stallgasse.

»Mein armer Schatz«, rief sie, während sie ungeduldig ihren Geigenrucksack vom Rücken zerrte. Achtlos ließ sie das Instrument auf den Boden gleiten und lief zu Arcos. Lilly folgte ihr.

»Halt, Charlotte! Nicht reingehen. Der Tierarzt meint, wir sollten Arcos völlig in Ruhe lassen.«

Sie blieb in der aufgerissenen Boxentür stehen. Arcos verspannte sich noch mehr, als Charlotte ihn spontan umarmte, und zog sich abwehrend zusammen. Erschrocken ließ sie das Pferd los.

»Also war Dr. Ammann da?«, fragte Charlotte. Sie sah unglücklich aus, als sie die Box verließ. Ihre Stimme klang ungewohnt hart und fremd, als sie sagte: »Was ist los mit meinem Schatz?«

Lilly fühlte sich plötzlich unsicher. So überdeutlich wie Charlotte »mein Schatz« betonte, schien sie wahnsinnig wütend zu sein.

»Mein Vater hat mich bei meinem Geigenlehrer angerufen«, sagte Charlotte, ohne Lilly anzusehen. »Gerade als ich nach Hause fahren wollte. Logisch habe ich sofort den Bus zum Stall genommen. Hat leider ziemlich gedauert.«

Sie zeigte auf die Decke, die Arcos' Rücken einhüllte.

»Wem gehört das blaue Teil?«

»Dem Tierarzt. Arcos soll unbedingt warm eingepackt werden. Ich hatte keinen Schlüssel für den Deckenschrank.«

Charlotte grunzte etwas Unverständliches, verschwand in der Sattelkammer und kehrte mit ihrer roten Pferdedecke zurück, die sie schweigend gegen die blaue austauschte. Als Lilly mit anfassen wollte, riss Charlotte ihr die Decke aus der Hand und herrschte sie an: »Da kann ich allein.«

Lilly zuckte zurück. Sie verstand ja, dass Charlotte wegen Arcos' Zustand aufgeregt war, sowieso war Charlotte immer schnell auf hundertachtzig, aber sie selber hatte doch genauso viel Angst um Arcos. Warum benahm sie sich jetzt ihr gegenüber so unfair? Gab Charlotte ihr etwa die Schuld an Arcos' Krankheit? Stand sie doch weit mehr unter dem Einfluss ihres Vaters, als sie selber wahrhaben wollte? Sicher hatte Dr. Jahrsen ihr gegenüber die Sache so dargestellt, als ob Lilly für alles verantwortlich war.

Spannung lag in der Luft. Nachdem Lilly Charlotte über den Tierarztbesuch informiert hatte, herrschte lange Zeit Stille. Wie Fremde kauerten sie nebeneinander auf der schmalen Fliesenbank am Waschplatz, die Arcos' Box gegenüberlag.

Ab und zu linste Lilly scheu zur Seite, zu Charlotte, die mit zusammengepressten Lippen schweigend vor sich hin starrte. Was für eine kühle Unnahbarkeit sie ausstrahlte. Ihre sonst so strahlenden himmelblauen Augen waren dunkel geworden.

Plötzlich brach es aus Charlotte heraus: »Du hast ihn kaputt gemacht.«

Lilly fuhr herum. Hatte sie richtig gehört?

»Ich habe ihn doch kaum geritten! Nicht mal eine Runde, da hat Arcos schon zu lahmen angefangen und ist mit der Hinterhand eingeknickt.«

»Trotzdem! Bei mir hat er nie gelahmt.«

»Glaub mir doch Charlotte«, protestierte Lilly, »ich habe ihn genauso behandelt wie immer.«

Aus dem Augenwinkel beobachtete sie, wie Arcos beim ersten lauten Wort seiner Freundinnen mit den Ohren zuckte. Sie durften jetzt nicht herumzicken. Zusätzliche Aufregung war Gift für Arcos.

»Komisch nur, dass früher nie so etwas passiert ist«, fuhr Charlotte hitzig fort. »Nie! Die ganze Zeit nicht, als Kerstin und ich Arcos allein geritten haben.«

Sie nickte heftig, als wollte sie sich innerlich stärken, sich selbst überzeugen, dass sie recht hatte mit ihren nachfolgenden Worten.

»Vielleicht bist du doch überfordert mit so einem Pferd. Ehrlich, Lilly – ist doch seltsam, kaum reitest du Arcos ein paar Wochen, da wird er urplötzlich so krank.«

Lilly war wie vor den Kopf geschlagen. Dass Dr. Jahrsen ihr die Schuld gab, war ihr die ganze Zeit klar gewesen – aber jetzt auch Charlotte? Warum diese Unterstellung? Saß ihr der Schock über Arcos' jämmerliches Aussehen so heftig in den Gliedern, dass sie einfach mit Worten um sich schlug? Oder glaubte sie wirklich, was sie da sagte? Was hatte ihr Vater ihr erzählt?

Als hätte Charlotte die Gedanken von Lillys Stirn abgelesen, sagte sie: »Ich höre ja sonst nicht auf meinen Vater, aber in einem hat er recht: Du hast einfach keine Erfahrung mit wertvollen Pferden.«

»Aber . . . ich habe Trakehner geritten, und das sind auch sensible Pferde. Außerdem ist der Wert egal, wenn es um Krankheiten geht. Ich kann doch . . .«

Charlotte schnitt Lilly das Wort ab.

»Mein Vater sagt ja nicht, dass du Arcos mit Absicht krank gemacht hast. Er glaubt, du hast einen Fehler beim Reiten gemacht, den du jetzt nicht zugeben willst. Jemand aus dem Beifußweg . . .«

»Was?«, flüsterte Lilly. So demütigend hatte Charlotte noch nie mit ihr gesprochen.

»Himmel, Lilly, ich will deine Siedlung nicht miesmachen, ich wiederhole nur, was Papa gesagt hat . . . er denkt, wer aus einem Problemviertel stammt, hat nicht gelernt, Verantwortung zu übernehmen. Bei euch gibt man keine Fehler zu, sagt er, man hält nichts von Pflichten. Da mogelt man sich irgendwie durchs Leben.«

In Lillys Gedanken blitzte Vitalis Warnung auf. »Sag nie, dass du vom Beifußweg kommst, sonst hast du gleich verloren.«

Lilly senkte den Kopf. Die erste schwierige Situation mit Arcos – und man drehte ihr einen Strick daraus, dass sie im falschen Stadtteil wohnte. Es war so ungerecht. Wenn sie in einem besseren Viertel leben würde, an der Elbe oder an der Alster, hätte Dr. Jahrsen bestimmt nicht an ihrem Pflichtbewusstsein gezweifelt.

Wenn sie nun auch Charlotte gegen sich hatte, konnte sie die Hoffnung endgültig begraben, Arcos als Reitbeteiligung zu behalten. Vielleicht würde man ihr sogar verbieten, ihn zu besuchen. Im Moment schien ihr alles möglich.

Lilly war froh, als die ersten Reiter erschienen und das dumpfe Schweigen ein Ende hatte. Am späten Nachmittag erschien auch Stallbesitzer Tillner. Lilly fing ihn sofort ab und zeigte ihm Arcos, der sich immer noch kaum rühren mochte.

»Haben Sie keine Ahnung, was für eine Krankheit das sein könnte, Herr Tillner?«

Der Stallbesitzer zuckte die Schultern.

»Frag mich nach Kühen, da weiß ich Bescheid. Die üblichen Pferdekrankheiten kenne ich auch, aber solche Sonderfälle?« Mit gerunzelter Stirn betrachtete er den stillen Andalusier hinter den Boxenstäben.

»Wenn Dr. Ammann hier war, müsst ihr euch keine Sorgen machen, der hat Ahnung von Großtieren. Ich kenne den Doc zwanzig Jahre, noch von meinem Rinderbestand. Fahrt ruhig nach Hause, ich nehme das Gespräch vom Tierarzt an.«

»Nein, besten Dank.« Lilly schüttelte den Kopf. »Ich bleibe hier, bis er anruft.«

»Ich auch«, sagte Charlotte mit verkniffenen Lippen.

»Gut, kann ich verstehen. Aber dann sucht euch Arbeit. Bewegung ist gut gegen Sorgen – und Stress habt ihr beide, wenn ich euch so angucke.«

Herr Tillner schickte sie auf den Dachboden. Lilly und Charlotte stapelten verrutschte Heuballen neu, sie fegten den Staub von bröckelnden Halmen auf, säuberten Balken und Dachfenster von alten Spinnweben. Jede in einer anderen Ecke, um nicht miteinander reden zu müssen. Das erste Mal, seit sie sich kannten, gingen sie sich aus dem Weg.

Beide wischten sich bei der Arbeit verstohlen über die Gesichter, wenn die andere nicht hinguckte, und als sie die Leiter in den Stall hinabstiegen, hatten beide verquollene Augen.

Unten nahmen sie sich Arcos' Sättel vor, Lilly den Dressursattel und Charlotte den Vielseitigkeitssattel. Mit roten Augen saßen sie zwischen anderen Pflegemädchen auf der Bank am Waschplatz und rieben Sattelseife in das Leder. Verbissen putzten und fetteten und polierten sie die Einzelteile, als hinge ihr Leben davon ab.

Arcos schien es mittlerweile etwas besser zu gehen. Offensichtlich wirkte das Schmerzmittel. Ab und zu knabberte er sogar schon an dem kleinen Heuhaufen, den Herr Tillner ihm in der Box aufgehäufelt hatte.

Lilly fiel ein Stein vom Herzen, als sie Arcos fressen sah. War das nicht ein Zeichen, dass er sich wohler fühlte? Normalerweise wäre sie Charlotte deswegen vor Freude um den Hals gefallen, aber heute scheute sie sich, ihre Mitschülerin auch nur anzusprechen. Nichts war mehr wie vorher.

Endlich ertönte eine scheppernde Türschelle – Lillys Klingelton. Die Reitermädchen auf den Bänken zuckten zusammen. Hastig legte Lilly den Sattel ab und fingerte ihr Handy aus der Tasche. Ihr Herz hämmerte, als sie es ans Ohr presste.

»Dr. Ammann?«

»Lilly von Arcos?«

»Jaja. Wissen Sie schon mehr, Herr Ammann?«

Charlotte umklammerte Lillys Arm, aber sie entzog ihn ihr.

»Ja, ich habe die Ergebnisse aus dem Labor. Akuter Kreuzverschlag, wie ich bereits vermutet hatte. Im Einzelnen kann ich dir die Werte jetzt nicht nennen, ich telefoniere aus dem Auto.«

Lilly sprang auf und ging ein Stück die Stallgasse hinunter, wo keine neugierigen Augen sie anstarrten. Kreuzverschlag klang bedrohlich. Gehört hatte sie den Begriff schon, aber im Moment konnte sie nichts damit anfangen.

Lilly fühlte, dass jemand ihr wie ein Schatten folgte, und linste über die Schulter. Natürlich Charlotte.

»Was sagt er?«, flüsterte sie unruhig. Sie standen in der Ecke des Ganges vor zwei großen Rundballen Stroh, hier ging es nicht weiter. Lilly heftete die Augen auf den Boden.

»Kreuzverschlag«, wiederholte Lilly halb laut.

»Wieso bekommt Arcos denn Kreuzverschlag?«, fragte Lilly den Tierarzt. »War ich . . . ich meine . . . habe ich etwas falsch gemacht?«

»Sagen wir so«, hörte sie Dr. Ammann sagen, »auf jeden Fall

ist etwas *falsch gelaufen*. So ein akuter Kreuzverschlag wie bei Arcos überfällt kein Pferd aus heiterem Himmel. So etwas entsteht, wenn ein Pferd nach einigen Ruhetagen bei zu reichlicher Fütterung wieder arbeiten soll. Wenn man Kraftfutter an Stehtagen nicht radikal verringert, kann das so dramatisch enden.«

Verständnislos starrte Lilly das Handy an.

»Daher sollen seine Schmerzen kommen?« Sie sah Charlotte an und verzog fragend das Gesicht. »Echt? Schmerzen durch das Futter?«

»Ja, genauer gesagt durch *Kraftfutter*. Akuter Kreuzverschlag ist eine komplizierte Erkrankung der Muskulatur. Man nennt sie Feiertagskrankheit, weil Kreuzverschlag meist nach Ruhetagen ausbricht. Oft trifft es gut trainierte Pferde, die ausnahmsweise wenig bewegt werden, aber trotzdem die übliche Menge Hafer bekommen.«

Lilly hörte durchs Telefon, wie Dr. Ammanns Wagen abbremste und eine Autotür klappte.

»Das Drama entsteht erst *nach* den Ruhetagen, wenn man das überfütterte Pferd zum ersten Mal reitet«, erklärte der Tierarzt. »Dann entsteht im Kreuz ein äußerst schmerzhafter Hexenschuss, besonders bei feuchtkühlem Wetter.«

»Wie bei Menschen?«

»Ungefähr so. Aber bei Pferden ist ein Hexenschuss viel schlimmer, weil dabei große Mengen Muskelzellen zerstört werden. Je schneller ein Tierarzt den Muskelzerfall stoppt, umso besser. Je länger man wartet, desto gefährlicher wird es. Man kann sagen: kleine Ursache mit fatalen Folgen.«

»Aber . . . aber er wird doch wieder gesund?«

»Ja, und das wird bei Arcos relativ rasch gehen. Aber nur,

weil du mich sofort gerufen hast. Ich behandle das Pferd noch zwei bis drei Tage intensiv, dann ist die schlimmste Phase vorüber. Ungefähr vier Wochen muss Arcos extrem geschont werden.«

Lilly schloss die Augen. Siedend heiß überfiel sie eine Frage: Was wäre passiert, wenn sie Arcos heimlich zurück in die Box gestellt hätte, wie sie es kurz überlegt hatte? Wenn sie davongeschlichen wäre und erst zwei Stunden später Hilfe geholt hätte?

»Und wenn man Arcos' Krankheit erst nachmittags entdeckt hätte oder am Abend?«

»Tja, dann wäre die Sache wohl schlimmer ausgegangen. Bei Kreuzverschlag zählt jede Stunde, weil unaufhörlich mehr Muskeln zerstört werden. Das kann so weit gehen, dass die Nieren versagen und das Pferd in höchste Lebensgefahr gerät.«

Lilly atmete tief durch. Gott sei Dank hatte sie das Richtige getan.

»Aber eins verstehe ich nicht«, sagte Lilly ins Handy. »Arcos hatte überhaupt keinen Ruhetag. Er ist jeden Tag normal geritten worden. Freitag, Samstag, Sonntag.«

»Er hatte keinen Ruhetag?«, wiederholte Dr. Ammann überrascht. »Das kann ich mir nicht vorstellen. Du hast ihn wirklich geritten?«

»Nicht ich. Die andere Reitbeteiligung. Moment, ich frage Charlotte sicherheitshalber, sie steht neben mir.«

Lilly schirmte das Gerät mit der Handfläche ab. »Stimmt doch Charlotte, du hattest Wochenenddienst, oder?«

Charlotte wich Lillys Blick aus und nickte.

»Ja, wieso? Was hat das mit Arcos' Krankheit zu tun?«

Lilly winkte ab. »Erkläre ich dir später.«

Dr. Ammann wollte wissen: »Wie ging es Arcos, als du heute den Grüntalhof verlassen hast?«

»Den Hof verlassen? Ich bin immer noch im Stall. Ich gehe doch nicht nach Hause, bevor ich weiß, was Arcos fehlt.«

Einen Augenblick herrschte Pause im Telefon.

»Oh, sehr anständig von dir. Melde mich gleich wieder.«

Kurz darauf ertönte die dunkle Tierarztstimme am Eingang. »Die Situation hast du professionell gemeistert, Mädchen.«

Überrascht schoss Lilly herum.

»Dr. Ammann!«

Mit seiner grauen Arzttasche in der Hand schritt er durch die Stallgasse auf die beiden zu.

»Ich muss gleich zum Impfen in einen Stall in der Nähe.« Er streckte Charlotte die Hand hin.

»Du bist also die andere Reitbeteiligung von Arcos? Und hast den Wallach am Wochenende anständig bewegt?«

Verlegen schob Charlotte ihren lila Haarreifen hin und her. Lilly sah ihr an, dass ihr unbehaglich zumute war.

Dr. Amman lehnte sich gegen eine Box und musterte Charlotte, bis sie den Blick senkte.

»Hmmm«, murmelte sie.

»Das glaube ich dir nicht«, sagte er Charlotte auf den Kopf zu. »Bei normaler Bewegung hätte Arcos heute beim Reiten nicht diese massiven Muskelprobleme bekommen.«

Lilly blickte erstaunt auf Charlotte, die rot anlief und plötzlich zu stottern anfing.

»Wieso denn?«, begehrte sie auf. »Ein Pferd kann doch auch mal stehen. Als Arcos letzten November die Bissverletzung am

Rücken hatte, stand er eine ganze Woche in der Box und es ist nichts passiert.«

Dr. Ammann seufzte.

»Ja, aber damals wusste Herr Tillner Bescheid und hat Arcos das Kraftfutter gestrichen. Pferde sind wahnsinnig heikel, was das Futter angeht. Sag die Wahrheit, Mädchen. Keiner macht dir einen Vorwurf.«

Charlotte streifte Lilly mit einem unruhigen Blick.

»Komm schon«, drängte Dr. Ammann. Er schaute auf seine Uhr am Handgelenk. »Ich muss es wissen, im Interesse von Arcos. Hast du ihn geritten oder nicht?«

Langsam schüttelte Charlotte den Kopf.

»Also nicht«, stellte Dr. Amman nüchtern fest. »Das passt zu meiner Diagnose. Sicher hast du Herrn Tillner auch nicht erzählt, dass du ein paar Tage wegbleibst?«

Wieder schüttelte Charlotte den Kopf. Der Tierarzt stieß einen Seufzer aus.

»Also hat er Arcos reichlich Hafer gegeben, wie immer. Und deine Freundin bekam heute die Quittung.«

»Mann! Ich will halt auch mal was anderes machen als reiten und lernen«, brach es unvermittelt aus Charlotte heraus. »Ich schaffe das nicht alles, was mein Vater will. Reiten und Geige und Hockey. Und Abi in zwölf Jahren. Der hat ja keine Ahnung, was das für ein Druck ist.«

Sie schlug die Hände vors Gesicht und ließ sich vor Arcos' Box auf die Stallgasse sinken. »Wir sind am Wochenende das erste Mal mit der Band aufgetreten, auf zwei Partys, da musste ich doch mit. Lilly, du weißt, wie wichtig mir das ist. Schlagzeuger kann man nicht ersetzen.«

Lilly war vollkommen perplex. Mit so einer Wendung hatte sie nicht gerechnet. Sie spürte, wie ihr eine ungeheure Last von der Seele fiel – sie musste sich selber keinen Vorwurf machen! Und auch Charlottes Vater konnte sie nicht für Arcos' Krankheit verantwortlich machen! Plötzlich fiel es Lilly ganz leicht, die letzten Stunden zu vergessen, alles, was sich an Ärger, Groll und ohnmächtiger Wut in ihr aufgestaut hatte. Sie fühlte nur noch Mitleid für Charlotte. Am liebsten hätte Lilly sie umarmt, aber davon hielt sie eine gewisse Scheu zurück. So trat sie nur leise hinter Charlotte und legte ihr die Hände auf die Schultern.

»Warum hast du mich denn nicht angerufen? Ich wäre doch sofort eingesprungen beim Reiten. Ich weiß doch, wie dein Vater ist.«

»Mann, Lilly! Ich wollte dich da nicht reinziehen. Du mit deinem Fieber! Niemals hätte deine Mutter dich aus dem Haus gelassen.«

Irritiert blickte der Tierarzt auf Charlotte, die noch immer vor seinen Füßen kauerte.

»Hättest du denn nicht mit deinen Eltern reden können? Es gibt doch für alles einen Ausweg.«

Charlotte schlang die Arme um ihre Knie und schluchzte zornig in sich hinein.

»Sie kennen meinen Vater nicht. Er ist das Gesetz. Er hat die Macht. Nie im Leben hätte er mich zu den Partys ziehen lassen. Der weiß nicht mal, dass ich Schlagzeug spiele. Und nun bin ich schuld an Arcos' Krankheit. Und Lilly hab ich auch fertiggemacht.«

Tränen liefen über Charlottes Gesicht. Andere Reiter blickten peinlich berührt hinüber und wandten sich gleich wieder ab.

Dr. Ammann streckte die Hand aus und half Charlotte vom Boden hoch.

»Niemand klagt dich an.« Er klopfte ihr auf die Schulter. »Du bist nicht die einzige Reiterin, die keinen Kreuzverschlag kennt.«

Er zog seine blaue Decke von der Halterung an der Tür und faltete sie über den Arm.

»Ich muss los. Morgen sehe ich wieder nach unserem Patienten. Ich gebe Herrn Tillner noch Anweisungen für die Fütterung. Kraftfutter ist für die nächste Zeit gestrichen. Erst mal bekommt Arcos nur Heu, Leckstein, ein paar Möhren.«

Er zog die Boxentür auf und Arcos blinzelte ihn argwöhnisch an.

»Schon gut, Sportsfreund, ich verschwinde gleich wieder.« Fachmännisch betastete Dr. Amman Arcos' Rücken und die Kruppe. Unter seinen Händen zog sich das Pferd sofort zusammen.

»Verhärtet ist die Muskulatur natürlich immer noch. Na, so rasant geht das nicht weg.«

Der Tierarzt strich Arcos kurz über die Mähne, bevor er die Box verließ. »Aber sein Gesichtsausdruck gefällt mir erheblich besser als heute Nachmittag.«

»Mir auch«, sagten Lilly und Charlotte wie aus einem Mund. In dem Moment klingelte Lillys Handy und sie erblasste, als auf dem Display der Name »Kerstin« leuchtete.

Ob sie weiterreiten durfte oder nicht, würde sich in den nächsten Minuten entscheiden,

»Arcos' Besitzerin«, sagte Lilly nervös. In einem plötzlichen Impuls streckte sie Dr. Ammann das Handy entgegen. »Würden Sie vielleicht . . .«

»Ehrensache.« Dr. Ammann griff nach dem Telefon. »Frau Stieger? Tierarzt Ammann hier. Ich stehe gerade vor Ihrem Andalusier. Sie können sich zu Ihrer Reitbeteiligung beglückwünschen. Ja, Lilly heißt sie . . .«

Und dann lobte er Lilly in den höchsten Tönen, wie umsichtig sie gehandelt hätte und wie verantwortungsbewusst, bis Lillys blasses Gesicht sich vor Freude feuerrot gefärbt hatte.

Die ganze Zeit stand Charlotte neben ihr und drückte ihre Hand, als wollte sie sie zu Brei zerquetschen. Sie sagte nichts, kein direktes Wort der Entschuldigung kam über ihre Lippen, aber Lilly fand, dass rot gequetschte Finger als Bitte um Verzeihung durchgingen.

12.

Der Gong über der Tür schlug zweimal nacheinander an und tönte durch die Wohnung am Beifußweg.

Lilly hob ihren Kopf vom Schulheft. Klang, als hätte es jemand eilig. Gerade saß sie bei der letzten Matheaufgabe, danach wollte sie sofort los zum Grüntalhof. Nach dem gestrigen dramatischen Montag mit Arcos saß ihr immer noch der Schreck in den Gliedern.

Sie horchte, ob ihre Mutter öffnete. Nein. Zog sich wohl gerade um. Unwillig schob Lilly den Schreibtischstuhl nach hinten und lief zur Tür. Todsicher hatten Tim und Felix ihre Schlüssel vergessen.

»Na, ihr Räuber?«

Mit einem Ruck riss Lilly die Tür zum Treppenhaus auf.

»Oh, sorry . . . hallo«, sagte sie.

Im engen Flur stand jemand, mit dem sie niemals gerechnet hatte: Dr. Jahrsen. Hinter seinem grauen Anzug verkroch sich Charlotte, die heimlich versuchte, Lilly Handzeichen zu geben.

Sofort kehrte das Angstgefühl von gestern zurück. Das lähmende Entsetzen, das Lilly beim Warten auf den Tierarzt überfallen hatte. Rechtsanwalt Jahrsen am Beifußweg? Das verhieß nichts Gutes. Unsicher sah sie zwischen den beiden Besuchern hin und her.

»Gibt es etwas Neues von Arcos?«, fragte Lilly und suchte am grauen Anzug vorbei Charlottes Blick. »Es geht ihm doch nicht wieder schlechter?«

»Nein, viel besser«, antwortete Charlotte. »Vorhin habe ich mit Herrn Tillner telefoniert.«

»Guten Tag«, sagte Dr. Jahrsen förmlich. »Lässt du uns herein?«

»Oh ja, sicher.«

Arcos ging es besser! Das war die Hauptsache! Aber warum tauchte Charlottes Vater bei ihnen auf? Ging es um die Tierarztrechnung? Oder hatte er seine Kollegin Kerstin Stieger doch noch überzeugt, sich lieber eine andere Reitbeteiligung zu suchen? Lilly war verwirrt.

Kerstin hat gestern doch gesagt, sie findet es enorm, wie schnell ich gehandelt habe. Dass ich Dr. Ammann auf eigene Faust bestellt habe. Hat sie ihre Meinung geändert?

Umständlich trat Charlottes Vater an Lilly vorbei in die Wohnung. Lilly bemerkte seinen erstaunten Blick, als er die Liste mit Lillys zahlreichen Pflichten wahrnahm, die neu geschrieben am Sicherungskasten hing. Er blieb davor stehen, schob seine Brille zurück und studierte die zehn Punkte.

Da tauchte auch schon Lillys Mutter auf, die eben von der Arbeit heimgekehrt war. Als sie die Besucher sah, fuhr sie sich rasch mit den Händen durchs Haar und ordnete den blonden Pferdeschwanz.

»Ach Charlotte, du bist es. Wen hast du uns denn mitgebracht?«

»Jahrsen.«

Spröde, wie es seine Art war, und mit einer angedeuteten

Verbeugung, stellte der Anwalt sich vor. Knapper Händedruck. »Ich bin Charlottes Vater.«

Als sie den Namen hörte, wechselte ihre Mutter einen beunruhigten Blick mit Lilly und zupfte am Kragen ihrer Bluse.

»Hat meine Tochter etwas angestellt?«, fragte sie.

»Nein, *Ihre* Tochter nicht, aber meine.«

Lilly riss die Augen weit auf, um Charlotte zu demonstrieren, dass sie keine Ahnung hatte, was vorging. Hatte sie ihrem Vater etwa alles gebeichtet? Dass sie Schlagzeug gespielt hatte, statt Arcos zu reiten?

Mit einer Handbewegung wies Frau Beier auf das rote Sofa im Wohnzimmer. Bevor er sich setzte, blieb Dr. Jahrsen einen Moment stehen und sah über den mit Primeln geschmückten Balkon hinweg nach draußen.

»Ich staune, wie positiv dieses Viertel von innen wirkt. Bin wirklich angenehm überrascht.«

»Man wohnt hier ganz gut, trotz der großen Kästen«, sagte Frau Beier. »Für uns war die Siedlung fürs Erste eine praktische Lösung. Erschwingliche Wohnung mit ausreichend Platz. Kaffee?«

Einladend hob sie die silberne Isokanne, und als Dr. Jahrsen nickte, holte sie eine zweite Tasse aus dem Geschirrschrank und schenkte ein. »Und alles vor der Tür: Grundschule, Kinderhort, mein Arbeitsplatz, die U-Bahn – nur Lilly hat es weiter zum Gymnasium.«

Lilly schwieg und ließ ihre Mutter reden. Gut, dass sie nicht wusste, was für einen Dünkel dieser Jahrsen hatte, wie hoch er die Nase trug. Nie hatte Lilly zu Hause seine demütigenden Bemerkungen erwähnt. »Kann es sein, dass sich am Beifußweg in letzter Zeit einiges getan hat? Umstrukturiert? Renoviert?«, fragte Dr. Jahrsen, und als Frau Beier erstaunt den Kopf schüttelte, redete er weiter: »Ich hatte die Hochhäuser – nun ja – anders in Erinnerung. Aber ich kenne die Siedlung sowieso nur aus Zeitungsberichten. Bin noch nie hier vor Ort gewesen. Aber ich will zum Anlass meines Besuches kommen. Meine Tochter hat mir gebeichtet, dass der Andalusier, den die beiden Mädchen reiten, krank ist, weil Charlotte am Wochenende ihre reiterlichen Pflichten nicht erfüllt hat. Schuldhaft nicht erfüllt.«

»Ja, eine traurige Sache mit dem schönen Pferd. Lilly war gestern Abend fix und fertig. Aber was hat denn Charlotte damit zu tun? Davon hat Lilly nichts erzählt.«

Erstaunt blickte Dr. Jahrsen zu Lilly hinüber.

»Nein?«

Lilly merkte dem Mann an, er konnte es kaum fassen, dass sie die Sache nicht an die große Glocke gehängt hatte. »Charlotte ist ja auch nicht wirklich schuld«, ging Lilly dazwischen. »Woher sollte sie denn wissen, dass Arcos von Hafer krank wird? Ich meine von zu viel Hafer. Keiner von uns wusste das.«

»Egal.« Dr. Jahrsen hob die Schultern. »Unwissenheit schützt vor Strafe nicht. Hätte sie das Tier ordnungsgemäß geritten, wäre nichts passiert, wenn ich den Fall richtig nachvollziehe. Wie auch immer: Charlotte kann nicht einfach ohne Absprache dem Reitstall fernbleiben. Schon gar nicht, wenn sie die Verantwortung für das Pferd meiner Kollegin hat. Wie stehe ich denn da vor Frau Stieger?« Er schüttelte den Kopf. »Ehrenwert, dass du sie verteidigst, Lilly, aber Charlotte war ja nicht ernsthaft verhindert. Sie hat selber gestanden, dass sie heimlich auf zwei Partys war, statt zu reiten. Das nenne ich schuldhaft.«

Lilly suchte Blickkontakt zu Charlotte. Sie tat ihr furchtbar leid mit ihrem strengen Vater. Wusste er denn auch von ihrem Auftritt als Schlagzeugerin? Oder hatte Charlotte nur ganz allgemein von Partys gesprochen?

Unbemerkt von Dr. Jahrsen machte Lilly die Bewegung von wirbelnden Trommelstöcken und zog fragend die Schultern hoch.

Charlotte rollte die Augen und bewegte sie heftig verneinend nach rechts und links. Also wusste ihr Vater nichts von ihrem Heavy-Metal-Hobby.

»Strafe muss sein«, sagte Dr. Jahrsen und deutete mit der Kaffeetasse in Charlottes Richtung. »Mir tut es selber leid für meine Tochter, aber ich muss ihr das Reiten für einige Zeit verbieten. Sonst lernt sie nichts aus dem Vorfall. Obwohl . . .«

Er machte eine kurze Pause. »Ich muss mich wohl auch fragen, ob ich Charlotte mit all den Aktivitäten nicht auch überfordert habe.«

»Oh Papa, das sind ja ganz neue Töne«, rief Charlotte überrascht.

»Wie auch immer – jedenfalls wirst du dich in Zukunft vor allen Dingen auf die Schule konzentrieren . . . das heißt, du *musst* einfach, wenn du das Abitur schaffen willst. Ich möchte Ihnen daher einen Vorschlag unterbreiten, Frau Beier. Dir natürlich gleichermaßen, Lilly.«

Charlotte zwinkerte Lilly zu, als ihr Vater seine schmale Aktenmappe öffnete, aus der er einen Stapel vorgedruckter Formulare zog, die er zwischen Tassen und Isokanne ausbreitete.

»Da Charlotte fürs Erste nicht mehr reiten wird, braucht Frau Stieger eine zuverlässige Reitbeteiligung, die Arcos möglichst jeden Tag reitet. Ich habe die Sache mit meiner Kollegin besprochen. Was halten Sie von folgender Regelung, Frau Beier: Wir stellen die Reitbeteiligung von Lilly auf vernünftige Beine. Mit allen Rechten und Pflichten, auch mit angemessenem Kostenbeitrag . . .«

Frau Beier lächelte und legte Dr. Jahrsen die Hand auf den Arm. »Das ist schrecklich nett von Ihnen, aber solche Ausgaben sind im Moment bei uns nicht drin. Obwohl ich Lilly das Reiten natürlich wahnsinnig gern ermöglichen würde.«

Sie seufzte. »Aber ich habe noch zwei kleine Jungs, die müssen auch zu ihrem Recht kommen.«

»Lassen Sie mich doch erst einmal ausreden«, sagte Dr. Jahrsen aufgekratzt. Für seine Verhältnisse wirkte er geradezu sprühend temperamentvoll, als er fortfuhr: »Ich hätte einen Vorschlag: Lilly gibt meiner Tochter regelmäßig Nachhilfestunden. Bezahlte natürlich. Deutsch und Englisch. Bei Profi-Instituten macht meine Tochter dicht; alles schon probiert. Charlotte hat aber Nachhilfe dringend nötig – und Lilly ist ja offenbar Klassenbeste.« Er schien sehr zufrieden mit seiner Rede zu sein und ließ den Blick von Lilly zu ihrer Mutter wandern. »So kommt genug Geld für die Reitbeteiligung zusammen. Charlotte findet die Regelung in Ordnung. Wie wär's, Frau Beier? Lilly?«

Lillys Herz überschlug sich vor Aufregung. Meinte er das ernst? Misstrauisch studierte sie sein büroblasses Gesicht. Was für ein verlockendes Angebot!

Zögernd wandte sie sich an Charlotte.

»Aber ich kann dir doch Arcos nicht wegnehmen.«

»Das will ich dir auch nicht raten!«

Charlotte gab Lilly einen Stups in die Seite. »Wir regeln das schon.«

»Also, du hättest nichts dagegen?«

»Ist okay so. Wenn mein Vater etwas entscheidet, komme ich sowieso nicht dagegen an, stimmt's Papa?«

Dr. Jahrsen zog die Nase kraus. Er mochte es eindeutig nicht, von seiner Tochter vor Publikum angefrozzelt zu werden.

»Aber eins steht fest«, sagte Charlotte. »Zum Schmusen komme ich weiter in den Stall, und zwar so oft ich will. Ich muss doch sehen, wie es meinem Arcos geht.«

»Wollen wir dann den Vertrag durchgehen?« Herr Jahrsen ordnete die Formulare. »Kerstin Stieger, die Pferdehalterin, hat mich gebeten, mit Ihnen zu reden, Frau Beier. Sie ist verhindert.«

Frau Beier lehnte sich erleichtert zurück. Man merkte ihr an, sie hatte mit einer unangenehmen Nachricht gerechnet.

In Lillys Kopf schwirrte und summte es. Erst der Schock gestern, die wahnsinnige Angst, ihr geliebtes Pferd zu verlieren . . . und nun eine echte Reitbeteiligung.

Wann meldete sich der Spötter in ihrem Kopf? Die verhasste Stimme? Würde sie höhnisch warnen?

Glaubst du im Ernst, du könntest Dr. Jahrsen von deiner Zuverlässigkeit überzeugen? Ihm eine Reitbeteiligung abjagen? Und wennschon – bilde dir nicht ein, dass es lange hält.

Doch die Stimme schwieg, so intensiv Lilly auch in sich hineinhorchte.

»Dann wollen wir mal«, sagte Dr. Jahrsen. »Lilly, was ich noch wissen möchte: Diese Liste am Eingang mit deinen Pflichten ... erledigst du das wirklich alles Punkt für Punkt?«

»Klar«, sagte Lilly schulterzuckend. »Meine Mutter arbeitet ja, wir teilen uns die Hausarbeit.«

»Tüchtiges Mädchen.« Dr. Jahrsen räusperte sich. »Ich habe dir wohl unrecht getan.«

Lilly merkte ihm an, wie schwer ihm dieses Eingeständnis fiel. »Also ... tut mir gewissermaßen leid. Ich bin im Moment etwas überarbeitet und war in Sorge, zusätzlichen Stress mit meiner Kollegin Kerstin Stieger zu bekommen. Tut mir leid, wenn ich etwas schroff zu dir war.«

Lilly war überrascht.

»Schon in Ordnung«, sagte sie nur. War Dr. Jahrsen am Ende doch kein Robotermensch ohne Gefühle? Sollte er wirklich ein ganz normaler, überarbeiteter Anwalt sein?

»Ich weiß zwar nicht, worüber hier gerade gesprochen wird, aber wir sollten dann mal die Vereinbarung ansehen«, schlug Lillys Mutter vor.

Zusammen gingen sie den Vertrag durch. Als Lilly auf die Uhr sah, war es schon nach fünf. Wie elektrisiert sprang sie auf und streckte Charlottes Vater die Hand hin.

»Ich freue mich ganz wahnsinnig über alles, echt. Damit geht mein allergrößter Wunsch in Erfüllung. Und mit den Nachhilfestunden, das ist eine super Idee. Nur ... seien Sie bitte nicht sauer ... ich muss leider jetzt weg.«

»Bitte? Warum denn?«

Lilly trat von einem Fuß auf den anderen. »Um sechs kommt der Tierarzt zur Kontrolluntersuchung. Ich muss doch wissen, was er zu Arcos sagt.«

»Ach so. Sehr lobenswert.«

Charlotte sprang ebenfalls auf. »Wusste gar nicht, dass Dr. Ammann gleich noch einmal kommt. Logisch, dass ich mitfahre.«

Dr. Jahrsen ließ die Kugelschreibermine vorschnellen.

»Wenn wir hier durch sind, bringe ich euch mit dem Wagen hin. Ich möchte nicht, dass ihr im Dunkeln allein unterwegs seid. Aber ich würde gern noch mit deiner Mutter über die Modalitäten der Nachhilfe reden.«

»Danke, dass Sie uns fahren.«

Plötzlich kam Lilly eine Idee. »Im Moment sind wir doch überflüssig? Ich muss Charlotte dringend etwas zeigen. Können wir kurz weg?«

»Aber nicht so lange.«

»Geht klar.«

Bevor ihre Mutter etwas einwenden konnte, zog Lilly Charlotte aus dem Wohnzimmer und flüsterte im Flur: »Zieh dir deine Jacke über. Wir steigen aufs Dach und ich zeige dir, wo Arcos' Hof liegt. Den sieht man von hier aus.«

»Cool. Darf man das denn? Einfach so aufs Dach?«

»Natürlich nicht.«

Charlotte hob ihre rosa Steppjacke vom Kleiderhaken und schlüpfte hinein.

»Ist oben nicht abgeschlossen?«

»Logisch, aber ich habe einen Griff fürs Fenster.«

Sie verließen die Wohnung und fuhren mit dem Lift zum zwölften Stockwerk. Unterwegs erzählte Lilly von Vitali, dem Kasachen, und wie er ihr beim Einzug vom Dach aus Hamburg gezeigt hatte.

»Hier tut sich jedenfalls was. Mehr als in unserem toten Wohnviertel«, seufzte Charlotte, als sie im obersten Stockwerk aus dem Aufzug stiegen. »Hier lernst du sogar Jungs kennen.« Auf dem halbdunklen Flur war keine Menschenseele zu sehen. Routiniert öffnete Lilly das Fenster zum Dach und kletterte hoch.

Charlotte schaffte es nicht nach oben, sie war viel ungelenker als Lilly. Mit Mühe zog sie sich bis zum Bauch hoch, um sich dann stöhnend zurück auf den Fliesenboden fallen zu lassen.

»Das wird nichts.«

Lilly sprang zurück auf den Flur.

»Quatsch. Aufgeben gibt's nicht.«

Sie faltete die Hände zur Räuberleiter und wuchtete ihre Freundin aufs Dach.

Oben empfing sie Frühlingswind, eine frische Brise, aber nicht mehr wirklich kalt. Man roch bereits die Ostertage.

Auf der hinteren Dachfläche lärmten Scharen von weißen Möwen. Eine Armlänge von ihnen entfernt hockte auf einem Vorsprung eine einzelne Möwe mit silbergrauem Rückengefieder. Konzentriert hackte sie mit ihrem kräftigen Schnabel auf ein Pizzastück ein, wobei sie Lilly aus starren gelben Vogelaugen beäugte.

Dr. Jahrsen, dachte Lilly unwillkürlich. Nur geschrumpft.

Als sie sich näherte, ließ der Vogel seine Beute fallen, erhob sich flügelschlagend und suchte über dem Beifußweg das Weite.

Unten ihnen erstreckte sich die Stadt. Unzählige Dächer in Rot, Schwarz und Grün ragten in den Himmel. Dazwischen leuchteten blaue Tupfer und Bänder, Elbe, Alster, Hunderte schmaler Fleete. Vom Hafen trieb der Südwestwind das Tuten der Schiffe herüber.

Charlotte zog den Reißverschluss ihrer rosa Steppjacke bis zum Kinn hoch und sah sich beeindruckt um.

»Hammer.«

Lilly musste lachen.

»Das hat Vitali auch immer gesagt.«

Sie überquerten das Dach in Richtung Antenne. Lilly sicherte nach allen Seiten, ob der Hausmeister im Anmarsch war.

»Papa denkt, er straft mich ab mit dem Reitverbot, dabei tut er mir einen Gefallen«, sagte Charlotte grinsend. »Reiten schaffe ich wirklich kaum noch. Zum Schmusen bleibt mir mein süßer Arcos ja trotzdem – und ich habe endlich mehr Zeit fürs Schlagzeug . . .«

»Dein Vater weiß immer noch nichts von deinem Getrommel! Sagst du es ihm irgendwann?«

»Bist du verrückt? Never! Meine Übungsstunden würde er doch sofort streichen. Nein, meinem Vater darf man nicht zu viel auf die Nase binden. Vielleicht nächstes Jahr. Mal sehen, wie das Zeugnis ausfällt.«

»Gut natürlich. Warte nur ab, ich bin total streng in Nachhilfe.«

Sie waren an der Antenne angelangt.

»Linken Fuß an den Betonsockel schieben«, ordnete Lilly an, »dann mit einer Hand festhalten . . . und nun über den Bauernhof und die Strommasten nach vorne gucken.«

Angestrengt starrte Charlotte in die Ferne.

»Mir wird schwindlig«, sagte sie. »Ganz schön hoch hier oben. Ich sehe nichts vom Grüntalhof.«

»Ein Rechteck, das bläulich schimmert«, half Lilly. »Das Solardach auf der Reithalle.«

Sie selbst hatte den Grüntalhof längst in der Ferne ausgemacht. Aber beim ersten Mal brauchte man wirklich einige Zeit, um sich zu orientieren.

Lillys Blick wanderte über die riesige Stadt. Als sie herzog, vor zwei Monaten, hätte sie nie gedacht, dass sie in Hamburg schnell heimisch werden könnte. Alles war so fremd. Und dann Charlottes Vater, der ihr Steine in den Weg legen wollte. Sicher, es war nicht ausgeschlossen, dass in Zukunft noch weitere Stolpersteine auf sie warteten, auch wenn Lilly noch nicht absehen konnte, von welcher Seite. Aber sie fühlte sich jetzt stark genug, mit allen Schwierigkeiten fertig zu werden.

»Ja! Ich habe den Hof.«

Charlotte quiekte auf. »Da steht also Arcos. Hammer.«

Vorsichtig ließ sie das Gestänge los und trat ein paar Schritte zurück. Sie legte ihren Arm um Lilly.

»Perfekt, dass du Arcos jetzt reitest. Ich meine . . . richtig offiziell.«

»Echt?«

»Logisch. Wenn du nicht wärst, müsste Kerstin sich nach jemand anders umgucken. Wer weiß, was für eine blöde Kuh sie ausgesucht hätte. Am Ende würde die mich nicht mehr zu ihm lassen.«

Plötzlich bellte eine laute Stimme über das Dach.

»Du da in Rosa! Hast du sie noch alle? Sieh bloß zu, dass du ganz schnell verschwindest.«

Am Ende der Betonfläche baute sich drohend ein Mann in blauem Overall auf und stemmte die Arme in die Seiten.

»Der Hausmeister!«

Charlotte kicherte über Lillys leisen Aufschrei.

»Keine Panik«, flüsterte sie. »Dich hat er gar nicht entdeckt in deiner grauen Tarnjacke.«

»Trotzdem, nichts wie weg.«

Lilly fühlte sich federleicht, als sie durchs offene Fenster auf den Flur sprang und Charlotte beide Hände zum Helfen entgegenstreckte.

Der Hausmeister wusste jetzt Bescheid. Mit Argwohn würde er künftig über sein Dach wachen. Und wennschon. Sie brauchte das Dach nicht mehr.

Lilly blickte auf den Fenstergriff in ihrer Hand. Morgen würde sie ihn einpacken und wegschließen, bis Vitali zurückkam.

Sie musste nicht mehr nach oben, um sehnsüchtig zum Grüntalhof zu blicken. Um sich Arcos vorzustellen, wie er mit hochgerecktem Kopf in ihre Richtung schaute. Sie konnte zu ihm fahren, so oft sie wollte.

Ein seliges Lächeln huschte über Lillys Gesicht.

»Normal ist das nicht«, hörte sie Charlotte sagen, »dass du hier stehst und auf ein Eisenteil starrst. Während ein schöner Andalusier wartet und sich die Augen aus dem Kopf guckt.«

Lilly lachte glücklich.

»Du hast ja so recht . . . nichts wie los zu Arcos.«

Freundschaftsprobe

Eine wahre Pferdegeschichte

Wettlauf mit der Zeit

Pferde-Drama im Moor

DÜMMER-WESER-LAND (MB) Zu einem dramatischen Rettungseinsatz musste gestern die Feuerwehr des Dümmer-Weser-Landes ausrücken.

Eine Reitergruppe war im Großen Moor vom Weg abgekommen und hatte per Handy den Notruf alarmiert. Während die jungen Reiterinnen sich aus eigener Kraft in Sicherheit bringen konnten, drohte eines der Pferde im Moor zu versinken. Zunächst schien die Bergung für die Feuerwehr eine lösbare Aufgabe zu sein, denn die Wehr verfügt über ein spezielles Hebegeschirr für Großtiere, das sie zur Rettung verunglückter Tiere aus Gräben oder Teichen einsetzt. Am Einsatzort stellte sich jedoch schnell heraus, dass die schweren Feuerwehr-Fahrzeuge die Wege im Moor nicht befahren konnten.

Die Bergung wurde zum dramatischen Wettlauf mit der Zeit!

1. Kapitel

Mit der Handkante hämmerte Sarah gegen den klemmenden Eisenriegel, der die mannshohe Tür im Zaun vor dem Offenstall verschloss. Der Schieber gab um keinen Zentimeter nach, dafür tat ihr mittlerweile ganz schön die Hand weh.

Verflixt, sie war doch kein Schwächling. Das blöde Holztor war einfach total verzogen, schon seit Tagen. Sarah rieb sich die vom Märzregen klammen Finger und versuchte es noch einmal.

Verzögerungen konnte sie heute überhaupt nicht gebrauchen! Sie hatte nur eine knappe Stunde Zeit, um auszumisten, Heu zu verteilen und die drei Pferde vom Auslauf zu holen. Denn danach stand gleich der nächste Termin an: Paul, ihr neunjähriger Bruder. Um sechs Uhr wartete er wie üblich vor dem Sportzentrum auf sie. Dass sie ihn regelmäßig abends vom Fußballtraining abholte, gehörte zu Sarahs freiwilligem Familien-Dienst.

Wer, außer mir, dachte Sarah, während sie ihre Schulter gegen den Türrahmen presste, ist eigentlich so verrückt, sich ein ganzes Jahr lang zusätzliche Aufgaben aufzuhalsen? Nur um den El-

tern zu beweisen, dass sie sich voll auf ihre Tochter verlassen können!
Dieses Vertrauen ihrer Eltern brauchte Sarah, damit sie ihr grünes Licht für den Wanderritt gaben, von dem sie seit einem Jahr träumte. Alles wollte sie tun, wirklich alles, um sich diesen Herzenswunsch zu erfüllen – mit ihren Freundinnen Anna und Leonie eine Woche nur reiten, reiten, reiten. Und nicht nur das allein. In erster Linie sehnte Sarah die Reittour herbei, damit sie und ihr Pferd Nestor endlich enger zusammenwachsen konnten. Anderthalb Jahre nach dem Kauf war sie ihrem Haflinger noch längst nicht so nahe gekommen, wie sie sich das erträumt hatte. Nestor war alles andere als einfach. Genau genommen hatte er zwei Gesichter: Während er sich unter Pferden normal aufführte – freundlich, regelrecht kontaktfreudig –, war Nestor im Umgang mit Menschen das genaue Gegenteil. Vermutlich hatte er früher schlechte Erfahrungen mit Menschen gemacht und zog es daher jetzt vor, ihnen aus dem Weg zu gehen. Spröde, scheu und distanziert benahm sich Nestor, sobald sich ihm jemand näherte. Zwar gab es zwischen Sarah und ihm mittlerweile eine zarte, freundschaftliche Verbindung, aber nach wie vor trennte sie eine unsichtbare Wand von ihrem Pferd. Wenn es darauf ankam, wenn Gefahr drohte, suchte Nestor nicht ihre Nähe, sondern folgte dem Wiehern von Miro, dem Herdenchef.
Unzählige Fachbücher über Pferdeverhalten hatte Sarah durchforstet. Den Aufbau von Vertrauen studiert. Dabei war ihr der Einfall für die Gemeinschaftstour gekommen. Ein entspannter Wanderritt schien Sarah die ideale Therapie zu sein. Tag und Nacht könnte sie an Nestors Seite sein – und ihr Haflinger hätte auch seine vertraute Herde dabei. Tierärztin Dr. Ehrmann fand

die Idee hervorragend. Ganz nebenbei versprach ein solcher Ritt ein prickelndes Abenteuer zu werden. Mit Leo und Anna im Heu schlafen ... mit den Pferden picknicken ... im See schwimmen. Grandios.

Was hatte sie zu Hause geredet, um ihre Eltern herumzukriegen! Zuerst hatten sie rundweg abgelehnt.

»Du bist erst vierzehn, Sarah.«

»Leonie und Anna sind auch nicht viel älter, gerade 15 – und die dürfen.«

»Wir lassen unsere minderjährige Tochter doch nicht allein durch die Weltgeschichte reiten. Außerdem ist Nestor zu unruhig.«

»Wegen Nestor wollen wir den Ritt ja machen! Wir sind total sicher, dass er sich enger an Menschen anschließt, wenn wir immer mit ihm zusammen sind. Sagt Dr. Ehrmann auch.«

Zäh hatte Sarah jeden Tag aufs Neue versucht, ihre Eltern zu überzeugen, dass dieser Wanderritt unbedingt notwendig war. In Fachbüchern suchte sie nach entscheidenden Stellen und hielt ihren Eltern die markierten Sätze unter die Nase.

»Hier, lest selber. Man soll mit dem Pferd viele Stunden außerhalb der Reitzeiten zusammen sein. So baut man eine positive Beziehung auf.«

»Zugegeben, so eine Aktion bekäme Nestor bestimmt gut«, gab Sarahs Vater zu. »Aber dass ihr ohne Erwachsene reiten wollt, ist schon ein Hammer. Kann euch denn kein erfahrener Reiter begleiten?«

»Ihr könnt doch nicht allein durch halb Niedersachsen reiten«, wandte auch Sarahs Mutter besorgt ein. »Ihr seid noch so jung. Wir könnten ja vor lauter Sorge nicht schlafen.«

»Aber ihr könnt euch voll auf mich verlassen. Auf Leo und Anna auch.«

Schließlich kam von den Eltern ein neuer Vorschlag: Karolin sollte mitreiten, Annas erwachsene Schwester, die schon viele Wanderritte hinter sich hatte. Aber damit konnten sie Sarah nicht kommen. Natürlich, Karolin war ein Schatz, hilfsbereit, immer mit Rat und Tat zur Stelle – doch was sollten sie mit einer 22-Jährigen anfangen, wenn sie sich abends im Heu Horrorgeschichten erzählen wollten? Das ging überhaupt nicht.

Die Einwände der Eltern hörten nicht auf.

»Und wenn ihr unterwegs einen Unfall habt?«

»Wir nehmen alle ein Handy mit! Und rufen jeden Tag an. Wir geben euch die Adressen der Nachtquartiere. Und falls wirklich etwas nicht in Ordnung ist, seid ihr mit dem Auto in ein bis zwei Stunden bei uns. Aber es wird nichts passieren.«

»Und was, wenn euch nachts jemand überfällt, auf einem dieser abgelegenen Bauernhöfe?«

»Mama, Papa, ihr seht zu viele schlechte Filme . . .«

Obwohl Sarahs Probezeit nicht mehr lange dauerte, kamen ihr die letzten Wochen vor ihrem 15. Geburtstag endlos vor. An diesem Tag wollten ihre Eltern eine endgültige Entscheidung fällen, ob Sarah den Wanderritt machen durfte oder nicht. Eine schicksalhafte Entscheidung, wie sie fand.

Quietschend ließ der angerostete Riegel sich endlich beiseiteruckeln.

Sarah stieß die Tür auf und schlüpfte in den viereckigen Innenhof, an dessen Breitseite ein langer Schuppen mit schräg abfallendem Blechdach stand, berankt von wildem Wein. Jetzt, zum Winterende, hingen seine Triebe grau und kraftlos herab.

Mist, nicht aufgepasst! Sarah patschte mitten in eine Pfütze. Ein dünnes Rinnsal lief ihr in die Turnschuhe und breitete sich kalt in den Socken aus.
Aber sie kümmerte sich nicht um ihre nassen Füße. Sobald Sarah ihr Reiterreich betrat, machten ihr solche Kleinigkeiten nichts aus. Gar nichts. Ob Regen den Boden aufweichte, Glatteis die Erde in eine Rutschbahn verwandelte oder Sommersonne den Innenhof zum Glutofen aufheizte – hier war sie für ihr Leben gern.
Auf den Außenkanten der Schuhe balancierte Sarah über den matschigen Hof zum Unterstand, den ihr Vater für sie zusammengezimmert hatte. Wahnsinnig nett von ihm, ihretwegen zu Hammer und Säge zu greifen, wo er als Bankangestellter viel lieber am Computer arbeitete.
Sarah bückte sich, zog die Schubkarre hervor und legte zwei Heuballen hinein. Sie stieß das Laufrad gegen die unverschlossene Tür zum Stall, bis sie ächzend nachgab. Im Gang vor der Box erkannte man kaum die Hand vor Augen. Ohne die Griffe loszulassen, warf Sarah sich gegen die Wand, wo sie mit schlafwandlerischer Sicherheit den Lichtschalter traf. Vier Leuchtröhren flammten auf.
Sarah hob den Kopf und schnupperte. Gab es einen schöneren Duft als den von frischem Stroh?
»Hey, tolle Überraschung!« Sarah stellte die Schubkarre vor der Laufbox ab, in der die Pferde im Winter die Nacht verbrachten. Leonie oder Anna hatten heute schon vor der Schule ausgemistet, obwohl eigentlich Sarah dran gewesen wäre. Sie freute sich wie verrückt, dass alles schon so pieksauber war – auch wenn sie diese freiwillige Hilfe in gewisser Weise belastete. Sie ließ

sich ungern einen Gefallen tun. Aber Anna und Leo waren nicht davon abzubringen, ihr so viel zu helfen wie möglich. Das ganze Jahr über schon. Ihrer Meinung nach gehörten ihre Freundinnen auf die rote Liste bedrohter Arten.

Sarah zupfte Heurippen auseinander und warf sie in die Box. Eine Handvoll blieb hinter Nestors Stallschild hängen und Sarah lächelte in sich hinein, als sie die Halme herauszupfte.

Nestor, Haflinger, Besitzer: Sarah Rathmann, stand auf der schwarzen Tafel.

Daneben hingen zwei weitere Namensschilder.

Leikna, Island Pferd, Besitzer: Leonie Wagner

Miro, Freiberger Pferd, Besitzer: Anna Koch

Sarah seufzte. Wenn sie doch auch so leichtes Spiel mit ihren Eltern hätte wie Leo und Anna. Die waren auf dem Land aufgewachsen und ihre beiden Familien hatten viel Erfahrung mit Pferden und anderen Tieren. Ohne viel Theater hatten sie dem Wanderritt zugestimmt, weil sie wussten, dass ihre Töchter sicher im Sattel saßen. Außerdem war Frau Wagner, Leos Mutter, selber eine erfahrene Wanderreiterin, die sich lebhaft an ihre erste Tour erinnerte. Damals war sie auch erst 15 gewesen. Ihre ganze Hoffnung setzte Sarah in Frau Wagner, denn die traf sich oft mit ihren Eltern und schwärmte von dem wunderbaren Gemeinschaftserlebnis.

Und es schien auch schon ein wenig zu fruchten. Immerhin hatte Sarah es mittlerweile geschafft, das klare »Nein« ihrer Eltern aufzuweichen, das drei Monate lang so gut wie ausgesprochen war. Als Großstädter – Berliner, die vor zehn Jahren nach Osnabrück gezogen waren – reichte die Haustier-Erfahrung der Rathmanns gerade für Pauls Meerschweinchen. Was Pferde be-

traf, waren Katrin und Nico Rathmann ziemlich ahnungslos und daher vorsichtig.
Sarah stieg über den oberen Holm in die Box, durchquerte sie und schlüpfte durch den Vorhang aus Plastikstreifen nach draußen. Der Regen ließ nach, trotzdem stand der Sand stellenweise unter Wasser. Die Pferde hatten sich auf die trockenste Fläche am Zaun zurückgezogen, wo sie eng beieinander dösten.
»Kommt her«, rief Sarah und schob den Streifenvorhang beiseite.
Die kleine Gruppe drehte sich um und trottete auf sie zu. Pferde kennen ihre Fütterungszeiten.
Nestor geht keinen Schritt schneller, bemerkte Sarah, obwohl er mich todsicher erkannt hat. Es gab ihr jedes Mal einen Stich, wenn andere Reitermädchen in der Schule prahlten: »Sobald ich mein Pferd rufe, stürmt es auf mich zu.«
Das konnte sie bei Nestor vergessen.
Dabei hatte sie doch jedes Opfer für ihn gebracht! Sie hatte alles getan, um ihm nahe zu sein. Ihr geliebtes Judo aufgegeben, weil sie jede freie Minute mit Nestor verbringen wollte. Wenn sie ehrlich war, fehlte der Sport ihr, das Training, die Wettkämpfe. Aber egal. Vielleicht später wieder. Nestor ging vor. Seinetwegen hatte es kürzlich noch Stress in der Schule gegeben, als Sarah den geplanten Schüleraustausch nach Spanien abgesagt hatte. Himmel, war ihr das schwergefallen! Wie verrückt hatte sie sich auf die Zeit in Barcelona gefreut. Doch was sollte in den zwei Monaten mit Nestor passieren? Auf keinen Fall wollte Sarah riskieren, dass das dünne Band zwischen ihnen zerriss, während sie in Barcelona Spanisch lernte.
Wie immer marschierte Nestor neben der Isländer Schimmel-

stute Leikna. Miro, der braune Freiberger Wallach, blieb als Herdenchef hinter den beiden.

Sarah spürte ein warmes Glücksgefühl, als Nestor über den Paddock auf sie zukam. Zuneigung und Freude. Stolz. Er sah sensationell aus, ihr Rotfuchs, wenn seine blonde, fast weiße Mähne im Wind hochwehte und seine Augen leuchteten.

Ob sie es je erleben würde, dass er ihr zuwieherte? Zwar war Nestors sperrige Ablehnung weniger ausgeprägt als am Anfang, doch zu schmusen wie Miro oder Leikna ... davon war er Lichtjahre entfernt.

Aus Mitleid hatten Sarahs Eltern den abgemagerten Haflinger aus einem verwahrlosten Stall freigekauft. Für sie! Weil auch ihre besten Freundinnen Pferde besaßen. Damals war der Funke bei Sarah sofort übergesprungen, obwohl das Pferd ziemlich heruntergekommen war. Abgemagert, die Augen glanzlos, das Fell struppig. Irgendetwas an ihm hatte sie angerührt.

Als Sarah ihren Freundinnen in jenen Tagen aufgeregt von Nestor berichtet hatte, hatten die beiden sie aufgezogen.

»Was heißt, du willst Nestor, *obwohl* er so abgemagert und verstört ist?«, hatte Leonie gefragt. »Gerade *weil* Nestor so arm dran ist, hast du ihn ausgesucht. Ist doch auch verständlich, oder?« Auch Anna hatte das so gesehen und Sarah stimmte ihren Freundinnen im Stillen zu. Jeden Tag reiten zu können, war natürlich immer ihr Traum gewesen – aber noch mehr lag ihr am Herzen, diesem Tier ein neues Zuhause zu geben. Sicherheit. Geborgenheit. Nichts beschäftigte Sarah so sehr, wie der Wunsch, Zugang zu seiner Welt zu finden.

Anfangs war Sarah absolut zuversichtlich gewesen, Nestor schnell für sich zu gewinnen, nachdem sie gesehen hatte, wie

problemlos er sich im Offenstall mit Miro und Leikna angefreundet hatte. Und das, obwohl Dreiergruppen bei Pferden normalerweise kritisch sind. Es klappte, weil ihr Pferd Miro als Chef akzeptierte.
Die drei Pferde drängten jetzt an Sarah vorbei in den Stall, wo sie sich sofort über das frische Heu hermachten.
Sarah folgte ihnen und warf einen kontrollierenden Blick in die Tränke. Sauber. Wenn es um die Versorgung der Pferde ging, machte ihr so schnell keiner etwas vor. Mit einem kühnen Sprung setzte Sarah über die Boxenabtrennung, ging zur Futterkiste und verteilte geübt drei Handvoll Kraftfutter in die Futtertröge.
Sie und ihre Freundinnen kümmerten sich um alles selber. Füttern, Futterbestellung, sie organisierten Heu- und Strohlieferungen vom Bauern, sie misteten aus, streuten die Box ein, verabreichten Wurmkuren. Das war die Abmachung gewesen, um Nestor zu bekommen.
»Anders kriegen wir das finanziell nicht hin«, hatten ihre Eltern gesagt. »In einem normalen Reitstall sind die Boxen zu teuer. Pauls Hobby müssen wir ja auch bezahlen.«
Aufmerksam beobachteten die Pferde Sarahs Bewegungen, ohne das Malmen zu unterbrechen. Die Futterportionen wurden von den Mädchen nach und nach gesteigert, weil sie die Pferde stärker trainierten. Manchmal ritten sie schon drei Stunden am Tag, damit die Pferde Ende Juli fit waren, falls es mit dem Wanderritt wirklich klappte. In Sarahs Kopf tauchte das Große Moor auf, geheimnisumwittert.
Die Tür knarrte und erschrocken fuhr Sarah herum. In Gedanken war sie gerade über gruselige Wege geritten, zwischen Bir-

ken hindurch, an toten Teichen und gegerbten Moorleichen vorbei. Doch es war nicht unheimlich gewesen, im Gegenteil. Obwohl die Gegend so fremd war, ließ Nestor sich von ihr vertrauensvoll vorwärtsreiten. Ach, wäre das schön . . .

»Hi, Sarah.«

Anna. Prustend wie ein Pferd schüttelte sie sich den Regen aus der hellbraunen Mähne. Sarah lachte. Anna verbreitete sofort gute Laune. Ihre Freundin war einfach immer gut drauf. Eine geballte Ladung Fröhlichkeit. Ein Naturtalent im Ausgleichen. Sagenhaft, wie Anna es immer wieder schaffte, jedes noch so gereizte Gespräch umzubiegen.

Auf der anderen Seite gab es aber auch keine, die so direkt sein konnte wie Anna. Jetzt musterte sie Sarah von Kopf bis Fuß.

»Du siehst aus wie ein Schwein«, stellte Anna fest.

Sarah grinste und blickte an ihren Einmetersiebzig herunter. Ihre glatten kandisbraunen Haare zottelten als nasse Strähnen auf der Reitweste, an den Schuhen klebte grauer Schlamm und die blauen Jeans waren von Pfützenwasser schmutzig besprenkelt.

»Was erwartest du?«, fragte Sarah. » Es ist März. Normaler norddeutscher Winterdreck.«

Sie lachten und klatschten ihre Hände gegeneinander. »Hast du heute früh ausgemistet?«, fragte Sarah. Ihre Freundin nickte.

»Super, Anna. Vielen Dank. Sobald mein Testjahr abgehakt ist, mache ich alles wieder gut, ich verspreche es. So, und jetzt habe ich noch genau zwanzig Minuten Zeit. Gehen wir rüber?«

»Klar. Brauchst übrigens nichts gutzumachen, das ist doch Ehrensache unter uns. Hauptsache, der Wanderritt klappt.« Mühelos beugte Anna sich über die Querstange vor der Box – sie war die größte in der Clique –, um Miros Kopf zu tätscheln. »Leonie muss auch gleich hier sein.«

Der stattliche Wallach grummelte zufrieden und rieb seine Backe an Annas Arm, ohne das Fressen einzustellen.

Sarah zog die Nase kraus, als sie zum Anbau hinüberging. Ob Nestor jemals so vertraut mit ihr war?

Der Holzschuppen, der als Sattelkammer und Aufenthaltsraum diente, grenzte direkt an den Stall und war durch eine schmale Tür damit verbunden.

Drinnen war es klamm und kühl. Sarah hob die Faserpelzjacke vom Haken und zog sie über, bevor sie sich auf dem Sofa an der langen Wand zusammenrollte. Ein abgewetzter roter Teppich bedeckte breite, abgetretene Holzdielen. Zwei Korbsessel mit Zebra-Kissen flankierten den niedrigen Tisch, bei dem eine gefaltete Leckerlitüte das zu kurze Bein ausglich. In der Ecke hingen Sättel, Trensen, Stricke, Halfter. Romantische Poster mit Aufnahmen vom Moor zierten die Wände. Weißes Wollgras, wabernder Nebel, Glockenheide, niedrige Birken. Ihre Lieblingsziele beim Wanderritt.

Anna rückte einige Pin-Nadeln auf der Landkarte zurecht, die neben den Bildern hing.

»Fünfzehn Moore«, seufzte sie. »Wenn es doch endlich so weit wäre.«

Die Tür flog auf und mit einem Schwall feuchter Luft fegte eine zierliche nasse Gestalt ins Zimmer. Leonie. Sie rannte ständig, ob sie es eilig hatte oder nicht. Weil sie immer und überall für Schnelligkeit war, reichte ihr »Leo« als Name, Leonie fand sie zu lang.

Schwungvoll knallte sie ihre Thermosflasche auf den Tisch,

plumpste in einen Korbsessel und fuhr sich durch die blonden Fransenhaare, dass die Regentropfen nach allen Seiten stoben. Leos grüne Katzenaugen hungerten nach Herausforderung.

»Hab fix noch Tee gekocht«, sagte sie und sprang schon wieder auf, um Becher aus dem Regal zu holen. »Du musst sicher gleich weg, Sarah? Oh, Shit, vergessen.«

Sarah lachte. Das Letzte galt offenbar den schmutzigen Tassen, denn Leo zog den Sweatshirt-Ärmel lang und wischte damit die Becher aus, bevor sie Earl Grey eingoss. Heiße Schwaden stiegen auf und Zitrusduft erfüllte den Raum.

Einen Moment lang versanken die drei in den Bildern an der Wand, während sie an ihrem Tee nippten.

Der ersehnte Wanderritt.

Sarah dachte an ihren freiwilligen Familieneinsatz in den vergangenen Monaten. Sie musste ihre Eltern einfach überzeugt haben, so zuverlässig wie sie gewesen war. Mindestens zwanzig Mal hatte sie Paul vom Fußball abgeholt. Nicht ein einziges Mal hatte sie ihn vergessen. Bei jeder Verspätung im Stall oder in der Schule hatte sie zu Hause angerufen. Alle geliehenen Bücher zum Abgabetermin in die Bücherei getragen. Nie hatte sie angefaulte Möhren in ihrem Zimmer gelagert. Bis auf ein Mal, aber das hatte keiner bemerkt. Noch zwei Wochen bis zu ihrem 15. Geburtstag, zwei Wochen bis zur Entscheidung.

»Und wenn sie Nein sagen?«, fragte Sarah in die Runde.

Anna schüttelte den Kopf. »Werden sie nicht!«

»Aber wenn doch? Wenn meine Eltern es nicht erlauben? Reitet ihr dann allein los?«

Energisch tippte Leonie sich gegen die Stirn. »Spinnst du? Gemeinsam oder gar nicht. Wir machen die Tour doch hauptsächlich wegen dir und Nestor. Wenn er endlich zum Schmusepferd wird, können wir uns alle auf die Schultern klopfen.«

»Und das meinst du wirklich so?«

»Logisch. Haben wir doch ausgemacht.«

»Schwört es.«

Anna verzog das Gesicht. »Glaubst du uns etwa nicht?«

Herausfordernd legte Sarah ihre rechte Hand auf den Tisch. »Schwört.«

Leonies Handfläche, vom Teebecher angewärmt und trocken, schob sich über Sarahs Hand.

»Gemeinsam oder gar nicht.«

Dann Annas Hand. »Gemeinsam oder gar nicht.«

2. Kapitel

Sarah öffnete ihre Zimmertür einen Spalt und vergewisserte sich, dass die Luft rein war. Im Haus herrschte tiefe Stille, wie immer um fünf Uhr morgens. Sie schlüpfte auf den Flur und fuhr im Dunkeln mit der Hand über das hölzerne Treppengeländer. Auf Zehenspitzen stieg sie die Stufen hinab und schlich durch das Wohnzimmer in den neuen Wintergarten. Überall roch es frisch gestrichen, der Anbau war gerade rechtzeitig vor ihrem Geburtstag fertig geworden.

Vor den Sprossenfenstern erkannte sie im Halbdunkel die Konturen eines gedeckten Tisches. Ein Blumenstrauß in der Mitte. Narzissen. Wie die dufteten! Sarah atmete tief ein und tastete sich näher an ihren Geburtstagstisch. Sollte sie die rote Geburtstagskerze anzünden? Lieber nicht. Das überließ sie Mama beim Frühstück, schließlich war das Tradition bei ihnen.

Sie schaltete die Stehlampe ein und checkte mit einem Blick die Geschenke ab. Lag irgendwo ein Foto von Nestor? Das wäre ein Anhaltspunkt dafür, dass ihre Eltern ihr den Wanderritt auf den Geburtstagstisch gelegt hatten. Nichts zu sehen. Sofort verstärkten sich Sarahs Magenschmerzen, die sie schon die ganze Nacht geplagt hatten.

Vielleicht fand sie einen Brief mit der ersehnten Nachricht? Hastig sortierte Sarah die eingewickelten Päckchen und Tüten. Nichts. Nervös kaute sie auf der Unterlippe. Bedeutete das, ihre Eltern mussten ihren Entschluss mündlich erklären? Das konnte nur »Nein« heißen!

Sarah presste die Hände auf den Bauch. Warum hatte sie sich

bloß auf dieses dämliche Spielchen mit dem Zuverlässigkeitstest eingelassen? Was heißt eingelassen – sie war so blöd gewesen, das Probejahr selber vorzuschlagen!

Ohne ihren forschenden Blick vom Gabentisch zu nehmen, zog Sarah einen Stuhl heran und begann, die Päckchen im Lichtkegel der Leuchte zu öffnen. Eine DVD über Pferdeflüsterer. Von Papa. Eine Riesenpackung Kartoffelchips. Von Paul. Ein Buch über Pferdekrankheiten. Von Tante Regina.

Alles toll. Aber was Sarah suchte, war nicht dabei.

Sie griff sich ins Genick. Warum war der Nacken so steif? Ihre Schultern schmerzten. Sie hatte so sehr auf den Ferienritt mit Leo und Anna gehofft.

Hoffnungsvoll befühlte Sarah die anderen Geschenke. Sie konnte doch nicht jetzt schon alle öffnen ... Nur noch ein Paket, bevor sie zurück ins Bett kroch. Aber welches? Warum nicht das flache Päckchen hinter den Narzissen? An der breiten Schleife angelte sie es heran und riss das Papier ab – und dann schlug Sarah überrascht die Hände vors Gesicht.

»Danke«, murmelte sie. »Danke, danke, danke.«

Überwältigt von Freude drückte Sarah ein kleines, leichtes, dünnes, unscheinbares Stück Kunststoff an sich, in grellem Blau, zusammengeknautscht zu einer platten Scheibe. Höchstens ein paar Euro wert, aber im Moment das schönste Geschenk, das sie sich vorstellen konnte: Ein Falteimer zum Tränken von Pferden. Für Wanderritte! Wie weggezaubert fiel alle Anspannung von Sarah ab. Sogar den Nacken konnte sie wieder bewegen und die Muskeln taten kaum noch weh. Langsam zog sie den blauen Eimer wie eine Ziehharmonika auseinander. Auf dem Grund lag ein Brief.

»Liebes Sarahkind – nein, ein Kind bist du mit 15 wohl nicht mehr – Liebe Sarah! Wir haben lange darüber nachgedacht, wie wir uns entscheiden sollen. Inzwischen kennen wir jedes deiner Pferdebücher und jedes deiner Argumente und haben uns auch bei Tierärztin Ehrmann gründlich informiert. Wir glauben jetzt mit dir, dass ein Wanderritt Nestors Seele sehr guttun wird. Außerdem haben uns Leos Mutter und Karolin versichert, dass du eine gelassene, sichere Reiterin bist, was wir ja nicht so richtig beurteilen können.

Und was deine soziale Arbeit angeht – du hast dich im letzten Jahr sensationell geschlagen! Wir sind ohnehin davon überzeugt, dass wir uns hundertprozentig auf dich verlassen können. Kurz: Du hast alle Qualitäten, die man für einen Wanderritt braucht. Also los . . .«

Sarah sprang auf. »Nestor, wir dürfen!«, murmelte sie. Sie musste sofort zu ihm!

Eilig kritzelte sie eine Nachricht auf ein Stück Geschenkpapier: »Bin bei Nestor«, und zehn Minuten später rannte Sarah den ansteigenden Weg zum Stall hoch. Der Morgen graute und die Sterne fingen an, blind zu werden. Am Straßenrand erloschen gerade die Laternen, als Sarah keuchend vor dem Holzzaun ankam. Heute klemmte der Riegel nicht. Sie lief über den Hof und stürmte in den Stall.

Als das Licht aufflammte, richteten alle drei Pferde ihre Blicke hellwach auf Sarah. Leikna stand vorne in der Box, Nestor und Miro lagen mit angezogenen Beinen im Stroh. Während Miro liegen blieb, stemmte Nestor sofort seine Vorderhufe in die Einstreu, sprang auf und schüttelte sich.

Wenn Nestor doch auch liegen bliebe, schoss es Sarah durch

den Kopf. Liegen bleiben, wenn ein Mensch den Stall betritt, das heißt bei Pferden: Ich vertraue dir.
Aber negative Gedanken ließ sie heute nicht zu. Vielleicht hatte sie einfach die Tür zu stürmisch aufgerissen?
Sarah duckte sich unter dem hölzernen Holm hindurch in die Box, kauerte sich vor Nestors Vorderbeinen ins Stroh und hielt ihm den blauen Eimer unter die Nase.
»Sieh doch, ein Wassereimer für unterwegs. Wir dürfen los, Nestor. Freust du dich?«
Aufmerksam beugte Nestor sich zu ihr hinab und musterte Sarah. Wie ein kleines Kind, das die Worte nicht versteht, dachte sie. Das nur die Gesten sieht und den Klang der Stimme hört und daraus folgert, was gemeint ist. Sie musste an ihren kleinen Bruder denken. Wie genau Paul sie betrachtet hatte, als er noch nicht sprechen konnte. Wie er ihre Bewegungen beobachtet hatte, um zu begreifen, was sie von ihm wollte.
Der Haflinger zog den Kopf zurück und gab einen Grunzlaut von sich. Mit neuen Dingen ist nicht zu spaßen, las sie in seinen Augen. Im Nacken spürte Sarah Leiknas warmen Atem. Sie blickte auf. Die Isländer Stute stand hinter ihr und beschnupperte interessiert den blauen Kunststoff. Dann legte sie den Kopf zurück, zog die Oberlippe hoch und flehmte, um den unbekannten Geruch einzuordnen. Miro lag immer noch im Stroh, auch er wollte den Eimer beriechen, reckte seinen Kopf, schnupperte, und als er genug hatte, leckte er Sarah übers Haar.
»Guck doch mal, Nestor«, flüsterte sie, »wie nett Miro zu mir ist. Dabei bist *du* doch mein Pferd. Kannst du nicht auch mal so zutraulich sein?«

Nestor blickte verwirrt auf Sarah herunter, auf den Eimer und seine Pferde-Gefährten. Offenbar wusste er mit der Situation nichts anzufangen. Sarah seufzte und erhob sich, um Nestor den Widerrist zu kraulen. Sie wusste, wie sehr der Haflinger das liebte. »Warum redest du nicht mit mir, Nestor?«
Immerhin senkte er den Kopf und leckte sich die Lippen.
Draußen schwoll das Vogelgezwitscher an. Der Morgen zog vielversprechend herauf, der Wetterbericht hatte Sonne gemeldet, der Frühling steckte in den Startlöchern.
Sarah tätschelte Nestor noch einmal, dann öffnete sie die Tür zum Paddock und zog den Flattervorhang beiseite.
»Raus mit euch an die frische Luft.«
Gemächlich trotteten die drei ins Freie, gingen ein paar Schritte am Zaun entlang. Plötzlich reckte Nestor seine Nase in die Luft. Kribbelte die Frühlingsluft in seinen Nüstern? Mit hochgerecktem Schweif stürmte er plötzlich los, jagte über den Auslauf, schwenkte übermütig den Kopf. Miro und Leikna fegten im gestreckten Galopp hinterher. Unvermittelt blieben die drei wieder stehen, ihr Atem flog, und prustend schüttelten sie sich den Winter aus den Gliedern.
Sarah ging das Herz auf bei diesem Anblick. Was für ein Geburtstagsmorgen!
Lächelnd lehnte sie sich an den Stall und schickte eine SMS an Leonie und Anna:

hi leo hi anna ich habe einen blauen falteimer bekommen wisst ihr was das heißt??? bin im stall kommt her bringt tee und notarzt mit ich drehe nämlich durch vor freude lg sarah

3. Kapitel

Geh auf die andere Seite von Nestor. Auf die rechte«, rief Leonie vom Ende der Straße, wo sie wartend neben Leikna in der ersten Maisonne stand. »Es heißt doch, bei Problemen soll man zwischen Pferd und Hindernis gehen.«

Sarah hatte alle Hände voll zu tun, um Nestor ruhig zu halten, der am Führstrick neben ihr herumhibbelte. Leo hatte es bereits geschafft, ihr Pferd an dem geparkten Möbelwagen vorbeizuführen. Bei jeder Gelegenheit trainierten sie Ausnahmesituationen, die beim Wanderritt auftauchen konnten.

Mit dem Ärmel wischte Sarah sich den Schweiß von der Stirn. Immer war es Nestor, der auffiel. Angst flackerte in seinen Augen. Als stünde kein grauer Lastwagen vor ihm, sondern ein gefährliches Wolfsrudel.

»Guck doch, dort drüben wartet deine Freundin Leikna. Komm.« Entschlossen führte Sarah ihren Haflinger einen Schritt vorwärts – und er folgte ihr. Zäh zwar, aber er kam tatsächlich mit. Sarahs Herz schlug schneller. Hoffnung glimmte auf. Wurde sie für Nestor langsam das Leittier, dem er vertrauensvoll folgte? Doch da wieherte Miro vom nahen Paddock – und aus war es mit Sarahs Optimismus. Blitzschnell drehte Nestor um, stieß ein Antwortwiehern aus und drängte zum Stall. Der Herdenchef rief!

»Nestor! So geht das nicht, du darfst nicht entscheiden, wo es langgeht. Beim Wanderritt müssen wir auch alle gemeinsam dem Weg folgen und überall vorbeikommen.« Sarah hatte Mühe, den Führstrick in der Hand zu behalten, so sehr zerrte Nestor am Seil. Beruhigend tätschelte sie seinen Hals.

Im selben Augenblick wusste sie, dass sie einen Fehler gemacht hatte, und stöhnte verzweifelt. Sie hatte Nestor im falschen Moment getätschelt – nämlich als er am Seil zog. Wahrscheinlich verstand er daraus: »Sarah will, dass ich zum Stall renne, sobald Miro wiehert. Auf keinen Fall soll ich am Lastwagen vorbeigehen.«
Wofür hatte Leos Mutter ihr die vielen wertvollen Tipps gegeben? Als Tierpflegerin betreute sie im Zoo Fluchttiere. Zebras und Antilopen. »Pferde verbinden Lob, Leckerli und Streicheln ausschließlich mit der allerletzten Aktion«, hatte sie Sarah eingeschärft. »Was länger als zwei oder drei Sekunden vorbei ist, hat für sie nichts mehr mit der Belohnung zu tun. Man kann Pferden regelrecht etwas Falsches anerziehen, wenn man zur falschen Zeit lobt.«
Miro gab jetzt Ruhe und Sarah versuchte es noch einmal. Sie tauchte unter Nestors Hals durch auf seine rechte Seite, senkte die Schultern und führte ihn mit lose hängendem Strick zurück zum Möbelwagen.
Auch wenn das jetzt nicht klappt – wir haben trotzdem schon allerhand bewältigt, dachte Sarah. In den vergangenen sechs Wochen nach ihrem Geburtstag hatten sie unermüdlich für den Wanderritt geübt. Jede Gelegenheit nutzten die Mädchen, um ihre Pferde straßensicher zu machen. Locker konnten sie inzwischen an Kinderwagen mit weinenden Babys vorbeireiten, an dröhnenden Traktoren, klingelnden Fahrrädern und an Autos mit Surfbrettern auf dem Dach.
Von Woche zu Woche wurde Nestor sicherer. Sogar auf Gullydeckel, die er früher schreckhaft übersprungen hatte, setzte er jetzt seine Hufe. Und dass schwarze Schatten nur Schatten wa-

ren und keine furchterregenden Löcher im Boden, das schien er auch verstanden zu haben.
Jetzt, als Sarah direkt neben dem Möbelwagen ging, folgte Nestor ihr besser. Auch wenn er die ganze Zeit den Kopf hochnahm. Als Nestor schließlich den langen Laster hinter sich gelassen hatte, hastete er zu Leikna. Schnaubend steckten die Pferde ihre Nasen zusammen.
Sarah strahlte und ließ den Strick lang. »Das hättest du nicht gedacht, Leo, gib es zu.«
Leonie gab ihr einen Knuff. »Echt gut. Jetzt zurück. Sobald Anna kommt, reiten wir aus. Wieder am Möbelwagen vorbei. Wir nehmen Nestor in die Mitte, dann geht's schon. Heute 15 Kilometer Schritt.«
Mit Tierärztin Ehrmann und Annas Schwester Karolin hatte das Trio einen Trainingsplan entwickelt, den alle peinlich genau einhielten.

Mitte Mai trafen sich die Mädchen im Stall, um die wichtigste Entscheidung zu treffen: Sie wollten die endgültige Strecke für den Wanderritt festlegen und Karolin war mit von der Partie.
Weil der Tag so warm war, brachten sie alle Unterlagen zu ihrer kleinen Sitzecke in den Innenhof: Prospekte, Broschüren und Telefonlisten, Blocks, Handys, Lineal, Zirkel, Taschenrechner. Leo pinnte die Landkarte an die Stallwand neben der Bank.
»300 bis 350 Kilometer können wir insgesamt schaffen«, sagte Sarah, während sie gemeinsam mit Karolin die Karte studierte. »Nach jeder Tagesetappe brauchen wir eine Unterkunft. Aber richtige Reiterpensionen können wir uns natürlich nicht leisten.«

Karolin lachte. »Dafür hatte ich auch nie Geld. Wir haben damals oft bei Bauern geschlafen. Im Heu. Oder in Scheunen. Ganz kostenlos. Die Pferde durften nachts auf die Weide und sich satt fressen.«
Leo mischte sich ein. »Und die Bauern nehmen wirklich kein Geld dafür? Das ist alles umsonst?«
Karolin nickte. »Ja, stell dir vor. Meistens verlangen sie nur, dass man die Pferdeäpfel von der Weide absammelt. Aber das ist ja normal.«
Leonies Mutter hatte Adressen von Biobauern besorgt, außerdem besaßen sie Prospekte der gesamten Region zwischen Osnabrück, Dümmersee, Nienburg und Bremen. Eine romantische Landschaft mit Wiesen, Kornfeldern und Mooren.
Freudig aufgekratzt hockten sie über den Unterlagen und bald rauchten ihnen die Köpfe. »Eine knifflige Angelegenheit«, stellte Sarah fest. »Was man da alles bedenken muss!«
Anna nickte. »Für Wanderreiter gibt es in dieser Gegend entschieden zu viel Wasser.«
Ihre Schwester stimmte sofort zu. »Ja, ich kann mich erinnern, dass wir manchmal stundenlang nach einer Brücke gesucht haben. Bei meiner ersten Tour war ich ganz schön blauäugig und unbedacht. Guckt euch die Karten genau an. Besser, ihr wisst vorher, wo ihr gar nicht reiten könnt.«
Irgendwo musste man die Wasserläufe schließlich überqueren, selbst den schmalsten Bach. Wo gab es Brücken? Welche waren reine Autoübergänge und welche waren auch für Pferde geeignet? Dann die Bahnstrecke Osnabrück-Bremen, ebenfalls ein massives Hindernis.
»Straßentunnel können wir vergessen«, verkündete Sarah. »Auf-

lage meiner Eltern. Die sehen mich schon zerquetscht an einer Tunnelwand, wenn Nestor in so einer Röhre von Autos abgedrängt wird. Die Vorstellung ... wir mit den Pferden im Tunnel und über uns donnert ein Intercity ... nein, danke, muss ich nicht haben.«

Wieder machte sich Karolins Erfahrung bezahlt. »Das ist wirklich zu riskant. Aber in eurer Reitregion gibt es jede Menge schmale Eisenbahnbrücken, die von Feldwegen abzweigen. Angelegt sind sie für Landwirte. Die Bauern müssen ja irgendwie zu ihren Feldern gelangen. Das sind einspurige Bahnübergänge. Kein Verkehr. Höchstens mal ein Traktor. Ideal für euch.«

Nach einigen Stunden intensiver Planung stand fest: Eine klare, gerade Strecke konnten sie nicht reiten, weil sie ständig auf Brücken, Bundesstraßen und Bahngleise Rücksicht nehmen mussten. Schließlich hielt Sarah die Streckenzeichnung hoch – ein bizarres Zickzackmuster.

»25 bis 35 Kilometer pro Tag«, sagte sie zufrieden. »Das schaffen wir leicht, ohne die Pferde zu überfordern. Außerdem bleibt uns genügend Zeit für schöne Picknicks.«

Es wurden zehn statt acht Tage, anders war die Strecke nicht in den Griff zu bekommen. Nach einem Rundruf bei ihren Eltern bekamen sie die Erlaubnis für die zweitägige Verlängerung. Leonie und Anna übernahmen die Aufgabe, passende Stationen aus den Prospekten zu suchen. Infrage kamen nur Bauernhöfe mit Weiden, auf denen die Pferde sich satt fressen konnten. Die Landwirte mussten also Rinder, Milchkühe, Kälber oder Schafe halten, was die Auswahl beträchtlich einschränkte. Zum Glück erinnerte sich Karolin noch an einige Adressen, wo Wanderreiter und ihre Pferde willkommen waren.

Die Vorbestellung klappte dann auch problemloser, als sie befürchtet hatten. Die Bauern, wortkarg wie die meisten Leute in dieser Gegend, fragten nur kurz: »Wann? Ja, das geht.«
Nur Galloway-Züchter Hein Sander, bei dem sie ganz zum Ende der Tour ein Quartier brauchten, hatte Bedenken. »Wann kommt ihr? Freitags? Dann ist Polterabend auf unserem Hof. Meine Tochter heiratet am nächsten Tag. Freitags werden die Hochzeitsgirlanden aufgehängt. Schwer was los. Die Feier dauert ungefähr drei oder vier Stunden. Wenn euch allerdings der Lärm nicht stört . . .«
Nein, er störte nicht, schon deswegen nicht, weil das nächste Gehöft zu weit abseits lag. Außerdem: »Eine Braut bringt Glück«, sagte Sarah. »Da müssen wir unbedingt hin.«
Leonie zeichnete die Strecken sehr präzise in die Straßenkarte ein, eine stark vergrößerte Fotokopie, auf der jeder Feldweg zu erkennen war. Sorgfältig schnitt sie die jeweilige Tagesstrecke aus und steckte sie in eine Klarsichthülle.
Eine weitere große Hürde war genommen. Voller Euphorie fieberten die Mädchen dem großen Abenteuer entgegen.

Knapp acht Wochen vor dem Start drohte der Wanderritt doch noch zu scheitern. Wieder war es Nestor, der Schwierigkeiten machte. Sarah verzweifelte schier.
Die Pferde sollten Hufeisen bekommen. Schmied Eddy hatte sich angekündigt. Bisher trug keins der Pferde Eisen. Das war auf den Waldböden rund um den Stall nicht nötig. Da der lange Wanderritt jedoch zum Teil über Asphalt führte, würden die Hufe ohne Schutz zu sehr abgenutzt werden.
Eddy kam mit seiner fahrbaren Werkstatt. Die Pferde kannten

den Schmied, weil er ihnen regelmäßig die Hufe ausschnitt und das Horn raspelte. Aber an diesem Tag musste er sein ganzes Arbeitsgerät auspacken, eine Aktion, die Nestor in höchste Aufregung versetzte, obwohl Sarah die ganze Zeit neben ihm stand und beruhigend auf ihn einredete. Die glänzenden Hufeisen-Rohlinge, die man durch die offene Hecktür im Transporter sah, der Amboss, die Gasflaschen und schließlich das Schmiedefeuer in der Esse – all das machte dem Pferd schwer zu schaffen.

Mit hochgerissenem Kopf tänzelte Nestor nervös auf der Stelle und schnaubte immer wieder angstvoll. Als dann noch Sonne auf die Hufeisen fiel, konnte Sarah ihn kaum mehr halten.

»Geh mit ihm eine Weile nach draußen, damit er sich beruhigt«, sagte Eddy. Tatsächlich half der Spaziergang, doch sobald Nestor in den Hof zurückkehrte und den Rauch wahrnahm, ging der Tanz von vorne los. »Vielleicht liegt es an dem Geruch von verbranntem Horn, der im Raum liegt«, überlegte Sarah. Bei Leikna waren bereits die Eisen angepasst worden.

Eddy hatte einen kräftigen Assistenten mitgebracht, doch kaum hob der Helfer Nestors linkes Vorderbein an, warf dieser entsetzt den Kopf hoch. In fünf Minuten zerriss er zwei Halfter. Der Beschlagversuch endete damit, dass Nestor den Schmied an der Wand entlang über den Hof zerrte. Mit bebenden Flanken stand der Haflinger am Tor, nass geschwitzt und hochgradig erregt. Sarahs beruhigende Worte nahm er überhaupt nicht wahr.

Genervt ließ Eddy von Nestor ab.

»Das wird heute nichts«, brummte er. »Wenn wir weitermachen, brennt sich dieser Tag als schreckliches Ereignis in seinem Kopf ein. Beim nächsten Beschlag dreht er dann womöglich total durch. Lasst euch ein Beruhigungsmittel geben. Ich versuche es dann morgen noch mal.«

Niedergeschlagen rief Sarah ihre Tierärztin an.

»Hilfe, Frau Ehrmann! Was machen wir bloß?«

Dr. Ehrmann ließ sich den Vorfall schildern. »Euer Schmied hat recht«, sagte sie. »Hufbeschlag darf sich nicht als Albtraum in Nestors Kopf verankern.« Sie versprach zu helfen.

Mit einem leichten Beruhigungsmittel im Blut war Nestor am Tag darauf wie ausgewechselt. Schläfrig döste er vor sich hin, während Sarah seinen Kopf hielt und die Augen abdeckte, damit er sich nicht wieder über blitzendes Eisen und Rauch aus der Esse aufregen musste.

War das alles, was Nestor durchmachen musste? Keineswegs! Nestor musste noch lernen, auf einen Hänger zu steigen. Bisher drehte er bei jedem Versuch kurz vor der Rampe ab und versuchte zu flüchten. Allein der Anblick des Hängers reichte und schon begann er zu tänzeln. Im besten Fall drückte er sich verspannt an dem Ungetüm auf Rädern vorbei.

»Dein Nestor ist sicher früher auf den Hänger geprügelt worden«, vermutete Leos Mutter. »So ein Schreck sitzt tief.«

Zum Üben parkte Sarahs Vater den Hänger, der normalerweise vor Sarahs Elternhaus stand, direkt an der Einzäunung des Stalls. Tagelang führte Sarah ihr Pferd nun am Hänger entlang. Morgens, mittags und abends. Nach jedem Rundgang gab es Leckerli und irgendwann brachte Sarah Nestor dazu, einen Huf auf die heruntergelassene Rampe zu setzen. Mehr nicht. Nur einen Huf. Dann durfte er zurück auf die Weide.

»Wenn eine es mit einem so schwierigen Pferd schafft, dann du«, sagte Leos Mutter. »Deine Geduld und Beharrlichkeit – einfach klasse. Willst du nicht später als Tierpflegerin im Zoo anfangen? Leute wie dich können wir gebrauchen.«

Sarah lachte. Das war Zukunftsmusik. Erst einmal drehte sich alles um Nestor. Noch stand das aktuelle Problem im Vordergrund: Geht Nestor jemals auf den Hänger? Wenn das nicht klappte, konnte Sarah den Wanderritt vergessen, denn vor dem Start mussten die Pferde verladen und über das Autobahnkreuz gebracht werden. Direkt vom Stall aus konnten sie nicht losreiten.

Täglich steigerte Sarah ihr Verlade-Programm. Einen Huf auf die Rampe setzen. Zwei Hufe. Vier Hufe. Einen Schritt aufwärts. Rückwärtsgehen.

Und dann, an einem stillen Juniabend, als Sarah ganz allein mit Nestor übte und eigentlich nicht geplant hatte, ihn bis nach oben zu führen, da schaffte sie es. Noch aus dem Stall tickerte sie die sensationelle Neuigkeit per SMS an Anna und Leo:

> jubel jubel jubel nestor stand soeben auf dem hänger!!! echt!!! oben vertilgte er möhren und ließ sich danach rückwärts wieder von der rampe führen jetzt hält uns nichts mehr auf love u sarah

Anfang Juli besorgten die Mädchen Packtaschen und probierten, das Gepäck an den Sätteln anzubringen und damit zu reiten. Sie schliefen probeweise in ihren neuen Schlafsäcken. Ließen die Sättel nacharbeiten, weil Nestor, Miro und Leikna durch das Training mehr Muskeln bekommen hatten.

Als der Beschlag zehn Tage vor dem Wanderritt fällig war, bekam Nestor vorher ein Beruhigungsmittel. So konnten die Reise-Hufeisen ohne Probleme untergenagelt werden und die ganze Crew atmete erleichtert auf.

Am letzten Wochenende vor dem Start unternahmen die Mädchen einen ausgedehnten Ausritt mit langen Pausen. Alle drei Pferde machten einen topfitten Eindruck.

Durch das regelmäßige Training war Nestor erheblich entspannter geworden. Viele Situationen, die Sarahs verängstigtem Haflinger im Winter noch Furcht eingeflößt hatten, meisterte er inzwischen mit Leichtigkeit.

4. Kapitel

»Du nervst mit deinem ewigen Hin- und Hergelaufe.«
Vorwurfsvoll, sein zerdrücktes Kopfkissen unterm Arm, stand Paul in der Zimmertür. Gähnend blinzelte er Sarah an. »Ist ja noch nicht mal hell draußen.«
Sarah sah zu ihrem kleinen Bruder hinüber, während sie versuchte, die Sattelpacktaschen zu schließen. Nur das Allernötigste konnte sie mitnehmen. Der Kapuzenpulli flog zurück aufs Bett. »Mensch, Paul, es geht doch gleich los. Dann hast du über eine Woche Ruhe vor mir. Versprochen.«
»Mmm. Darf ich in deinem Zimmer schlafen?«
»Genehmigt. Aber den PC rührst du nicht an.«
Eine Kante von Sarahs Notizheft lugte aus der Packtasche. Mit spitzen Fingern stopfte sie es tiefer hinein. Als dabei eine Ecke einriss, zog Sarah das Heftchen hervor und steckte es in die Tasche ihrer Reithose. Das kleine Heft musste unbedingt mit. Als Tagebuch. War ohnehin besser, wenn sie es direkt bei sich trug, denn sie wollte unterwegs jede Kleinigkeit notieren.
Der letzte Clipverschluss an der Packtasche rastete ein.
»Rufst du mal an?«
»Logisch, Paul. Jeden Abend. Sonst würden Mama und Papa mich gar nicht losreiten lassen. Also, kapiert – nicht an den Compi.«
Verschlafen nickte Paul und drückte im Vorbeigehen seinen verstrubbelten Kopf an Sarahs Reitweste, ehe er in ihr Bett kroch.
Sarah hängte sich die prallen Taschen über die Schulter. Bevor

sie die Tür zuzog, strich sie leicht über das Haflinger-Foto an der Wand. »Wir werden ein tolles Team, Nestor«, flüsterte sie. Sie konnte kaum glauben, dass nun tatsächlich der ersehnte Julisamstag da war. Wie lang hatten sich die letzten Wochen hingezogen! Ob Nestor spürte, dass dies ein besonderer Morgen war? Neu? Aufregend? Würde er sie gleich mit gespitzten Ohren erwarten? Oder gar nichts merken? Spätestens heute Abend würde er sich wundern, wenn er sich mit Miro und Leikna auf einer fremden Weide wiederfand.

Sarah stieg die Treppe herunter und kletterte im Flur über Schlafsack und Isomatte. Alles im Haus roch nach großem Abenteuer. Was war sie aufgeregt!

»Echtes Western-Frühstück für unser Trekking-Girl.« Ihre Mutter empfing sie im Flur und zeigte auf den einladenden Tisch im Wintergarten. »Toast, Rührei, Schinken, geschmorte Tomaten.«

Sarah lachte und sog den Geruch von geröstetem Weißbrot ein. »Mama, so feierlich? Ich fahre doch nicht nach Amerika.«

Ihre Mutter drehte sich um und suchte nach einem Taschentuch. Sie weinte doch nicht etwa?

»Sind doch nur zehn Tage, Mama«, sagte Sarah fröhlich. Aber nach dem gemeinsamen Frühstück, als sie ihre Satteltaschen in den Kofferraum packte, musste auch Sarah schlucken. Ein bisschen Bammel bekam sie nun doch . . .

Sie winkte ihrer Mutter noch lange aus dem offenen Autofenster zu, bis ihr Vater in die Nebenstraße einbog. Glücklich lehnte Sarah sich im Beifahrersitz zurück. Sommerferien! Es ging los!

Strahlend kletterte die Sonne hinter dem Waldviertel empor, als Sarah vor dem Stall ausstieg. Die Bäume in den nahen Kleingärten waren voller Gezwitscher, Meisen turnten an den Zweig-

spitzen der Apfelbäume. Um Sarah herum duftete es nach wilden Heckenrosen und Sommergras.
Überwältigt streckte Sarah die Arme aus. »Oh Papa, ist das Leben nicht schön?«
Der Morgen des Wanderritts begann paradiesisch. Hell gleißte die Sonne auf dem Sandweg, und obwohl es noch nicht einmal sieben Uhr war, musste Sarah ihre Augen mit der Hand vor dem Licht schützen. Am Zaun stand der geparkte Pferdehänger, den hatte ihr Vater gestern Abend noch hierhergefahren. Das Tor zum Stall stand eine Handbreit auf. Leonie und Anna machten sich also bereits drinnen nützlich.
Sarah dirigierte ihren Vater durch eine aufwirbelnde Staubwolke zurück, bis sein Wagen vor der Deichsel des Hängers stand. »Etwas weiter links. Gut so, Papa.«
Warum lehnte da ein großes Stück Pappe direkt am Schutzblech vor den Hängerrädern? Wahrscheinlich schon wieder wilder Müll, echt bescheuert. Ihr Vater beugte sich aus dem offenen Autofenster und spähte nach hinten.
»Wenn du gesehen hättest, Papa, wie oft ich mit Nestor das Einsteigen über die Rampe geübt habe.« Sarah seufzte. »Furchtbar war das am Anfang.«
Die Pferde sollten gleich verladen und auf die andere Seite der Autobahn gebracht werden. Zuerst Miro allein, danach Nestor und Leikna gemeinsam. Miro würde mit Anna im Gelände auf die anderen warten. Der Freiberger Wallach war schon häufiger eine Zeit lang allein gewesen, ohne sich aufzuregen.
Laut pfeifend tauchte Anna mit einem prall gefüllten Netz im Tor auf. Sie steckte in frisch gewaschenen Reithosen. Sofort rannte Sarah auf ihre Freundin zu. »Es ist so wahnsinnig, dass

unser Wanderritt wirklich losgeht.« Sie fiel Anna um den Hals. »Ich freue mich wie verrückt.«

»Und ich erst. Die Pferde sind schon geputzt, auch Nestor. Hier«, ausgelassen schwenkte Anna das Netz, »frisches Heu für den Transport. Auch wenn die Fahrt nur eine Viertelstunde dauert.«

Anna ging zum Hänger und ließ summend die Laderampe herunter. Als die Heckklappe leicht auftickte, kippte die Pappe am Schutzblech um.

»Was ist das denn?«, schrie Anna. Wie von der Tarantel gestochen rannte sie mit Sarah an die Seitenwand des Hängers. Entsetzt starrten die beiden auf das Unterteil des grauen Gehäuses. Der Hänger ruhte auf einem Stapel Mauersteinen. Alle vier Räder fehlten. Abmontiert. Gestohlen. Offenbar sollte die angelehnte Pappe den Diebstahl eine Weile vertuschen.

»Das darf doch nicht wahr sein.« Sarahs Vater knallte die Autotür zu und schlug mit der Faust aufs Blechdach. »Ich habe den Hänger doch erst gestern Abend hier abgestellt.«

Sofort lief vor Sarahs innerem Auge ein ganzer Film ab. Kein Hänger, keine Autobahn-Überquerung, kein Wanderritt. Vor Aufregung brach ihr der Schweiß aus. Endete das Abenteuer, bevor es anfing?

»Leo, komm schnell«, rief Sarah mit bebender Stimme über den Zaun.

Leos klaren Kopf brauchte sie jetzt. Leo war so cool. Dachte immer logisch. In Mathe und Physik brachte sie nie etwas Schlechteres als eine Zwei nach Hause.

»Mist«, sagte Leo nur mit finsterer Miene, als sie die Bescherung sah. »Und das an unserem schönsten Tag.«

Ohne weiter über den Räder-Dieb zu schimpfen, ordnete Leo an: »Alle Handys rausholen. Rundrufe starten und simsen. Irgendwo wird es doch einen Ersatzhänger für uns geben.«

In ihrem Gehirn müssen die Drähte anders verbunden sein als in meinem, dachte Sarah, Leo weiß immer sofort, was zu tun ist. »Du hast recht«, sagte Sarah. »Aber erst muss ich zu Nestor, ich habe ihn ja noch gar nicht begrüßt.«

Gut, dass niemand sehen konnte, wie es in ihrem Nacken kribbelte. Bloß nicht zeigen, wie nervös sie war. Nestor und ein unbekannter Hänger, das fehlte noch! Garantiert würde er sich aufregen. Sarah fühlte sich schrecklich unbehaglich, als sie über den Hof zu den Anbindepfosten lief, wo alle drei Pferde blank geputzt nebeneinander dösten.

Augenblicklich war Sarahs Ärger wie weggeblasen. Wann immer Nestors Augen sie aufmerksam anblickten, schlug ihr Herz höher. Liebevoll schlang sie die Arme um seinen Hals. »Du steigst doch auf einen fremden Hänger? Tu es für mich, Nestor.«

Der Haflinger schwenkte den Kopf zur Seite, schüttelte die helle Mähne zurecht und musterte Sarah aus dunklen Augen, die nicht verrieten, was er dachte. Immer war da dieser Rest Vorsicht in seinem Blick. Dieser Anflug von furchtsamem Misstrauen.

Sarah seufzte, drückte ihm einen Kuss auf die Nase und kehrte auf die Straße zurück.

»Bei Sophia habe ich es schon versucht«, wurde sie von Anna empfangen, »die geht heute auf ein Turnier. Ronja auch. Bleibt noch Gina. Hast du ihre Nummer gespeichert?«

»Habe ich.«

Eilig gab Sarah die Nummer ein und tippelte von einem Bein auf das andere. Als sich niemand meldete, schickte sie Gina eine SMS:

> hilfe gina unserer wanderritt ist in gefahr hängerkatastrophe! unserer ist demoliert!!! leiht uns dein vater seinen? nur für eine stunde sarah (von nestor)

Postwendend kam eine Antwort, mit der Sarah nicht gerechnet hatte:

> wir sind mit hänger auf dem weg nach italien ewig sorry drücke die daumen für euren ritt tschaui gina

So ging es SMS für SMS, Anruf für Anruf. Seltsam: Wer einen Hänger besaß, war an diesem Samstag zu Turnieren unterwegs oder auf dem Weg in die Ferien.

Es war zum Verrücktwerden. Die Zeit flog nur so davon. Alle paar Minuten warf Sarah einen verzweifelten Blick auf die Uhr.

»Wenn wir nicht bald wegkommen, schaffen wir unsere Strecke nie«, stöhnte Leo um zehn Uhr. »Das Verladen wird sich hinziehen, weil unsere Pferde den Hänger nicht kennen.«

Sarahs Vater rief die Polizei an. »Das dauert, bis die kommen«, sagte er. »Ist viel los auf der Wache, die haben erst in ein paar Stunden Zeit.«

Anna zückte ihre Reisekamera und schoss ein Foto von dem armselig aussehenden Hänger. »Das erste Foto vom Wanderritt«, sagte sie grimmig. »Schöner Anfang. Aber es kann nur besser werden.«

Leo grübelte und wälzte ihr dünnes Adressbuch. Plötzlich ließ sie das Heft abrupt sinken. »Der Isländer Hof hinter Osnabrück«, rief sie, »ihr wisst schon, wo Leikna herstammt. Die haben einen großen Transporter. Einen richtigen Lastwagen für vier Pferde.«

»Was sagst du?« Sarah packte Leo bei den Schultern und schüttelte sie. »Ein Transporter! Die haben flache Laderampen, da geht Nestor bestimmt rauf.«

Leo nickte und zog ihr Handy hervor, das sie nach den ersten Fehlschlägen wieder eingesteckt hatte. »Die Tochter kenne ich noch ganz gut. Marlene. Die war damals bei der Ausbildung von Leikna dabei.«

Leo verzog sich mit dem Handy hinter den Holzzaun. Fünf Minuten später drang ein triumphierender Schrei über die Latten.

»Gewonnen!« Leonie flitzte um die Ecke. Ihre grünen Katzenaugen blitzten. »Der Transporter kommt. Der Züchter schickt seinen Nachbarn als Fahrer, er selber musste weg.«

Mit einem Seufzer fiel Sarah ihrer Freundin um den Hals. »Danke. Nun klappt der Start doch noch wie geplant.«

Leo nickte. »Jetzt lasst uns erst mal die Pferde auf die Weide bringen, die stehen sich ja im Hof die Beine in den Bauch.«

Sarah tastete nach ihrem Tagebuchheftchen in der Hosentasche. Dass sie gleich heute etwas Dramatisches notieren musste, hatte sie sich auch nicht träumen lassen.

5. Kapitel

1. Tag, Samstag.
... sprachlos musste ich mit ansehen, wie Nestor sich mit meinem Bruder ganz ohne Theater vorwärtsbewegte. Einfach so. Es war so demütigend!

Nach dem Schreck in der Morgenstunde fieberte die Reitertruppe ihrem Start entgegen. Während die Mädchen auf den Transporter warteten, machte Sarah sich im Stall nützlich, wo sie Stricke und Strohbänder aufräumte.
Ihr kleiner Bruder schickte eine SMS:

papa hat angerufen dass der hänger keine beine mehr hat mama will euch nicht verhungern lassen ich bringe gleich futter

Kurz darauf tauchte Paul im lila-weißen Trikot seiner Fußballmannschaft auf. »Brötchen«, sagte er und wuchtete den Korb voller gelber und blauer Plastikboxen vom Gepäckträger. »Äpfel und Bananen und Milch.«
»Oh prima«, sagte Anna erfreut und griff gleich zu. »Kalorien kann ich immer gebrauchen.«
Das zweite Frühstück lenkte einen Moment von der angespannten Lage ab, aber danach war es mit Sarahs Ruhe endgültig aus. Wie ein aufgescheuchtes Huhn lief sie auf und ab. Immerzu schwirrte ihr Nestors Verladeangst durch den Kopf. Hoffentlich ging alles gut mit dem unbekannten Transporter.
Eine gute Stunde dauerte es, bis Motorengeräusch von der Straße drang.

»Das ist er«, rief Sarah wie elektrisiert und schoss zur Kreuzung. Mit erhobenen Armen dirigierte sie den weißen Lastwagen in den schmalen Sandweg bis vor den Stall. Der Fahrer, ein bulliger älterer Mann, ließ das Seitenfenster herunter und rangierte in einer Staubwolke vor und zurück. Es war mühselig auf dem engen Pfad. Schließlich stand der Wagen vor dem Hoftor, der Staub verflüchtigte sich und der Fahrer sprang aus dem Führerhaus.

»Das Verladen müsst ihr selber machen«, sagte er in die Runde. »Ich habe wenig Ahnung von Pferden.«

Sarah winkte ab. »Kein Problem«, sagte sie laut, aber im Stillen dachte sie: Kein Problem? Wenn es nur so wäre!

Sie holten die Pferde von der Weide, während Sarahs Vater Sättel und Zaumzeug im Transporter verstaute.

»Nestor verladen wir zuletzt«, schlug Sarah vor. »Wenn Leikna und Miro oben stehen, geht er hoffentlich hinterher.«

Leonie führte ihre Isländer Stute ohne anzuhalten in ein gepolstertes Abteil auf dem Transporter. Miro folgte. Perfekt.

Nun Nestor. Mit Riesenherzklopfen ging Sarah neben ihrem Pferd auf die Rampe zu. Nestor setzte einen Huf darauf und blieb sichernd stehen. Die fremde Verladefläche irritierte ihn einfach.

»Gut. Jetzt das zweite Bein, Nestor«, ermunterte Sarah ihn, »oben warten deine Freunde.«

Doch sie hatte den Satz noch nicht beendet, da zog Nestor schon den Huf zurück. Seine Ohren waren starr nach vorn gerichtet.

Energisch zupfte Sarah am Seil. Zweiter Versuch. Mit einem Satz sprang Nestor zurück auf den Weg und warf den Kopf

hoch. Gellend wieherte er nach seinen Freunden. Miro wieherte aus dem Lastwagen zurück.
»Komm, Junge.« Sarah versuchte, ihre Stimme ruhig klingen zu lassen, doch mit den feinen Antennen eines Fluchttieres schien Nestor ihre Nervosität zu spüren. Dreimal sprang er von der Rampe zurück. Sein Schweif stand hoch wie eine Fahne. Dunkle Schweißflecken zeichneten sich auf seinem Fell ab.
Und die Zeit lief und lief . . .
»Es ist der aufblitzende Lack«, rief Anna auf einmal. »Genau!« Sie wandte sich an den Fahrer, der die Verladeaktion mit gerunzelter Stirn beobachtete. »Würden Sie Ihren Transporter dort drüben in den Schatten stellen?«
Der massige Mann stemmte die Arme in die Seiten. »Du bist ja ein Schätzchen. Wie soll ich denn hier wenden? Der Weg ist ja nicht breiter als ein Handtuch. Bin froh, dass ich überhaupt reingekommen bin.«
Sarah war den Tränen nahe. Die erste Hürde – und schon scheiterte Nestor daran. Warum wurde ihm auch alles so schwer gemacht? Weshalb konnte gar nichts glattgehen? Er bekam einfach keine reelle Chance. Sarah haderte mit ihrem Schicksal. Wenn es mit dem Verladen nicht bald klappt, fällt unser Start ins Wasser, dachte sie verzweifelt. Und ich bin schuld.
Wieder und wieder drehte sie mit Nestor ihre Runden, änderte die Richtung, um ihn dann von einem anderen Blickwinkel an die Rampe zu führen. Je stärker der Haflinger Sarahs nervöses Bemühen spürte, umso furchtsamer stemmte er seine Hufe in den Sandweg. Und Sarah wusste insgeheim: Ich schaffe es nicht. Eigentlich traue ich es mir nämlich gar nicht zu, Nestor auf einen fremden Hänger zu führen. Und das merkt er genau.

Aber was sollte sie tun?
Schließlich übernahm Leonie Nestor und versuchte es. Ohne Erfolg. Danach Anna. Nichts.
»Nestor kennt uns viel zu gut«, sagte Anna bekümmert. »Irgendwie sind wir alle angespannt. Er spürt instinktiv, dass wir ihn unbedingt nach oben zerren wollen. Das behagt ihm nicht. Er misstraut auch dem Lack. Seht mal, wie die Fahrertür glänzt.«
Leo lief in den Stall und kehrte mit zwei blauen Pferdedecken zurück, die sie mit Annas Hilfe in der Tür festklemmte.
Der Fahrer schüttelte den Kopf, fluchte leise vor sich hin und verschwand.
Nestor beäugte die Aktion aufmerksam. Tatsächlich ließ er sich, als das Blinken aufhörte, von Sarah noch einmal zum Hänger führen und machte sogar Anstalten, nach oben zu gehen.
Da tauchte plötzlich der Fahrer oben im Transporter auf und winkte mit beiden Armen. »Nun mal zu!«, rief er. »Ich habe nicht ewig Zeit.«
Frontal stand der bullige Mann Nestor gegenüber und starrte ihn vom Ende der Rampe an.
Angstvoll klemmte Nestor den Schweif ein und ging rückwärts.
»Oh nein«, stöhnte Sarah. »Das war jetzt völlig verkehrt.«
»Wieso denn?«, verteidigte sich der Fahrer und stieg verärgert von der Rampe. »Ich wollte doch nur helfen.«
Bleib ruhig, sagte Sarah sich. Dabei kochte sie innerlich.
»Nur Raubtiere starren Pferde direkt von vorn an«, sagte sie mit mühsamer Beherrschung, während sie mit ihrem Pferd auf und ab ging. »Nestor hat sich von ihnen massiv bedroht gefühlt.«
Alles hatte dieser Typ kaputt gemacht. Wo sie vorhin sooo nahe dran war …

Sarahs Vater, der einiges von der Verlade-Katastrophe mitbekommen hatte, sah sorgenvoll aus. »Ich weiß nicht, ob der Wanderritt eine gute Idee ist. Mir dreht sich der Magen um, wenn ich mir vorstelle, ihr kommt unterwegs in brenzlige Situationen.«

Sofort sprang Leo ein. »Keine Aufregung, Herr Rathmann. Das blöde Verladen ist eben Nestors Schwachstelle. Wer weiß, wie oft sie ihn früher die Rampe hochgeprügelt haben. Das sitzt tief. Im Straßenverkehr ist Nestor wirklich sicher. Sonst hätten meine Eltern mich niemals mitreiten lassen.«

»Wieso gebt ihr Nestor nicht einfach ein Beruhigungsmittel?«, brummte Herr Rathmann. »Dann schont ihr seine Nerven. Und meine auch. Fragt doch eure Tierärztin.«

Tierärztin Ehrmann! Das war es! Mit einer Hand tippte Sarah ihre Nummer ein. »Ich frage sie nach dem Beruhigungsmittel, das sie Nestor beim Schmied gegeben hat«, sagte sie zu Anna und Leonie. »Hoffentlich arbeitet sie am Wochenende.«

Frau Ehrmann hatte Dienst. Sie meldete sich sofort und Sarah schilderte die Lage.

»Ach, das ist jetzt aber wirklich eine furchtbare Situation«, sagte Dr. Ehrmann. »Wo du dich so angestrengt hast mit Nestor. Aber, Sarah, so leid es mir tut – ich fürchte, ich kann euch im Moment nicht helfen. Beruhigungsmittel kurz vorm Verladen sind problematisch. Manchen Pferden knicken vor Müdigkeit die Beine weg und sie kommen im Hänger nicht mehr hoch. Du willst doch nicht, dass Nestor sich die Beine bricht.«

»Um Himmels willen . . .«

»Außerdem könntest du mit einem ruhiggestellten Pferd nicht reiten. Nestor bräuchte Stunden, um fit zu werden. Lasst es jemanden mit dem Verladen versuchen, den Nestor kaum kennt. Der ganz locker ist. Manchmal wirkt das Wunder. Viel Glück, Sarah. Bin gerade bei einem Kolikpferd. Sorry, Mädchen, hab deshalb leider wenig Zeit.«

Mit hängenden Schultern steckte Sarah das Telefon ein und erzählte den anderen, was Frau Dr. Ehrmann gesagt hatte. »Es geht also nicht. Und nun?«

Leonie kratzte sich am Kopf. »Klar ist, dass wir die erste Etappe nicht mehr schaffen. Was haltet ihr davon«, überlegte sie laut, »wenn wir auf dem Isländer Hof übernachten, falls das mit dem Verladen heute noch klappt? Ist zwar nicht ganz unsere Strecke, aber die ändern wir einfach. Wir kontakten sämtliche gebuchten Bauern und verschieben unsere Übernachtungen um einen Tag.«

Anna quiekte auf. »Bist du verrückt? Wofür haben wir wochenlang an der optimalen Strecke getüftelt?«

»Hilft nichts, Anna.« Leo hob die Arme. »Wir kommen heute nicht mehr bis zu unserm gebuchten Hof. Willst du die Nacht auf dem Dümmersee verbringen? Miro im Segelboot, ha, ha.«

»Sehr witzig«, sagte Anna, »aber du hast recht.«

Sarah nickte. Der Rat von Dr. Ehrmann ging ihr durch den Kopf – *lasst es jemanden versuchen, den Nestor kaum kennt.* Aber wen?

Auf einem Bein hüpfte Paul herbei.

»Nestor ist ja immer noch nicht drin.« Mit einem frechen Grinsen schoss er einen Stein aus dem Weg und langte nach Sarahs Führstrick. »Gibt mal her, soll ich ihn hochbringen?«

»Bitte???«

»Mann, Auswechselspieler sind immer *der* Joker.«

»Paul, du bist neun und hast keine Ahnung von Pferden!«
»Na und?«
Sarah war derart frustriert, dass ihr alles recht war. Und so ließ sie den Strick los, als Paul fordernd danach griff. Unbekümmert schlenderte das lila-weiße Trikot mit dem Pferd auf den Transporter zu.
Mit großen Augen stand Sarah abseits. Ihr blieb die Luft weg. Ganz locker führte Paul ihr Pferd über die Rampe nach oben. Wie sehr hatte sie in all den Monaten um Nestors Freundschaft gerungen, um sein Vertrauen – und nun kam ihr kleiner Bruder daher . . .
Sarah fühlte Annas Blick auf sich. Kläglich verzog sie das Gesicht. Spontan nahm Anna sie in den Arm. »Wehe, wenn du dir das jetzt zu Herzen nimmst, Sarah! Sei froh, dass Nestor endlich oben ist. Dr. Ehrmann hat doch vorausgesagt, es geht mit einem völlig Unbeteiligten besser.«
Ach ja, Frau Dr. Ehrmann . . .
»Ich sage ihr fix Bescheid, dass ihr Tipp Gold wert war.«
Der Fahrer verriegelte alle Türen.
»Nichts wie weg«, sagte Leonie und schlug Sarah auf die Schulter. »Ich fahre auf dem Transporter mit. Einer muss ja den Fahrer besänftigen. Der ist stinksauer, seit du ihn als Raubtier bezeichnet hast.«

Auf den Straßen herrschte starker Verkehr, die Ferien begannen. Trotzdem gerieten sie in keinen Stau und erreichten eine halbe Stunde später den Isländer Hof, ein altes Anwesen mit niedrigen schwarz-weißen Fachwerkhäusern und Stallungen, die sich wie ein Viereck um den weitläufigen Hof gruppierten.

Ein schmales, rothaariges Mädchen wartete am Eingangstor und lief neben dem Transporter auf den Hof, während Sarahs Vater zwischen Silageballen und Anhängern einen Parkplatz suchte.

»Das ist sicher Marlene«, sagte Anna über Sarahs Sitz gebeugt. »Guck mal, die lädt unsere beiden Pferde gleich zusammen aus.« Sarah und Anna machten, dass sie aus dem Auto kamen und rannten zum Transporter, wo das rothaarige Mädchen Sarah fragend die Stricke von Nestor und Miro hinhielt.

»Welcher ist deiner? Ich bin Marlene.«

»Der Haflinger.« Sarah griff nach Nestors Strick.

Die ganze Zeit im Auto hatte Sarah noch an Pauls Erfolg zu knacken gehabt, aber ihre niedergeschlagene Stimmung verflog sofort, als Nestor ihr jetzt mit freundlich nach vorn gerichteten Ohren entgegenkam.

»Wir haben drüben hinterm Stall ein Stück Koppel abgezäunt.« Marlene deutete auf den Durchgang, in den Leonie soeben mit Leikna entschwand. »Klasse, dass ihr hier übernachtet.«

Herr Rathmann umarmte Sarah zum Abschied und sie merkte genau, dass er sie nur ungern zurückließ.

»Wenn das schon so anfängt mit Nestor . . . vorhin beim Verladen . . . ich habe gar kein gutes Gefühl.« Er sah Sarah ernst an. »Wir holen euch jederzeit ab, wenn es nicht geht. Falls es brenzlig wird mit Nestor. Geh bitte kein Risiko ein, hörst du?«

Sarah verdrehte die Augen. »Ach was, Papa. Jetzt wird ja nur noch geritten. Das klappt schon. Wenn man Nestor nicht gerade auf einen fremden Hänger zwingen will . . .«

Zögernd wandte ihr Vater sich zum Gehen. »Schon gut, Sarah, ich hab ja begriffen, wie wichtig euer Ritt für Nestor ist. Tja,

dann bin ich hier wohl überflüssig. Denk dran: jeden Abend anrufen.« Er seufzte und verzog das Gesicht zu einem angestrengten Grinsen. »Hals- und Hufbruch.«
»Papa! Mal den Teufel nicht an die Wand«, rief Sarah zurück und schmiegte sich an Nestor. Was war sie glücklich, dass die erste Etappe geschafft war. Wenn auch mit Hindernissen.
Von jetzt an gab es nur noch reiten, reiten, reiten.

6. Kapitel

2. Tag, Sonntag.
Auf einmal konnte ich meinen Kopf nicht mehr bewegen. Meine Nackenmuskeln, die haben einfach nicht mehr mitgespielt. Schrecklich. Immer wieder passiert mir das, wenn ich mich aufrege …

»Nimmst du die Banane nicht mit, Leo?«
Feixend stieß Sarah ihre Freundin in die Seite, die kurz vor dem Abmarsch vom Isländer Hof ihre Ausrüstung musterte.
»Teufel auch! Der Sattel kam mir doch gleich so leer vor.«
Leo drückte Sarah ihre Zügel in die Hand. »Hältst du Leikna mal?«
Mit wehenden Haaren fegte Leo ins alte Bauernhaus und kehrte mit einer langen Packtasche in Form einer Banane zu den Pferden zurück, die fix und fertig gesattelt auf dem Hof standen. Leo klickte die Karabinerhaken in Leiknas Sattel-Ösen.
»Lasst bloß nichts liegen«, tönte es von Miros Rücken. Anna saß bereits oben und zog den Sattelgurt nach. »Jeder muss sich genau merken, wie viele Teile er hat. Stellt euch mal vor, wir checken nach zwanzig Kilometern, dass wir etwas vergessen haben und müssen die ganze Strecke zurückreiten.«
»Bloß nicht«, murmelte Sarah abwesend. Sie war damit beschäftigt, die Zeichnung zu studieren, die Marlene vom neuen Streckenabschnitt angefertigt hatte.
»Fast fünfzehn Kilometer müssen wir durch die Pampa reiten, bevor wir auf der richtigen Strecke landen«, sagte Sarah. »Hof-

fentlich finden wir den Weg. Unsere eigenen Karten sind natürlich genauer.« Sie reichte Leonie das Blatt Papier, bevor sie sich in Nestors Sattel schwang. »Zum Glück bist *du* als Erste mit Kartenlesen dran.«

Ordentlich bepackt, Isomatten und Schlafsäcke hinterm Sattel verstaut, Packtaschen an beiden Seiten hängend, verließen sie den Isländer Hof.

Das Gehöft lag auf einer Anhöhe, von der man weit ins Land sehen konnte. Sarah drehte sich im Sattel um und zeigte auf die helle Fläche am Horizont.

»Ist das der Dümmersee?«

»Könnte ich schwören«, meinte Leonie nach einem ausführlichen Blick auf die Zeichnung, die sie dann in die Kartentasche am Sattel steckte. Sie trieb Leikna leicht an und übernahm die Führung. »Jedenfalls wissen wir genau, in welche Richtung wir reiten müssen.«

Ein ganzes Stück führte ihr heutiger Weg am See entlang, bevor es später ins Hinterland ging, wo sie auf einem abgelegenen Bauernhof im leeren Kälberstall schlafen durften.

Der feste Trampelpfad aus Gras, auf dem sie hintereinander ritten, führte leicht abwärts. Neben ihnen wogte reifes Korn, endlose Felder mit hohen Grasbüscheln am Rand und wild wuchernden Margeriten.

Eine Pferdelänge vor Nestor ging Leikna. Ihr Schweif pendelte locker im Rhythmus der Bewegung. Weich und warm prickelte Morgensonne auf Sarahs Schultern. Ein dünnes Top war alles, was sie zur Reithose trug. Sie schielte auf ihre Arme. Ob sie heute schon braun wurde?

»Am liebsten würde ich die Kappe runterreißen und mir den

Wind durch die Haare wehen lassen«, rief sie Leo zu und ihre Freundin grinste über die Schulter nach hinten.

»Ich auch. Aber ich habe Mama hoch und heilig versprochen . . .«

»Genau wie ich«, seufzte Anna. »Nie ohne Reithelm.«

Schon nach kurzer Zeit redete niemand mehr. Die feierliche Stille der Landschaft zwang sie dazu, den Mund zu halten. Auch die Pferde schienen die Stille zu genießen. Aufmerksam schritten sie hintereinander, Nestor mit Sarah in der Mitte. Ab und zu flogen Vögel aus dem Getreide auf und schraubten sich trillernd und zwitschernd empor. Hummeln summten in der Luft.

Nach einigen Kilometern machte der Weg eine scharfe Biegung und sie ritten durch flache Bachtäler, wo der Pfad scharf an abschüssigen Uferkanten entlangführte.

»Verdammt schmal hier«, rief Anna von hinten, »ich bin froh, dass Miro so trittsicher ist.«

Ein kleines dunkles Forstgebiet tat sich vor ihnen auf, das Marlene als Reitstrecke eingezeichnet hatte. Sie tauchten in den Wald ein und Sarah blinzelte ein paarmal, um sich an den plötzlichen Wechsel von blendender Helligkeit zu sanfter Dämmerung zu gewöhnen. Sonnenstreifen fielen schräg durch die Bäume auf den Waldboden. Vor jedem Lichtstrahl streckte Nestor den Kopf nach vorn, schien sich zu vergewissern, dass es sich bei den Streifen nicht um ein Hindernis handelte.

Zwei Frauen joggten auf einem Nebenweg und winkten den Mädchen zu. Als sich der Weg verbreiterte, trabte Anna vor, bis sie an Sarahs Seite war.

»Sieh doch bloß, wie ruhig Nestor heute geht«, sagte Sarah

glücklich. »Die blöde Sache mit dem Hänger ist für ihn schon Lichtjahre entfernt.«
Anna lachte. »Ich hoffe, Nestor bleibt auch auf der Bundesstraße so cool.« Sie runzelte die Stirn. »Eigentlich ziemlich blöd, dass wir gleich heute diese Straße überqueren müssen. Dabei hatten wir uns doch solche Mühe gegeben, einen Weg zu finden, der nicht durch dicken Verkehr führt. Gerade für die ersten Tage.«
Irritiert linste Sarah aus den Augenwinkeln zu Anna hinüber. Warum sagte sie das jetzt zu ihr? Wollte Anna damit andeuten, dass sie, Sarah, ihnen die Sache mit der stark befahrenen Bundesstraße eingebrockt hatte? Sicher – wäre alles nach Plan gelaufen, hätten sie diese Verkehrsader zunächst weiträumig umreiten können. Aber nach der unfreiwilligen Nacht auf dem Isländer Hof mussten sie die Straße überqueren.
»Ich kann doch nichts dafür, dass wir umplanen mussten«, sagte Sarah so heftig, dass Nestor seine Ohren schlagartig nach hinten richtete. »Dass die Räder von unserem Hänger geklaut wurden, kannst du *mir* ja wohl nicht vorwerfen.«
Erstaunt schüttelte Anna den Kopf. »Wie bist du denn drauf? Habe ich etwas von Vorwürfen gesagt?«
»Nein, aber du hast *gedacht*, dass wir unnötig viel Zeit verloren haben, weil Nestor sich nicht verladen ließ.«
Anna konterte: »Ja, besten Dank auch, dass du mir sagst, was ich denke.«
Leo wandte sich um, parierte Leikna zum Halten durch und zwang dadurch auch Nestor und Miro stehen zu bleiben.
»Habt ihr sie noch alle? Was ist los, Sarah?«
Verlegen zuckte Sarah die Schultern. »Ach, ich weiß auch nicht,

ständig fühle ich mich wegen Nestor schuldig. Weil ihr immer Rücksicht auf ihn nehmen müsst. Und auf mich eben genauso.«
»Sei nicht blöd«, sagte Leo nur und ritt wieder an.
Als Sarah sich hinter Leiknas Schweif hängte, schimpfte sie im Stillen mit sich. Was hatte sie denn? Aber nein, sie wollte das Thema jetzt nicht weiter vertiefen, lieber später in ihrem Tagebuch notieren.

Was ist bloß in mich gefahren? Ausgerechnet mit Anna herumzuzicken? Sie ist immer für mich da und hilft mir mit Nestor. Noch nie hat sie sich beschwert. Und bei der ersten leisen Kritik meckere ich blöde Eule mit ihr herum.

Sie verließen den Wald und ritten über eine holprige Landwirtschaftsstraße, die allmählich bergan führte.
Leo drehte sich um.
»Wir müssen gleich über die Eisenbahnbrücke. Aber die ist total harmlos, hat Marlene gesagt. Einspurig. Und nur für Traktoren und so etwas gedacht.«
Harmlos? Gab es überhaupt etwas, das für Nestor harmlos war? Sarah zwang sich, gerade und möglichst locker zu sitzen, als sie das Geländer erspähte. Wenn jetzt ein Zug unter ihnen hindurchdonnerte … aber es kam keine Bahn und die Pferde überquerten die Brücke ruhig, wenn auch äußerst aufmerksam.
Kurzes Aufatmen. Aber in Sarahs Kopf spukte bereits der nächste Streckenabschnitt herum. In wenigen Minuten musste die Bundesstraße kommen, die das Land um den Dümmer durchschnitt.
Ihr rutschte das Herz in die Hose. Was war mit ihren Beinen

los? So sehr Sarah auch versuchte, die Waden ruhig anzulegen, es gelang ihr nicht. Ihr zitterten die Knie. Nestor machte auf einmal kurze, verspannte Schritte. Spürte er ihre Aufregung? Die Sonne brannte vom wolkenlosen Himmel. Sarah biss sich auf die Lippen. Man konnte darauf wetten, dass überall Autos in der Sonne glänzten. Würde Nestor das Spiel von gestern wiederholen, sobald er blinkenden Lack sah? Und keinen Schritt über die Straße gehen? Dann würden sie erst bei Nacht und Nebel weiterkommen.

Hochkonzentriert horchte Sarah der Bundesstraße entgegen.

»Hört ihr auch, was ich höre?«, fragte sie.

Anna schüttelte den Kopf. »Ich höre nix.«

»Ich auch nicht«, sagte Leonie. »Es sei denn, du meinst die Grillen im Gras.«

Ungeduldig winkte Sarah ab. »Nein, ich meine, man hört kein Motorengeräusch. Und kein lautes Rauschen. Das bedeutet doch wohl wenig Verkehr.«

»Genau. Haltet mal an.« Leonie zog die Zeichnung hervor und studierte sie mit gerunzelter Stirn. »Tatsächlich, zwei Feldwege noch, dann kommt die Bundesstraße. Puh, Glück gehabt!«

Sarahs Knoten im Magen lockerte sich. Als sie aber Minuten später die Bundesstraße erreichten, kam das dicke Ende doch noch: Vor ihnen erstreckte sich ein endloser Stau. Kilometerlang bewegte sich eine glänzende Blechlawine im Schneckentempo voran. An einigen Stellen standen die Autos vollkommen still.

»Großer Gott!«, entfuhr es Sarah. »Stop and go. Darum haben wir kaum Motorlärm gehört. Wie kommen wir da bloß durch?«

Sie nahm die Zügel kürzer, denn Nestor begann unruhig zu tip-

peln, als Kinder ihre Köpfe durch die Autofenster steckten und vor Freude quietschten, als sie die Pferde am Straßenrand entdeckten.
Wenn es nur Autos gewesen wären! Aber ein großer Teil des Verkehrs bestand aus langen Gespannen, Wagen mit angekoppelten Anhängern, auf denen festgezurrte Boote lagen. Lange Alumasten glänzten in der Sonne.
»Wisst ihr, was ich glaube?«, sagte Sarah und kaute nervös auf der Unterlippe. »Am Dümmersee findet heute eine Segelregatta statt. Und wir sind quasi mittendrin.«
»So ein Mist!«, schimpfte Leonie.
»Wir müssen ja nur ein einziges Mal über diese Straße«, sagte Anna. »Dann reiten wir . . .«
»Rüber? Wie denn?«, rief Sarah aufgeregt dazwischen. »Die stehen ja Stoßstange an Stoßstange.«
Leonie drehte sich in Leiknas Sattel um und zwinkerte Sarah beruhigend zu. »Keine Aufregung. Das schaffen wir. Auf der anderen Seite haben wir wieder Ruhe. Dahinter kommen ja gleich schmale Wege. Los geht's.«
Entschlossen beugte Leo sich vor und bedeutete einem Autofahrer, dass sie die Straße überqueren wollten. Er tippte sich an die Stirn und fuhr im Schleichtempo weiter.
»Danke, sehr nett«, schrie Leo ihm ärgerlich nach. Doch der nächste Fahrer hatte Leonies Gesten ebenfalls gesehen, hupte kurz und stoppte seinen Geländewagen.
»Schnell, mir nach«, rief Leo und ließ Leikna bis an die weiße Mittellinie vorwärtsgehen.
Sarah ritt zwischen Leonie und Anna. Sie wagte kaum zu atmen. Die Luft über der Straße flimmerte in der Hitze. Überall

Autos, blitzender Lack. Was, wenn Nestor jetzt durchdrehte? Womöglich stieg er? Und sie knallte auf den Asphalt oder auf eine Motorhaube . . . nicht daran denken.

Mit steifem Nacken schielte Sarah auf den Gegenverkehr. Dort begriff man offenbar, was vor sich ging. Die Autos stoppten und ließen die Reitertruppe durch. Ein paar Schritte noch.

Doch plötzlich – von einem Kleinwagen, höchstens zehn Meter entfernt, kam ein dröhnendes Hupkonzert. Lärmend hängten sich vier Jungs in Muskelshirts aus den Fenstern, einer drehte die Musikanlage voll auf. Nestor fuhr heftig zusammen und sprang zurück.

Hilfe, fuhr es Sarah voller Entsetzen durch den Kopf, als ihr Pferd nervös zu tänzeln begann. Im nächsten Moment fand sie sich mit Nestor zwischen einer Anhängerdeichsel und einem Mercedes wieder. Nur nicht die Nerven verlieren. Allen Mut zusammennehmen.

Energisch trieb sie Nestor vorwärts. »Komm, komm.«

Und es klappte. Der Haflinger machte einen Satz, ein paar große Tritte im Trab – und dann stand er schnell atmend bei Miro und Leikna, die schon die andere Seite erreicht hatten.

Mit hochrotem Kopf blies Sarah sich die Ponyfransen aus der Stirn und rieb sich ihre Hände an der Reithose trocken.

»Ich bin halb tot«, wollte sie gerade sagen – da waren die lärmenden Jungs mit ihrem aufgemotzten Polo auf gleicher Höhe. Einer wedelte mit den Händen in der Luft herum. »He, ihr Schnecken, sehen wir euch heute Abend in der Disco?«

Nestor war schweißgebadet. Sein Herz wummerte laut und schnell, so heftig, dass Sarah den Pulsschlag in ihren Waden spürte.

»Haut bloß ab, ihr Idioten!«, brüllte sie die Jungs im Polo an.
»Blöde Zicken.« Der Wortführer im Auto griff hinter sich, holte aus und zielte mit zwei leeren Bierdosen auf die Pferde. Reflexartig drehte Nestor sich um und schlug nach den Wurfgeschossen aus.
»Au, Mann! Er hat mich getroffen.« Mit schmerzverzerrtem Gesicht griff Anna nach ihrem linken Bein.
»Wer? Nestor?« Sarah fuhr herum und nahm die Zügel an, um Nestor besser unter Kontrolle zu haben. Blut schoss ihr in den Kopf und rauschte in den Ohren. Was war mit Anna? Hoffentlich nichts Schlimmes. Hatte Nestor sie tatsächlich getreten? »Nein, Anna. Sag, dass das nicht stimmt.«
Anna kniff die Lippen zusammen, Tränen traten ihr in die Augen. »Doch. Hier, am linken Fuß. Nestor hat mich mit dem Huf gestreift.«
Mit halbem Ohr registrierte Sarah, dass es im Wagen der lärmenden Horde plötzlich still wurde, dass hastig Autoscheiben hochgedreht wurden.
»Kannst du noch reiten, Anna?«, fragte Leo sachlich. »Dann verschwinden wir erst mal aus dem Trubel hier.« Sarah beugte sich aus dem Sattel und begutachtete Annas Bein. Von außen sah man nicht viel, nur einen hellen Steifen, der sich quer über die schwarzen Lederchaps zog.
Als Anna nickte, orientierte Leo sich kurz auf ihrem Plan, und dann führte sie die Gruppe sicher durch geschäftig umherlaufende Segler, vorbei an Bootsanlegestellen und Campingplätzen zum See hinunter. Hier kannte Leo eine abgelegene Ecke, sie hatte sie im Herbst bei einem Schulausflug ausfindig gemacht.

Nach kurzer Zeit erreichten sie die verschwiegene Stelle, stiegen ab und banden ihre Pferde an den wenigen Bäumen fest. Nestor hatte sich erstaunlich schnell beruhigt, nur sein klatschnasses Fell, das sich an der Brust kräuselte, zeugte noch von der vergangenen Aufregung. Gemeinsam hakten Sarah und Leo ihre Freundin unter und schleppten sie zu einer leeren Parkbank. Aufstöhnend zog Anna ihre Reitboots aus. Sarah ließ sich zu ihren Füßen auf den Boden fallen und betastete behutsam Annas linken Knöchel. Die Schlagstelle sah stark geschwollen aus, gerötet, aber die Haut war intakt, keine Wunde, kein Blut. Sarah räusperte sich und versuchte, ihre Stimme ruhig klingen zu lassen.

»Meinst du, dass . . . dass was gebrochen ist?«, fragte sie und schaute zu Anna hoch. Ihre Freundin tat ihr wahnsinnig leid. Man sah Anna an, wie angestrengt sie ihre Schmerzen zu verbergen suchte.

In Sarahs Kopf jagten die Gedanken.

Wenn sie *Ja* sagt, ist alles aus. Vorbei der Wanderritt. Vorbei das Training für Nestor. Vorbei die Chance, ihn zu einem gelassenen Pferd zu machen. Wenn eine von uns ausfällt, brechen alle den Ritt ab. Das mussten wir unseren Eltern versprechen.

Anna zuckte die Schultern. »Kann ich nicht sagen. Im Moment tut es höllisch weh. Aber glaubt bloß nicht, dass ich den Ritt abbreche. Niemals.«

Erleichtert stieß Sarah die Luft aus und auch Leo verdrehte die Augen, kam aber gleich wieder mit praktischen Argumenten.

»Mit einem gebrochenen Knöchel kannst du nicht reiten, Anna, so viel steht fest.«

Logisch, dachte Sarah, darum *darf* er einfach nicht gebrochen

sein. »Du musst dein Bein hochlegen«, ordnete sie an. »Sagt unser Sportlehrer auch, wenn wir umknicken.«
Während Sarah die Reitkappe vom Kopf nahm und die angeklebten Haare schüttelte, ließ sie ihren Blick über den See schweifen. »Aber vorher kühlen. Am besten stellen wir dich einige Zeit ins Wasser. Hilft bei lahmenden Pferden auch. Schaffst du es bis zum Dümmer, Anna?«
»Gute Idee.« Leo erhob sich. »Ich bleibe solange bei den Pferden und hole Wasser zum Tränken.«
Auf Sarah gestützt, humpelte Anna ins Wasser. In der seichten Uferzone schwappte es warm um die Beine, und erst nachdem sie ein Stück in den See hinausgegangen waren, wurde es kühler. In einiger Entfernung spielten Kinder mit Wasserbällen und ihr Lachen beruhigte irgendwie.
Vorsichtig bewegte Anna den Fuß im Wasser hin und her. »Tut gut. Bestimmt nichts gebrochen.«
Sarah seufzte tief. »Ich war echt froh, dass Nestor vorhin alles so gut gepackt hat. Wenn er die Bundesstraße schafft, dann schafft er alles, dachte ich.« Bekümmert hob sie die Schultern. »Und dann schlägt er aus. Tut mir so leid.«
Anna blinzelte Sarah zu. »Bevor du wieder auf komische Gedanken kommst, Sarah: Nestor war *nicht* schuld. Aber diese bescheuerten Typen im Auto, die sollen mir bloß noch mal über den Weg laufen . . .«
Nach einer Viertelstunde begleitete Sarah ihre Freundin zurück. Die Pferde zupften Gras und linsten nur kurz zur Seite, als die Mädchen eintrafen. Leo hatte alle Pferde abgesattelt und drei Packtaschen aufeinandergetürmt, damit Anna sich hinlegen und ihr Bein darauf lagern konnte.

Sarah durchforstete den Erste-Hilfe-Kasten, bis sie eine Salbe gegen Blutergüsse fand, die sie Anna unter die Nase hielt. Empört stützte Anna sich auf die Unterarme.
»Bist du verrückt, Sarah? Und wenn unsere Pferde sich unterwegs vertreten? Nein, ich nehme keine Salbe. Dann haben wir nichts mehr für Notfälle.«
»Wenn das deine Eltern hören würden!«, sagte Sarah und verschloss den Rettungskasten. »Aber so kann dein Knöchel nicht bleiben.« Sie überlegte und griff zum Handy. »Ich frage deine Schwester, die kennt jede Menge Hausmittel.«
»Aber erzähl ihr bloß nicht, dass es für mich ist«, warnte Anna sofort.
Sarah hob beruhigend die Hand und begann auf dem Handy zu tippen. Auf einmal hielt sie inne. Vor ihrem geistigen Auge tauchte ein Bild von Paul auf. Paul auf der Couch liegend, ihre Mutter daneben, die ihm kalte Quarkumschläge um den Knöchel packte. Mindestens einmal im Monat kam ihr kleiner Bruder humpelnd vom Fußball nach Hause. Die Wickel wirkten jedes Mal wahre Wunder.

»Kalter Quark!« Sarah sprang auf. »Ich laufe rasch zur nächsten Tankstelle.« Sie bemerkte die fragenden Blicke ihrer Freundinnen und erklärte: »Quark ist die optimale Lösung für Annas Fuß. Hilft garantiert! An der Bundesstraße habe ich einen Tankshop gesehen, ich hoffe, dass die dort Quark verkaufen.«
Weil die Reklametafeln der Tankstelle bis zum See hinunter leuchteten, fand Sarah eine Abkürzung zur Straße. Und sie hatte Glück. Mit drei Bechern Quark aus der Kühltheke kehrte sie zurück zu Anna und Leo.

Sie hantierte in den Packtaschen unter Annas hochgelegtem Bein und zog ein T-Shirt heraus. »Das müsste gehen«, sagte sie, »ich spendiere eins als Verband.«
Bevor Anna protestieren konnte, kippte Sarah eine Packung Quark auf den Stoff und wickelte den kalten Umschlag geschickt um Annas Knöchel.
»Tut gut«, sagte diese. »Das wird schon.«
»Ich mache dann mal die Pferde fertig«, rief Leonie ihnen zu.
Kurz darauf saßen sie wieder im Sattel und begaben sich auf die zweite Etappe des Tages.

7. Kapitel

Zum allerersten Mal kam Nestor zu mir! Nicht zu Miro oder Leikna. Den Moment vergesse ich nie. Nie. Nie. Nie. Nestor wollte seine Freude mit mir teilen. Und ich war ziemlich nahe am Heulen.

»Ist das Ihr Ernst? Wir dürfen in den Teich?«
Sarah blickte Landwirt Strotmann überrascht an. Der Bauer war ein kräftiger Mann um die fünfzig, dem man ansah, dass er zupacken konnte. Sarah hatte ihn hinter einer Schiebetür mit dem Schildchen *Melkstand* aufgetrieben, einem leeren Raum mit braunen Fliesen an den Wänden, von denen jedes Wort widerhallte. In einer langen Reihe waren Melkgeschirre installiert, mit denen die Kühe automatisch gemolken wurden.
Sarah, Anna und Leonie hatten ihr erstes Ziel nach dem Zwischenfall am Dümmer am späten Nachmittag ohne weitere Probleme erreicht: einen abgelegenen Bauernhof, der mit einer niedrigen Bruchsteinmauer eingefriedet war. Fünf Gebäude – Wohnhaus, Ställe, zwei Scheunen und der Maschinenschuppen – standen vor zwei aufragenden Futtersilos auf einem nahezu baumlosen Gelände dicht beieinander, umgeben von Kuhweiden.
Die Pferde warteten abgesattelt und getränkt im Hof und wollten auf die Weide.
Bauer Strotmann schmunzelte und sprang in die gekachelte Arbeitsgrube vor der Melkanlage. »Das Bad habt ihr sicher alle nötig, Zweibeiner und Vierbeiner. War ein heißer Tag heute.« Er

hob einen Hochdruckreiniger aus der Halterung. »Wozu soll der Teich sonst nutze sein? In der Nähe habe ich übrigens mit Elektroband ein Stück Weide für eure Pferde abgeteilt.«

»Danke, ganz toll!« Sarah rannte zurück zur Schiebetür, durch die normalerweise Kühe ein und aus gingen. Mit Nestor gemeinsam schwimmen! Davon träumte sie schon seit einer Ewigkeit! »Das mit dem Teich muss ich gleich den anderen sagen«, rief sie dem Bauern zu. »Die flippen aus.«

»Halt, noch etwas.« Strotmann stellte das Reinigungsgerät ein. »Macht bitte die Weide morgen früh sauber, bevor ihr weiterreitet. Also Pferdeäpfel runter. Schubkarren und Forken findet ihr hinterm Stall. Den Misthaufen auch.«

»Ehrensache«, rief Sarah zurück. Sie stürmte aus den kühlen Mauern auf den heißen Hof hinaus und rannte zu Anna und Leo, die im Schatten des Kälberstalls träge an die Mauer gelehnt saßen. Anna hatte ihren geschwollenen Fuß auf einen Heuballen gebettet. Sarahs abgewickeltes T-Shirt mit dem angetrockneten Quarkklecks darin lag neben ihr.

»Wir dürfen ins Wasser«, schrie Sarah und riss vor Begeisterung die Arme hoch. »Mit den Pferden. Was sagt ihr nun? Anna, das ist Medizin für deinen Knöchel.«

Sofort kam Leben in die trägen Gestalten. Mit einem Satz war Leonie auf den Beinen. »Wirklich? Ist ja irre! Los, rein in die Badeanzüge.«

Allen voran stürmte Sarah in den Kälberstall. Er stand leer, denn die jungen Rinder blieben nachts auf der Weide. An den Wänden stapelten sich ihre Sättel und Packtaschen. Lachend rissen die Mädchen sich die verschwitzten Reitsachen herunter und schichteten Hosen und Tops auf die niedrigen Trennmauern.

Sarah kniete sich vor ihre Tasche und kramte nach dem Badeanzug. Wo war das verflixte Ding?
Aber auch wenn sie den Badeanzug vergessen hätte – notfalls wäre sie mit Reithose ins Wasser gesprungen, um mit Nestor zu schwimmen.
Endlich. Sarahs Finger erkannten das dünne Stretchmaterial. Hastig schlüpfte sie in den schwarzen Schwimmanzug und rannte Anna und Leo nach, die draußen schon ungeduldig bei den Pferden warteten.
Als Sarah den Führstrick löste und Nestor über den Hof zur Koppel führte, begann der Haflinger ein wenig zu brummeln. Er hörte überhaupt nicht mehr damit auf. Sarah neigte den Kopf und horchte genau hin. Sprach er mit ihr? Bedeutete das Brummeln etwa: So wie ich dich kenne, hast du etwas Leckeres für mich? Das musste sie unbedingt in ihrem Tagebuch festhalten.

Wollte Nestor mir zeigen, dass er mir die Grasbeschaffung zutraute? So wie Pferde von ihrer Leitstute erwarten, dass sie neue Futterplätze finden?

Die Weide reichte fast bis zum wolkenlosen Horizont. Auf der linken Seite erstreckte sich ein ovaler Teich, der die Sonne auffing und reflektierte.
»Der Teich ist größer, als ich dachte«, sagte Leonie überrascht. »Ein richtiger See. Lasst uns lieber erst checken, wie steil das Ufer ist, bevor wir mit den Pferden hingehen. Solange können die drei erst mal grasen.«
Sie brachten die Pferde auf das abgeteilte Stück Weide und lie-

fen zum Teich. Anna humpelte. Auf den ersten Blick war zu sehen, wie sanft und flach das Ufer abfiel.

»Optimal zum Hereinreiten«, frohlockte Anna. Trotz ihres dicken Fußes war sie als erste im Wasser und planschte übermütig herum. Schon nach dem ersten Sonnentag war Anna übersät mit Sommersprossen. »Ihr könnt euch nicht vorstellen, wie klasse das hier für meinen Knöchel ist. Bin ziemlich sicher: da ist nichts gebrochen. Bloß ein Bluterguss.«

»Super, Anna, das ist die beste Nachricht des Tages.« Sarah warf sich lang in die Fluten. Prustend kam sie wieder hoch und streifte sich mit beiden Händen das Wasser aus dem Haar. Herrlich. Auf dem Rücken liegend paddelte Leonie neben ihr.

»Hier kriegen mich keine zehn Pferde wieder raus«, rief Leo mit geschlossenen Augen. Ihr Gesicht glühte gleichmäßig rotbraun. Obwohl sie so blond war, bekam sie nie Sommersprossen.

Sarah hielt ihr die Nase zu. »Zehn Pferde nicht, aber vielleicht drei?«

Kichernd zog Leonie den Kopf weg und öffnete blinzelnd die Augen. »Überredet. Wir holen jetzt unsere Süßen her. Ich bin echt gespannt, ob Nestor reingeht, wo doch der Teich so glänzt und funkelt.«

»Und ich erst«, seufzte Sarah. »Wie sollen wir denn hineinreiten? Ohne Trense?«

»Klar! Zumindest probieren wir, ob es geht«, schlug Leo vor, als sie das Wasser verließen. »Wir krallen uns einfach in der Mähne fest.«

»Da habe ich ja schlechte Karten bei Miros Stehmähne«, lachte Anna.

Wenig später saßen sie in Badeanzügen auf ihren Pferden und ritten auf den Teich zu. Sarah war total aufgedreht. Was für ein tolles Gefühl, mit nackten Beinen auf dem Pferderücken zu sitzen.

»Ich gehe zuerst«, verkündete Leo und ritt an. »Leikna liebt Wasser, wie ihr wisst.«

Sarahs Herz schlug schneller, als Leonie vor ihr das flache Teichufer erreichte und Leikna ohne zu zögern ins Wasser ging. Vorsichtig setzte Nestor Huf vor Huf, aber kurz vor der Wasserfläche brach er plötzlich zur Seite weg.

»Was machst du denn, Nestor?«

In letzter Sekunde konnte Sarah sich in der Mähne festhalten, fast hätte sie einen Abgang gemacht. Mit spielenden Ohren tippelte Nestor am trockenen Uferrand entlang. Von hinten kam nun Miro heran, der Nestor überholte und seine Beine gelassen in die Fluten eintauchte.

Sarah schmeichelte mit der Stimme. »Komm, Nestor, geh doch auch rein. Das gefällt dir.«

Laut schnorchelnd streckte der Haflinger den Kopf vor und Sarah wusste genau, was dieses Schnorcheln bedeutete.

Und wenn nicht?

»Du kannst es wagen, vertrau mir.«

Direkt neben ihr platschte Miro gut gelaunt durchs Wasser. An jeder Faser seines Fells merkte Sarah Nestor an, wie er nach dem kühlen Bad lechzte. Aber er war hin- und hergerissen. Endlich gab Nestor seinen Widerstand ein wenig auf und ließ sich von Sarah zwei Meter vorwärts bis an die Wasserkante treiben.

Aber nur einen Huf.

»Ja, ein Huf ist schon super, Nestor.«

Misstrauisch, immer seine vierbeinigen Gefährten im Auge, platzierte er den rechten Vorderhuf ins aufblitzende Wasser, ließ das Bein erst stehen, scharrte dann vorsichtig im Untergrund. Sand wirbelte auf. Nestor strich mit der Nase über das glänzende Nass, spielte mit den Lippen im Wasser und saugte etwas ein, scharrte weiter, schneller und heftiger. Tausende Tropfen flogen zur Seite, wie flüssiges Silber perlten sie in der Luft.

Fühlt sich gut an.

»Hab ich dir doch versprochen, Nestor.«

Entschlossen machte das Pferd einige Schritte vorwärts, hielt noch einmal an.

»Geh ruhig weiter, Nestor. Pferde können schwimmen, wusstest du das nicht?«

Erneut hob Nestor die Beine, immer entschlossener, bis er bis zum Bauch im Wasser stand.

»Er kapiert es«, jubelte Sarah. Im selben Moment merkte sie, wie Nestor unter ihr einknickte und zu schwimmen begann.

Sarah glitt von seinem Rücken und stand sofort bis zum Hals im Wasser. Mit rudernden Beinen paddelte Nestor durch den Teich. Quietschend rutschten nun auch Leo und Anna von ihren Pferden ins Wasser.

»Guckt euch den Nestor an, wie der das Wasser genießt! Das gibt es doch gar nicht«, sagte Anna lachend. Da kam der Haflinger auch schon zurückgepaddelt, ruderte direkt auf Sarah zu und prustete ihr ausgelassen mitten ins Gesicht.

»Du Ferkel«, rief Sarah in gespielter Empörung und wischte sich mit den Armen die Tropfen von den Backen. In Wirklichkeit war sie selig.

»Du bist zu mir gekommen«, flüsterte Sarah Nestor zu und sie war kurz davor, loszuheulen. »Und nicht zu Miro oder Leikna.« Sarahs Freude war übermächtig. Nestor hatte ihre Nähe gesucht. Und vorher hatte er sich von ihr ins Wasser führen lassen. Es war so wahnsinnig, dass Nestor ihr vertraut hatte. Ein Riesenschritt nach vorn! Er schien begriffen zu haben, dass er sich auf sie verlassen konnte. Wenn es doch nur so bliebe . . .

»Komm mit.« Sarah wendete nach links und machte zwei Kraulzüge. Nestor wendete ebenfalls und paddelte ihr nach. Sarahs Herz schlug Purzelbäume. Bin ich auf dem Weg zur Pferdeflüsterin?, dachte sie übermütig. So oder so, diese wunderbare Stunde ist ein Meilenstein in Nestors Entwicklung.

»Blöd, dass ich kein Telefon zum Teich mitgenommen habe«, sagte Sarah. Sie strahlte übers ganze Gesicht. »Ich würde so gern Mama und Papa anrufen, damit sie sich mitfreuen.«

»Wofür bin ich 100-Meter-Schulmeisterin?«, fragte Leonie und sprintete zum Stall. Atemlos kehrte sie gleich darauf mit ihrem Handy zurück und tippte Sarahs Nummer ein.

»Hallo, Frau Rathmann? Hier ist Leonie. Hören Sie mal genau hin. Ja, richtig geraten – das *ist* Wellengeplätscher. Wir stehen nämlich mitten im Wasser. Und raten Sie mal, wer am besten schwimmt? Nestor. Ja, er hat sich von Sarah ins Wasser führen lassen. Und hat jetzt den größten Spaß von uns allen. Sie sehen, es klappt alles super. Bitte? Ob heute irgendwas passiert ist?«

Beschwörend legten Sarah und Anna ihre Zeigefinger auf die Lippen.

»Nein, was soll denn passiert sein?«

Hundemüde und glücklich kletterten die Mädchen drei Stunden später über eine Leiter auf den Holzboden überm Kälberstall. Unter dem niedrigen Dach herrschte brütende Hitze. Zuerst legten sie sich ohne Schlafsäcke auf ihre Isomatten, aber nach einer Weile krochen sie trotz der Wärme hinein.

»So offen in der Landschaft herumzuliegen, das geht irgendwie nicht«, stellte Leonie fest und die anderen stimmten zu.

Obwohl es draußen noch hell war, fielen ihnen fast sofort die Augen zu. Alles war im Lot: Die Pferde standen sicher eingezäunt auf der Weide, im kühlen Teich dümpelten Quarkbecher und Saftflaschen, eingehüllt in Plastiktüten.

Sarah gähnte verhalten. Zu Hause würde sie nie so früh ins Bett gehen. Aber da hatte sie auch nicht fünf Stunden Ritt bei glühender Sonne hinter sich und keine Bundeshorrorstraße überquert. Ihr Gesicht brannte, aber gerade noch leicht genug, um prickelndes Ferienfeeling zu vermitteln.

Mit aller Macht kämpfte Sarah gegen die Müdigkeit an. Bloß nicht sofort einschlafen! Wieder und wieder ließ sie im Geiste die wunderbare Szene im Teich aufleben. Wie Nestor auf sie zupaddelte und ihr übermütig ins Gesicht prustete. Allein für diesen kostbaren Moment hatte sich die aufwendige Vorbereitung gelohnt.

»Ist das eine Affenhitze!«, flüsterte Anna neben ihr und manövrierte ihre Arme aus dem Schlafsack. Sirrend schwirrten kleine Insekten über ihre Köpfe hinweg und flogen Angriffe auf jede nackte Hautpartie.

»Ich glaube, der Bauer züchtet Kampfmücken statt Kälber«, stöhnte Sarah und schlug nach den kleinen Quälgeistern. »Morgen habe ich bestimmt einen Krampf im Arm vom ständigen

Verscheuchen. Mein Blut zieht die Biester magisch an. Wie geht es deinem Fuß, Anna?«

»Hat sich gut erholt. Wenn ich liege, merke ich fast nichts. Gibst du morgen wieder eine Runde Quark aus?«

»Logisch«, murmelte Sarah. Sie wollte noch von ihrer genialen Idee schwärmen, die Lebensmittel im Teich zu kühlen, aber darüber schlief sie ein.

8. Kapitel

3. Tag, Montag.

Der Tag hatte so gut begonnen. Ich habe mich sensationell gefühlt. Doch später kam es dafür ganz dicke. Welcher Teufel hat mich eigentlich geritten, so einen Wanderritt mit Nestor zu wagen?

Hartnäckiges Krähen holte Sarah aus bleischwerem Schlaf. So ein blöder Gockel! Sie brauchte einen Moment, um ihre Gedanken zu sortieren. Natürlich – sie befand sich ja auf einem Bauernhof. Auf dem Dachboden überm Kälberstall.

Sarah räkelte sich im Schlafsack und lächelte, weil ihr erster Gedanke zu Nestor flog. Was gab es Schöneres, als beim Aufwachen an ihn zu denken? Daran, wie sie gestern mit ihm den See erobert hatte? Und wie er so übermütig und entspannt auf sie zugeschwommen war? Und noch eine ganze Woche lag vor ihr. Himmlisch! Was konnte sich da noch alles tun!

Vorsichtig versuchte Sarah, die Augen zu öffnen, aber es gelang ihr nicht. Beunruhigt beförderte sie ihre Arme aus dem Schlafsack und zog die Lider mit Daumen und Zeigefinger auseinander.

»Anna? Leo?«, flüsterte sie erschrocken. »Seid ihr wach? Ich kann kaum etwas sehen. Meine Augen tun weh.«

Sie spürte, wie die Nachbar-Schlafsäcke sich bewegten, dann wurde prustend gekichert.

»Das ist überhaupt nicht komisch«, fuhr Sarah auf und tastete mit den Fingern über Backen und Stirn.

»Doch«, kam es aus Leos Schlafsack. »Ist sogar sehr komisch.«

Sarah bekam mit, wie ihre Freundin in einer Packtasche kramte und ihr einen Taschenspiegel in die Hand drückte. »Überzeug dich selbst.«

Mühsam riss Sarah die Augen einen schmalen Spalt auf und starrte auf ihr Spiegelbild.

»Na toll«, sagte sie nach dem ersten Schock, »so kann ich in jedem Horror-Video mitspielen.«

Kichernd langte Anna nach ihrer Kamera und schoss ein Foto.

Sarah konnte ihren Blick nicht vom Spiegel abwenden. Scheußlich, was ihr da entgegenblickte.

Mein Gesicht sieht aus! Nicht mal Mama würde mich so erkennen. Von Nestor ganz zu schweigen. Von oben bis unten verschwollen. Total entstellt von Mückenstichen. Nicht mal meine Augenlider haben die Mistviecher verschont.

Undeutlich erinnerte sich Sarah daran, wie sie nachts im Halbschlaf um sich geschlagen hatte. Gerädert kroch sie aus dem Schlafsack.

»Wir waschen uns im Teich«, schlug Leonie vor und warf ihre aufgerollte Isomatte vom Boden in die Stallgasse hinunter. »Tauch dein Gesicht ins Wasser, Sarah. Das kühlt. Denk an die segensreiche Wirkung für Annas Knöchel.«

»Mein Fuß hat sich total gut erholt«, rief Anna aus dem Kälberstall. Sie war bereits unten und hielt die steile Holzleiter fest, damit die anderen mit dem ganzen Gepäck herunterklettern konnten.

»Sechs Uhr«, gähnte Leonie und setzte den Fuß auf die oberste Sprosse. »Ich brauche Kalorien. Aber erst zu den Pferden. Und zum Teich.«

Sie bewaffneten sich mit Handtüchern und machten sich barfuß auf den Weg zum Teich.

Im Kuhstall rumorte es, als sie in Badeanzügen über den Hof liefen. Die Pflastersteine fühlten sich kühl und feucht von der Nacht an.

»Bauern müssen verdammt früh aufstehen«, stellte Anna mit einem Blick auf den Stall fest. »Und ständig arbeiten. Andererseits – immer zwischen Tieren – das muss schön sein.«

Auf der entfernten Dorfstraße hörte man Trecker rattern. In das Motorengeräusch hinein krähten unermüdlich zwei Hähne, dazu gesellten sich in der Luft helle Vogeltriller. Dumpfes Muhen und meckerndes Blöken drang von den Weiden herüber.

Millionen Tautropfen funkelten auf dem Gras. Wie die Halme unter den Fußsohlen kitzelten! Der Tag versprach, sonnig und wolkenlos zu werden. Wie Nestor wohl die Nacht überstanden hatte? Sarah freute sich wahnsinnig auf ihn. Würde er sie wieder so ausgelassen begrüßen wie gestern im Teich? Oder erkannte er sie gar nicht mit ihrem Zombiegesicht?

Mit einem großen Satz setzte Sarah über einen dunklen Klecks im Gras hinweg.

»Vorsicht, Kuhfladen.«

Kichernd liefen sie bis zur Pferdeweide im Zickzack um die Hinterlassenschaften der Milchkühe. Anna hatte sich einen raffinierten Laufstil angeeignet und setzte den linken Fuß nur mit den Zehen auf.

Weil die Pferde ganz hinten grasten, machten die Mädchen erst einen Abstecher zum Teich. Ohne zu zögern, sprang Anna mit einem Bauchklatscher hinein.

»Brrr, kalt heute Morgen«, rief sie Sarah zu. »Tut aber sagenhaft gut.«
Sarah steckte einen Fuß ins Wasser und bekam gleich eine Gänsehaut. »Wirklich ziemlich kühl.« Also lieber Katzenwäsche. Mit beiden Händen schaufelte Sarah sich das klare Wasser ins Gesicht. Die beste Medizin! Die Haut juckte deutlich weniger. Die Augen bekam sie langsam auch wieder auf.
»Wir nehmen Saft und Quark gleich mit«, schlug Sarah vor und peilte den Busch an, an dem sie gestern Abend zwei Tüten mit Vorräten festgebunden hatte. Die Folienbeutel trieben an langen Bändern im Wasser. Jetzt musste sie doch ganz eintauchen. Sarah holt tief Luft und schwamm zu den tief hängenden Zweigen, wo sie die Schnüre löste. Vom Rand aus fischte Leonie beide Tüten aus dem Wasser.
»Besser als jeder Kühlschrank«, sagte Sarah. Bibbernd stieg sie mit Anna aus dem Teich. Zu dritt liefen sie mit umgehängten Handtüchern zur Weide.
Nestor und Miro sahen freundlich blubbernd hoch und fraßen dann weiter. Leikna stieß ein freudiges Wiehern aus.
Alle drei Pferde wirkten frisch und munter und ausgeschlafen. Von der gestrigen Anstrengung merkte man ihnen nichts an.
»Das ist das Ergebnis unseres monatelangen Trainings«, sagte Leonie stolz und klopfte sich auf die Brust. »Die Pferde sind wirklich fit.« Sie warf einen Luftkuss über den Zaun. »Bis gleich, ihr Süßen. Wir haben auch Hunger.«
Kurz darauf saßen sie vor dem weiß getünchten Stall und genossen ihr erstes zünftiges Reiter-Frühstück. Reisefertig angezogen hockten sie auf gestapelten Mauersteinen, die sie auf dem Hof zusammengesucht hatten.

Genial, das erste Frühstück. Zwei Strohballen als Tisch, darauf unser tolles Western-Essgeschirr. Ich liebe diese blau gesprenkelten Blechteller. Wenn ich die Augen zusammenkneife, sehe ich mich auf der Prärie sitzen. Beim Cowboy-Frühstück. Auf der Koppel wartet Nestor, mein Westernpferd, und gleich bringen wir tausend Rinder über die Rocky Mountains. Sag dem Abenteuer, dass ich komme . . .

Leo und Anna hatten Plastikschüsseln mitgenommen, weil sie nicht auf ihr Müsli verzichten wollten. Schwungvoll schüttete Anna Körner in die Schalen und goss aufgelöstes Milchpulver darüber. »Trockenmilch ist nicht gerade ideal, aber besser als nichts.«
Lachend griff Leo zur Müslischüssel und tauchte den Blechlöffel ein. »Und schon lerne ich etwas fürs Leben«, sagte sie kauend. »Nämlich, wie gut man es zu Hause hat. Da holt man die Milchtüte einfach aus dem Kühlschrank. Frische, leckere Milch. Papa wäre begeistert, dass unser Ritt so lehrreich ist.«
Sarah packte zwei eingeschweißte Croissants aus und kippte sich Orangensaft aus der Flasche in den Mund.
»Wir müssen ein paar Sachen einkaufen«, sagte sie und strich Krümel von der Hose. »Heute sind die Geschäfte wieder offen. Ist ja Montag.«
Sarah war heilfroh, dass sie ihre Augen wieder aufbekam, obwohl die Lider noch wehtaten und die Haut im Gesicht spannte. Glücklich lehnte sie sich zurück. Durch ihr dünnes Top spürte sie die Rillen der Stallmauer im Rücken. Ein kribbelndes Gefühl stieg in Sarah auf. Der raue Putz bedeutete: Sie war nicht zu Hause, sondern auf einem Bauernhof. Mittendrin im Wanderritt. Sie war wirklich und wahrhaftig dabei, sich ihren Wunschtraum zu erfüllen. Gemeinsam mit Nestor.

»Stellt euch vor«, sagte Sarah und blinzelte in den wolkenlosen Himmel. »Es gibt Leute, die stundenlang im abgedunkelten Zimmer vorm Computer hocken. Ganz allein. Nichts für mich. Total toll, dass wir eine Clique sind. Und was für eine!« Sie räusperte sich und wurde rot. Der Gefühlsausbruch kam ihr plötzlich kindisch vor, aber Leo und Anna fanden ihre Bemerkung offenbar überhaupt nicht peinlich.

Leo sprang auf und räumte das Geschirr zusammen. »Genau so ist es. Und weil wir so ein klasse Team sind, schlage ich Arbeitsteilung vor. Wir holen zusammen die Pferde, ich äpfele dann die Weide ab und spüle das Geschirr. Ihr beiden Halbverletzten besorgt das Tränken und verfüttert die Mineralbiskuits.«

Nachdem die Pferde geputzt waren, holte Sarah Lotion zur Mückenabwehr aus dem Erste-Hilfe-Kasten. Sie begann, Nestor mit Insektenmilch einzureiben.

»Wäre nicht schlecht, wenn du die Lotion auch für dich nimmst«, sagte Anna und warf einen Blick auf Sarahs verschwollenes Gesicht.

Sarah schüttelte den Kopf. »Wir haben doch bloß drei Flaschen mitgenommen. Nein, mein Vorrat ist nur für Nestor. Wäre extrem dumm, wenn er ausflippt, weil er ständig gestochen wird. Gibt schon genug, worüber er sich aufregt.«

Sie schraubte die Verschlusskappe zu. »Setz dich hin, du bist jetzt mit dem Verarzten dran.«

Geschickt wickelte Sarah ihrer Freundin einen Quarkverband um den Knöchel und schnürte den Reitschuh darüber locker zu. Kurz darauf stürmte Leonie in ihrem bekannten Tempo von der

Koppel zurück. Pfeifend verstaute sie das Essgeschirr in den Taschen.

»Alles geregelt. Teller gespült, Weide abgemistet, beim Bauern abgemeldet«, sagte sie fröhlich. »Auf geht's.«

Sie sattelten, verschnallten die Packtaschen und warteten ab, bis der in einer Staubwolke auftauchende Milchtankwagen das Hoftor passiert hatte und vor dem Stall anhielt. Dann marschierten sie los.

Heute war Sarah dran mit Kartenlesen. Sie ritt an der Spitze ihrer Truppe und warf immer wieder einen Kontrollblick auf die transparente Tasche mit der Streckenkopie, die vor ihr am Sattel befestigt war. Trotz der Mückenstiche fühlte sie sich gigantisch. Was waren sie doch für eine tolle Gemeinschaft. Da stimmte einfach alles.

Nach kurzer Zeit fanden die Pferde ihr Reisetempo. Nestor kaute zufrieden auf der Trense und ging locker vorneweg.

Zunächst führte der Weg an Baumgürteln entlang, die angenehme Schatten warfen. Sie überholten eine Gruppe Nordic Walker, aber während die Wanderer im Schatten der Bäume blieben, mussten sie anschließend an eingezäunten Schafweiden vorbei durch die pralle Sonne reiten.

Einige Kilometer führten über extrem schmale Asphaltstraßen, die eine Reihe kleiner Orte verbanden.

Ganz schön kitzlig, der Ritt an dieser blöden Straße entlang, so eng wie die war. Wir konnten nicht ausweichen, die ganze Zeit hatten wir direkt neben uns Entwässerungsgräben. Und was für tiefe! Ich mochte gar nicht hingucken! Zum Glück haben uns nur wenige Autos überholt – aber die haben gereicht!!! Die mussten so dicht an uns vorbei, dass ein halb blinder Fahrer mich sogar einmal mit dem Seitenspiegel angerempelt hat. Allein die Vorstellung, er hätte Nestors Kruppe gestreift …

Drei Kreuze würde sie machen, wenn sie diese Straße verlassen konnten. Bestimmt hatte sie einen Puls von fünfhundert, falls so etwas möglich war. Nestor spürte Sarahs Unruhe und ging steif.

Als sie endlich in ein Heidegebiet abbiegen konnten, atmete Sarah auf. Sie verlangsamte den Schritt und nahm die Zügel in eine Hand, während sie mit der anderen die Karte hielt. Aufmerksam studierte sie die Zeichnung und drehte den Kopf, um im Geiste der Straßenführung zu folgen. Unmittelbar hinter dem schnurgeraden Pfad musste das erste Moor liegen.

»Pass auf, dass wir nicht vom Weg abkommen«, rief Leonie scherzend.

»Keine Panik.« Sarah steckte die Karte zurück in die Hülle. »Wir reiten ja nur am Rande des Hochmoors entlang.«

Plötzlich quiekte Anna aufgeregt auf. »Da drüben. Seht doch! Das Moor! Genau wie auf dem Poster zu Hause!«

Alle Augen gingen nach rechts.

»Wahnsinn«, sagte Leonie andächtig. Sogar die Pferde schienen genau hinzusehen. »Hast du deine Kamera griffbereit, Anna?«

Aus einer endlosen grünen und braunen Fläche, die sich im flimmernden Dunst verlor, ragten niedrige Birken als einzige Erhebung. Flirrend lag die Sonne über einer dunklen Gruppe abgestorbener Erlen. Ein Blick in die Urzeit.

»Richtig geheimnisvoll«, flüsterte Anna.

Lange Reihen aufgeschichteter Torfsoden bedeckten ein samtig schimmerndes Torffeld. Durchsichtige Libellen und bunte Falter taumelten vor Sarahs Augen. Lautlos wechselten zwei Hasen über den Weg. Unwirkliche Ruhe. Weit hinten am Horizont blinkten Schienen und Loren der Schmalspurbahn auf, die den Torf ins Werk karrte. Der federnde Boden verschluckte jeden Huftritt.

»Unter uns liegen wahrscheinlich Hunderte von Moorleichen«, sagte Leonie mit Grabesstimme. »Tausend Jahre alte Menschenopfer. Ermordete, Hingerichtete . . .«

»Hör auf«, rief Sarah lachend über die Schulter nach hinten. »Gruselgeschichten sind nur abends im Schlafsack erlaubt.«

Sie ließen das Moor rechts liegen und bald schon leuchteten in der Landschaft einige verstreute rote Flecken auf. Höfe von Bauern, die sich am Rand des Moores angesiedelt hatten. Eins dieser Gehöfte war das heutige Ziel, sie hatten es praktisch schon im Visier.

Doch am frühen Nachmittag, nachdem sie den größten Teil der Strecke ohne Probleme geschafft hatten, wurden sie durch eine unvorhergesehene Baustelle gebremst. Schon von ferne hatte Sarah argwöhnisch beobachtet, wie auf einem Strommasten gearbeitet wurde, einem gewaltigen Gittermasten mit breiten Querträgern. Aber sie konnte unmöglich abschätzen, ob diese Quelle der Unruhe auf ihrem Weg lag.

Doch es kam, wie Sarah insgeheim befürchtet hatte. Ihre Strecke führte schnurstracks zu dem gewaltigen Strommasten. Ein besonders enges Teilstück zwischen zwei Gräben, das so schmal war, dass man weder links noch rechts ausweichen konnte. Drei Lieferwagen versperrten den Weg. »Mobilfunktechnik« stand auf den Transportern.

In dem Gittermast turnten vier Männer in roten Overalls herum, die wie Bergsteiger mit Gurten und Leinen gesichert waren. Sarah versuchte, in schwindelnder Höhe etwas zu erkennen. Offenbar montierten sie Metallteile, die mitunter kurz aufblitzten.

Sarah spürte, wie Nestor sich auflud. Wie zum Teufel sollte sie diese Stelle mit ihm passieren?

Nestor schnorchelte vor Aufregung. Aber auch Leikna verlor ihre Coolness und machte mit hoch aufgerichtetem Schweif ein paar Schritte rückwärts. Miro stand wie angewurzelt und beobachtete die Szene mit starr nach vorn gerichteten Ohren.

Sarah bekam weiche Knie. »Die Leute da oben im Mast wirken wie sprungbereite Raubtiere auf die Pferde«, sagte sie kläglich. »Wir kommen hier nicht durch. Die bauen eine Mobilfunkantenne an, schätze ich.«

Sie beugte sich zur Seite und erkannte hinter den Lieferwagen meterlanges Zubehör, das auf dem Weg ausgebreitet lag. Stangen, Rohre, Eisenträger, Querstreben, Drahtseile, silberglänzende Stäbe und Schienen, Platten aus Metall. Einiges verbarg sich unter grünen Abdeckplanen.

In der geöffneten Hecktür eines Transporters saß ein Mann über ein Klemmbrett gebeugt und machte sich Notizen.

»Hallo Sie«, rief Sarah aus respektvoller Entfernung. »Wie lange bauen Sie hier noch?« Sie fühlte Nestors bretthartem Rücken. Jeden Moment konnte er auf dem Huf umdrehen und zurückgaloppieren. Welcher Teufel hatte sie eigentlich geritten, mit ihm einen Wanderritt zu wagen?

Der Mann blickte hoch. »Zwei oder drei Tage«, rief er zurück.

»Wir müssen aber hier durch!«, rief Sarah halbherzig. Eigentlich wurde ihr schlecht bei der Vorstellung, unter dem Mast hindurchzureiten. »Können Sie das Zeug auf dem Boden wegräumen?«

Der Techniker lachte auf. »Bitte? Unmöglich. Reitet einfach einen anderen Weg.« Damit schien die Sache für ihn erledigt und er wandte sich wieder seinen Notizen zu.

Wie begossene Pudel standen Sarah, Leo und Anna beieinander.

»Miro ist der Einzige, der möglicherweise über die dämlichen Teile hinwegsteigt«, sagte Anna. »Vielleicht würden ihm Nestor und Leikna sogar folgen. Aber ich halte das für mordsgefährlich. Ein falscher Tritt und sie schneiden sich an den Metallteilen die Sehnen durch. Und wenn sich da oben im Mast etwas bewegt, drehen sie garantiert durch.«

Wie zur Bestätigung blinkten die aufmontierten Streben in großer Höhe auf. So schnell konnten die Mädchen gar nicht gucken, wie ihre Pferde sich auf den Hufen umdrehten. Zack, waren sie weg. Im gestreckten Galopp jagten sie den Weg zurück.

Nun machte sich ihre reiterliche Erfahrung bezahlt. Schnell hatte jede ihr Pferd wieder unter Kontrolle, und als die Gruppe prustend am Wegesrand anhielt, gingen die Mädchen sofort daran, auf der Karte eine neue Route auszusuchen. Ganz sicher waren sie allerdings nicht, ob die Ersatzstrecke tatsächlich direkt zum Nachtquartier führte.

Als sie bei nächster Gelegenheit Rast am Rande eines Dorfes machten, lief Sarah zu einer Bäckerei und ließ sich dort den Weg zum Bauernhof beschreiben. Sie nutzte die Gelegenheit auch dazu, Brötchen, Getränke und abgepackten Käse zu kaufen.

Mit den neuen Informationen im Kopf erreichten sie ihr Ziel viel schneller als erwartet.

Sarah fühlte sich hin- und hergerissen. Einerseits war sie stolz darauf, wie gut Nestor die unbekannte Strecke bewältigt hatte. Andererseits ärgerte sie sich, dass ihnen dieser blöde Strommast in die Quere gekommen war. Ins Tagebuch schrieb sie:

Ohne die Antennenfuzzis wäre der Tag optimal gewesen. Zu blöd, dass Nestor sich aufregen musste! Er steckt das bestimmt nicht so schnell weg wie Leikna und Miro. Hoffentlich läuft morgen alles glatt mit ihm.

Das kühle Gästezimmer auf dem Bauernhof mit einem riesigen Matratzenlager versöhnte die Mädchen mit den Tücken des Ritts.

Als die Gruppe am nächsten Morgen wieder startete, sah Sarahs Gesicht wieder manierlich aus und auch Annas Knöchel war abgeschwollen.

9. Kapitel

4.Tag, Dienstag.
So eine Enttäuschung! Das Ufer war viel zu steil. Die Böschung fiel fast senkrecht ab, logischerweise konnten unsere Pferde da nicht runtersteigen.

»Heute haben wir die längste Etappe der Tour vor uns«, kündigte Anna an, während sie die letzte Packtasche an Miros Sattel verschnallte. »Mindestens 35 Kilometer. Wir müssen sehen, dass wir zügig vorankommen. Schon im Interesse meiner Haut.«
Vorsichtig zog sie ein T-Shirt über ihre krebsroten Schultern.
»Du hast dir wirklich einen saftigen Sonnenbrand gefangen«, stellte Sarah fest. Sie ergriff Nestors Zügel und schwang sich in den Sattel.
»Und ob«, seufzte Anna. Sie verdrehte ihre hellbraune Löwenmähne im Nacken und stülpte die Reitkappe auf den Kopf. »Das Leben ist schreiend ungerecht. Leonie kriegt keinen Sonnenbrand und keine einzige Sommersprosse, obwohl sie so blond ist wie Barbie.«
Leo lachte vom Sattel herunter und zeigte auf ihre Nase. »Ach ja? Und was pellt hier?«
Plaudernd und gut gelaunt ritten die Mädchen vom Hof. Trotz der kleinen Blessuren lachten und scherzten sie. Es war einfach herrlich. Der erste Teil der Strecke führte durch offene Landschaft über abgelegene Feldwege, auf denen es zwar keinen Schatten gab, aber auch keine Autos und Antennenbauer. Nur ein paar Radfahrer kreuzten ihren Weg.

Auf halber Strecke wollten sie einen kleinen Wasserlauf ansteuern, einen der Bäche, die vom Wiehengebirge herunterkamen und sich durch die Landschaft schlängelten. »Darauf freue ich mich schon die ganze Zeit«, sagte Sarah. »Das ist doch echt mal etwas Neues für die Pferde, aus fließendem Wasser zu trinken.«
Zu Hause hatte Sarah tagelang im Internet gestöbert, um die Wasserqualität zu checken. Natürlich durfte man keine supersauberen Alpenbäche erwarten, aber das Wasser war durchaus trinkbar.
Doch als sie fast drei Stunden nach dem Start verschwitzt und genauso durstig wie die Pferde an der auserwählten Stelle eintrafen, erwartete sie eine ärgerliche Überraschung. Viel zu steil fiel das Ufer ab. Vorsichtig ritten die Mädchen durch eine Gruppe halbhoher Birken so nahe an die Böschung heran, wie es ging und warfen einen Blick auf den gurgelnden Bach. »Vergesst es«, sagte Leo. »Da können unsere Süßen nie runter. Das schaffen die nicht.«
Nestor begann sofort, heftig mit den Vorderhufen zu scharren. Sarah beugte sich über seinen Mähnenkamm und schlang ihm die Arme um den Hals. »Armer Kerl. Es muss schlimm sein, das Wasser zu hören, aber nicht heranzukommen. Warte, ich hole dir einen Eimer voll.«
Sie sprang aus dem Sattel, lockerte Nestors Bauchgurt und nahm ihre nass geschwitzte Reitkappe ab. »Meine Haare kann ich auswringen«, stöhnte sie und machte sich an einer Packtasche zu schaffen. Sie war so vollgestopft, dass der Reißverschluss fast platzte. Wenn der unterwegs seinen Geist aufgab, sah sie alt aus. Sarah musste sich gegen die Tasche pressen, um den Reißverschluss Stück für Stück zu öffnen. Endlich schim-

merte ein Zipfel Königsblau hervor und Sarah zerrte ihren blauen Falteimer aus der Tasche. Sie band ihn mit einem Führstrick um ihre Taille, zusammen mit den Eimern von Leo und Anna.
»Ich klettere zum Wasserholen nach unten«, kündigte sie an. »Hältst du Nestor so lange, Leo?«
Bevor sie sich an den Abstieg machte, zog sie Chaps, Schuhe und Strümpfe aus und krempelte die Reithose hoch. Wie es aussah, musste sie wohl in den Bach hineinsteigen. Nahezu übergangslos ging die Böschung in den kleinen Wasserlauf über.
Zwar war der Abhang nur kurz, aber er fiel schroff ab. Vorsichtig setzte Sarah die nackten Füße auf und klammerte sich mit beiden Händen an trockenen Grasbüscheln und Gestrüpp fest. Sie kam heil nach unten, fand dort aber kaum Platz zum Stehen.

Kaum hatte ich einen Schritt nach vorn gemacht, stand ich schon bis zum Hals im Wasser. Teufel auch, war der kleine Fluss tief. Ich muss wohl ziemlich gequiekt haben vor Schreck. Ein Super-Auftritt!

»Sarah!«, riefen Anna und Leo entsetzt.
Blitzschnell langte Sarah nach dem Eimer, der ein Stück abgetrieben war.
»Cooles Bad«, rief sie nach oben. Sie konnte schon wieder lachen. Sarah füllte die Eimer und reichte sie den anderen, bevor sie selber die Böschung hinaufkletterte.
»Zehn Liter reichen fürs Erste«, sagte Sarah, als sie ihren Eimer vor Nestor abstellte. Bevor er seine Lefzen eintunkte, legte sie

eine Schicht ausgerupftes Gras aufs Wasser. »Nicht so hastig trinken, sonst kriegst du Bauchschmerzen.« Nestor ließ sie nicht aus den Augen, während er trank.

Sarah war es richtig schummrig vor Glück, als sie Nestor so zufrieden trinken sah. Was gab es Schöneres, als für ein Pferd zu sorgen?

»Wenn ich mir nicht auch bald Flüssiges reinschütte, verende ich hier als ausgetrocknete Mumie«, verkündete Anna und schwenkte Miros leeren Eimer. »Dann könnt ihr mich im Moor entsorgen.«

»Ja, rück unsere Vorräte raus, Sarah!«, sagte Leonie.

Sarah kickte den leeren Eimer zur Seite und beugte sich über die prall gefüllte Satteltasche. Sie zerrte und drückte, bis sie sich widerstrebend öffnen ließ. Ohne hinzusehen, tastete Sarah nach der Pausenmahlzeit. Doch was war das?

»Oh nein! Seht euch das an.«

Entsetzt hielt Sarah drei zusammengedrückte, leere Flaschen in der Hand. Sämtliche Getränkepackungen waren aufgeplatzt und ausgelaufen.

Überall in der Tasche hatte sich Orangensaft klebrig verteilt. Die Wäsche sah aus! Ein einziger, ekliger gelber Textilklumpen. In den Flaschen war kein Tropfen Flüssigkeit mehr. Und die Käsescheiben fürs Mittagessen schwammen als gelbe Masse schwitzend in der Folie.

Sarah fühlte, wie ihr Mund auf der Stelle staubtrocken wurde. Bis zum nächsten Ort gab es nichts zu trinken – eine grässliche Vorstellung.

»Ich falle gleich tot um«, sagte Anna. Sie sah erbärmlich aus mit ihrem Sonnenbrand und den trockenen Lippen.

Wieder war es Leonie, die auf eine geniale Idee kam. Sie deutete den Abhang hinunter. »Wenn das Wasser aus dem Bach für Pferde gut ist, kann es doch für uns nicht ganz schlecht sein.«

Sarah klopfte ihr auf die Schulter. »Genau! Ich übernehme wieder das Hochholen.«

Obwohl sie schon eine Klettertour hinter sich hatte, holte Sarah in der brütenden Hitze noch drei Eimer aus dem Bach herauf.

Leikna wieherte leise, als sie der Eimer gewahr wurde.

»Mäuschen, später gibt es mehr für dich«, sagte Leonie, »aber jetzt sind wir auch mal dran.« Mit verklärtem Gesicht setzte sie den Eimer an und ließ die kühle Flüssigkeit über Kinn und Hals fließen.

Sarah wollte den ersten Schluck in Nestors Nähe genießen. Unmittelbar neben seinen Vorderbeinen ließ sie sich auf dem warmen Boden nieder, mit angezogenen Beinen, den Eimer zwischen ihren Knien, und schlürfte von dem selbst geschöpften Wasser. Köstlich! Plötzlich fiel ein Schatten auf Sarahs Gesicht und sie sah hoch.

»Nestor!«

Überrascht hielt Sarah die Luft an.

Der Haflinger musterte sie, fragend, wie Sarah schien. Er fiepte leise, als bäte er um Erlaubnis, und als Sarah ihm den Eimer zuschob, tunkte er sein Maul hinein und sog das Wasser ein, ohne den Blick von ihr zu wenden. Als Sarah mit der hohlen Hand etwas Wasser schöpfte, um es sich in den Mund zu schaufeln, zog er den Kopf grummelnd ein wenig zurück. Aber nur wenige Zentimeter . . .

Nestor suchte ihre Nähe! Sie tranken gemeinsam aus einem Eimer! Das war einfach . . . einfach . . . Sarah konnte ihre Gefühle kaum beschreiben.

Hat er begriffen, dass ich für ihn sorge? Für immer und ewig? Es ist einfach umwerfend.

In Sarahs Kopf ging es drunter und drüber. Wie lange hatte sie solch einen Zaubermoment herbeigesehnt! Wenn Nestor doch immer so bliebe . . .
Prustend richtete der Haflinger sich auf und begann mit triefendem Maul, die Birkenzweige anzunagen. Noch ganz benommen vor Glück blickte Sarah zu ihm auf.
Mit der Kamera in der Hand stand die lachende Anna vor ihr. »Hab geistesgegenwärtig auf den Auslöser gedrückt. Deine Eltern kriegen den Mund nicht mehr zu, wenn sie das Bild sehen. Du und Nestor am Wassereimer.«

Sarah schwebte immer noch auf Wolken, als sie weiterritten. War das der Durchbruch?
Aber schon bald bekam ihre Glückseligkeit einen Dämpfer.
Nach einstündigem Ritt durch glühende Hitze führte die Strecke an Äckern entlang, die im Halbschatten eines kleinen Waldes lagen. Anna jubelte, als Sarah ihr den zwei Kilometer langen Weg ankündigte.
»Endlich etwas Schatten. Mein Sonnenbrand freut sich.«
Je näher sie jedoch den Äckern kamen, desto mehr rutschte Sarah das Herz in die Hose. Der Grund war ein metallisches Klicken in der Ferne. Was das Geräusch bedeutete, wusste Sarah

nur zu gut: Auf den Feldern standen Beregnungs-Automaten. Kein Pferd ging gern an den unheimlichen Riesentrommeln vorüber. Nestor schon gar nicht.

Er begann bereits, die Ohren starr nach vorn zu richten und verhaltener zu schreiten, klamm und steif, als nähme er ihre reiterlichen Hilfen kaum noch wahr. Hoffentlich stehen die Dinger weit genug entfernt, dachte Sarah beklommen. Sonst wird das nichts mit Nestor. Sie fühlte, wie sie nervös wurde. Dabei wusste sie genau, was sie ihrem Pferd jetzt zeigen musste: Zuversicht und keine blöde Furcht. Verdammt, das war gar nicht so leicht.

Da! Dunkle Flecken auf dem Sandweg. Die Wasserstrahlen trafen bis auf den Wegesrand. Die Beregnungsmaschinen standen ganz nahe am Ackerrand. Aus der Entfernung erkannte Sarah bewegliche Schwenkrohre, die sich im Kreis drehten.

»Okay«, hörte sie Anna hinter sich sagen. Natürlich hatte ihre Freundin die Horroranlage ebenfalls entdeckt. Nicht nur Nestor, auch Leikna fürchtete sich davor. »Das ist großer Mist mit den blöden Dingern«, sagte Anna, »aber lass es uns versuchen. Soll ich mit Miro vorangehen, Sarah?«

»Wäre super.«

Konzentriert marschierte Miro vorne weg. Langsam näherten sie sich den Ungetümen. Zischend sprühten die Rohre Wasser in die Landschaft. In einigen Mulden hatten sich Pfützen gebildet, an deren Rändern Amseln nach Würmern pickten. Nestor zog am Zügel und Sarah gab ihm mehr Freiheit.

Vor ihnen verharrte Miro einen Augenblick mit hochgerecktem Kopf. Anna ließ es zu, dass er sich in der fremden Umgebung orientierte. Voller Bewunderung registrierte Sarah, wie energisch ihre Freundin Miro vorwärtstrieb. Tatsächlich gelang es ihr, den Freiberger immer näher an die schwenkenden Sprüharme heranzubringen.

»Wir schaffen das auch, Nestor«, flüsterte Sarah, doch im selben Moment klickte der Bewässerungs-Automat. Nestor brach aus und schoss zur Seite weg. Leikna sofort hinterher. Laut schnorchelnd starrten beide aus dem sicheren Unterholz auf das sprühende Monster. Nestor spannte jeden einzelnen Muskel an.

»Noch mal«, kommandierte Anna aus einiger Entfernung. »Zeigt mal ein bisschen mehr Mumm. Und reitet in anderem Winkel heran, schräger.«

Sarah presste die Lippen zusammen und versuchte, Nestor zu wenden. Aber sie schaffte es genauso wenig wie Leonie mit Leikna. Tänzelnd bewegten sich die beiden Pferde rückwärts, immer auf dem Sprung.

Anna drehte um. »Die Pferde sollten sich nicht unnötig aufregen«, rief sie ihren Freundinnen zu. »Sonst trifft sie noch der Schlag bei der Hitze. Ich komme zurück. Wir steigen ab und führen sie zu Fuß um den Acker.«

Sarah sprang aus dem Sattel und senkte den Kopf. Das war eine klare Niederlage. Nestor glaubte nicht, dass sie stark genug war, ihn vor dieser Höllenmaschine zu schützen. Während Sarah neben Leonie stand und auf Anna wartete, hielt sie stumme Zwiesprache mit ihrem Pferd.

Vertrau mir doch, dir passiert nichts.

Nestors alarmierter Blick streifte sie kurz, hakte sich jedoch sogleich wieder in den Beregnungs-Automaten fest.

Und der Lärm dort drüben? Da lauern wilde Tiere.

Nein, Nestor. Nur Wasser.

Und warum hast du dann selber Angst?

Sarah seufzte. Als Fluchttier spürte Nestor jede kleine Veränderung in seiner Reiterin. Sie konnte ihm nichts vormachen.

Als Anna eintraf, Miro neben sich am Zügel, sagte Leo: »Zu Hause hatten wir doch keine Probleme, unsere Pferde an Hindernissen vorbeizureiten.« Ihre Stimme schwankte zwischen Ratlosigkeit und Ärger. »Ich würde es vielleicht noch einmal probieren, vorbeizukommen, aber mit Nestor . . .«

Anna zuckte die Schultern. »Vergiss es, Leo. Jede Situation ist eben anders. Ich gebe zu, mein Miro ist extrem gelassen, mit dem geht alles leichter. Aber Pferde reagieren nun mal nicht immer so, wie wir uns das vorstellen. Okay, gehen wir also um den gesamten Acker herum und erst drüben . . .« Anna zeigte auf den Wall am Ende der Felder, über dem flirrend die Hitze lag, »kehren wir auf den alten Weg zurück.« Sie seufzte. »Und ich hatte mich so auf die kühle Strecke am Waldrand gefreut.«

Im Gänsemarsch trotteten die Mädchen neben ihren Pferden an den Äckern entlang. Gnadenlos knallte die Sonne auf sie herab, kein Baum bot Schatten, die Hitze stach und zermürbte Sarah. Bäche von Schweiß liefen ihr über den Rücken. Mücken summten aggressiv vor ihrer Nase. Ständig musste sie die Hand heben, um die Plagegeister zu verscheuchen. Da, wieder hatte ein Biest zugestochen, mitten auf den Ellenbogen. Warum bekam ausgerechnet sie immer die Stiche ab? War sie nicht schon erschöpft genug?

Und dann dieser Durst! Wie eine auszehrende Flamme loderte er in Sarahs Kehle, als sie nach einer halbe Stunde den Acker weiter östlich heraufkrochen. Wenn sie der Hitze überhaupt etwas abgewinnen konnte, dann einzig, dass ihre Reithose inzwischen getrocknet war.

So mies habe ich mich selten gefühlt. Schuldig. Klein. Eine Amöbe. Meinetwegen mussten alle diese Extrarunde durch die Gluthitze drehen! Anna mit ihrem Sonnenbrand. Sie muss schon genug aushalten mit ihrem geschwollenen Knöchel. Ich habe deutlich gesehen, wie sie ihr Bein nachzieht. Bestimmt rastet sie irgendwann aus wegen Nestor und das würde mich nicht einmal wundern ...

Mehr als nötig redete keine, als sie endlich wieder in die Sättel stiegen.

Sarah ritt mit der Landkarte voran. Die Hitze wollte nicht weichen, im Gegenteil, sie schien sich jetzt am Nachmittag noch zu verstärken. Zu den Mücken gesellten sich auch noch aggressive Bremsen und Nestor schlug ständig mit dem Kopf. Trotz der Quälgeister ging es einige Zeit problemlos voran. Bis zum Nachtquartier war es nur noch ein kurzes Stück.

»Ein Königreich für frische Kleidung«, seufzte Leo, »und für einen Wasserschlauch.«

Doch es war wie verhext. Kurz vor dem Ziel stand groß und breit ein abgekoppelter, herrenloser Anhänger mit Strohballen im Weg, abgestellt auf einem schmalen, von tiefen Gräben gesäumten Pfad zu einem Gehöft, an dem sie vorbeimussten.

Sarah beugte sich aus dem Sattel und schätzte den Abstand zu den Gräben ein. Rechts parkte der vergitterte Erntewagen direkt an der Böschung. Da war kein Durchkommen. Links blieb ein schmaler Durchlass für Fußgänger, weniger als ein halber Meter. Leonie sprang vom Pferd und drückte Sarah Leiknas Zügel in die Hand.

»Ich frage auf dem Hof, ob jemand den Anhänger wegfährt.« Schon drückte sie sich am Erntewagen vorbei und sprintete los, kehrte aber schnell mit schlechten Nachrichten zurück.

»Der Bauer kann den Anhänger erst in zwei Stunden wegfahren«, sagte Leonie verdrossen und übernahm Leiknas Zügel von Sarah. »Sein Hof steht voll mit anderen Strohwagen, die er vorher abladen muss.«

»Das heißt – Umweg reiten«, stellte Anna fest und zupfte sich vorsichtig die nass geschwitzten Ärmel von der Haut, während Leo nochmals den Abstand zwischen Anhänger und Graben abschätzte.

»Hm, vielleicht kommen wir doch vorbei? Wenn die Pferde ruhig blieben . . .« Leo musterte Nestor, der mit geweiteten Nüstern neben ihr stand. »Aber wenn Nestor tänzelt«, seufzte sie, »stürzt er in den Graben und bricht sich die Beine. Das ist zu riskant.«

Sarah schluckte. Wieder verzichteten sie wegen Nestor auf den einfachsten Weg. Ihr Magen meldete sich.

Wie lange kann ich diese Opfer noch verlangen? Anna und Leo müssen ständig Rücksicht auf mich und Nestor nehmen. Und ihre Pferde ja auch.

Rede dir bloß nichts ein, beruhigte Sarah sich selber.

Sie nahm Nestors Zügel in eine Hand und versuchte, sich auf der Straßenkarte einen Überblick zu verschaffen.

Hinter dem Futtersilo ragte das spitze Dach eines Kirchturms auf. Sarah wies in die Richtung. »Drüben geht es weiter. Auf der anderen Seite des Bauernhofs. Wir müssen einmal ganz um das Anwesen und die Felder herum.«
»Was das wieder für Zeit kostet«, brummte Leonie. »Als wenn wir nicht bald ein anständiges Abendbrot verdient hätten. Blöder Umweg.«
Plötzlich fühlte Sarah sich direkt angegriffen. Wieso rieb man ihr unter die Nase, dass Nestor eine Zumutung war? Nichts anderes hieß doch wohl Leos Satz: »Was das wieder für Zeit kostet!« Leo und Anna hatten immerhin gewusst, worauf sie sich einließen. Sogar hoch und heilig versprochen, sich über nichts aufzuregen, was Nestor betraf. Scheußliches Unbehagen machte sich in Sarah breit, überall, im Kopf, in den Armen, im Bauch, so, als zerrte man von zwei Seiten an ihr herum. Für Nestor wollte sie durch dick und dünn gehen – andererseits durfte sie ihre Freundinnen auch nicht übermäßig strapazieren.
Unwillig schlug Anna sich aufs Knie. »Mann, wir brauchen bestimmt eine Stunde länger. Das nervt aber echt.«
Es war ja klar, dass die beiden irgendwann platzen mussten. Die ganze Zeit hatte Sarah im Stillen damit gerechnet. Jetzt war es also so weit. Trotzdem fühlte sie nun riesige Enttäuschung. Und heftige Wut. Darum fiel ihre Reaktion schärfer aus als beabsichtigt.
»Klar, ich weiß schon, dass *ich* wieder schuld bin«, fauchte sie. Als sie Annas erstaunten Blick auf sich fühlte, sah Sarah mit zusammengekniffenen Augen über Nestors Ohren hinweg auf die Felder.

»Was denn!«, sagte Anna, während sie Miro wendete. »Das war nur eine sachliche Feststellung, Sarah.«
»Kam aber anders bei mir rüber«, erwiderte Sarah heftig. In der nächsten Sekunde war sie selber erschrocken über ihren Ausbruch. Sie erkannte sich selber nicht. Wie redete sie mit Anna? Seit wann reagierte sie so dünnhäutig? Und überhaupt: Seit wann gab es Vorwürfe untereinander?
Von hinten schaltete sich Leonie ein. »Sarah, bleib cool. Wir wussten vorher, dass es mit Nestor schwierig wird.«
Sarah beugte sich im Sattel so heftig zur Seite, dass Nestor zwei Schritte rückwärtstrat.
»Dann braucht ihr jetzt auch nicht zu meckern.«
Anna schüttelte den Kopf. »Tut doch keiner. Oder verstehe ich hier gerade was falsch?«
Blut schoss Sarah in den Kopf. Was war sie geladen!
»Du hast gesagt, es nervt«, raunzte sie Anna an. »Nennst du das sachlich?«
Anna verdrehte die Augen und wurde nun auch lauter. »Logisch nervt es, bei der Affenhitze eine Stunde Umweg zu reiten. Das nervt *dich* doch auch. Oder?«
Laute Worte flogen hin und her und schließlich gerieten Sarah, Anna und Leo sich richtig in die Haare. Zum ersten Mal, seit sie sich kannten, passierte das. Am Ende blickten die Mädchen einander wütend aus schmalen Augen an. Jede wirkte auf andere Art erschrocken, aber die Situation war so neu für alle, dass keine sie durch einen Scherz entkrampfen konnte.
Als Sarah endlich losritt, war sie völlig verstört. So lange sie sich kannten, waren sie eine eingeschworene Clique gewesen. Jeder stand für jeden ein, wenn Not am Mann war.

Nie hätte ich gedacht, dass ich jemals solchen Zoff mit den anderen haben würde.

Und jetzt? Wie Blei lag das ungewohnte Schweigen in der Luft. Zwischen ihnen herrschte mit einem Mal Sprachlosigkeit.

10. Kapitel

Total süß, wie Nestor sich drehte und wendete, damit ich beim Abduschen ja keine Stelle vergaß! Aber irgendwie machte es keinen Spaß. Ich wollte meine Freude mit Anna und Leo teilen, aber wir sprachen ja keine Silbe miteinander.

Über glühenden Asphalt gelangten sie in eine ausgestorbene Ortschaft. Von hier aus führte ein Weg durch die Feldmark zum Hof von Bauer Jansen. Auf den Feldern zogen riesige Mähdrescher ihre Spuren durch Roggenfelder. Hochdruckpressen spuckten fertig geformte Strohballen aus.

»Sieht aus, als hättet ihr einen harten Tag gehabt, Mädels.«
Ein freundlicher, rundlicher Mann in grüner Latzhose empfing Sarah, Leo und Anna auf dem Hof. Er wischte sich über den Mund, wahrscheinlich kam er gerade vom Abendessen. »Ron Jansen«, stellte er sich vor. »Ich muss gleich wieder aufs Feld. Wir sind heute mit der ganzen Mannschaft draußen, bis es dunkel wird, vielleicht auch länger.« Er schob die helle Baseballkappe in den Nacken und wies mit dem Kinn zum Himmel. »Morgen oder übermorgen kippt das Wetter, dann muss das Stroh drinnen sein. Kommt mit, ich zeige euch fix das Quartier.«
Die Mädchen folgten ihm, sie ritten vorbei an schwarzen Reifenstapeln, Bergen alter Bretter und aufgetürmten Holzpaletten bis zum Ende des Hofs. Jansen zeigte ihnen die Pferdekoppel, die von Weiden und Getreidefeldern eingerahmt war, und wies auf eine Scheune aus ausgeblichenen Holzlatten. Das ho-

he Tor stand offen. Hochgestapelt an den Wänden lagerten Unmengen von Rundballen.
»Dort könnt ihr euch aufs Ohr legen«, sagte Bauer Jansen. »An der Stirnwand findet ihr ein paar eckige Strohballen, die legt euch am besten als Matratze in die Scheunengasse. Hat sich bewährt. Letzte Woche haben hier fünf andere Wanderreiter übernachtet.«
Er legte grüßend die Hand an die Baseballkappe und ging mit großen Schritten zu seinem Traktor.
»Übrigens, die Reiter haben ihren Hafer vergessen!«, rief er, bevor er seinen Sitz erklomm. »Falls ihr den gebrauchen könnt – die Tüte steht hinter der Scheunentür. Wenn was ist, fragt meine Mutter, sie ist gerade mit dem Melken fertig.«
Er ließ den Motor an und fuhr tuckernd vom Hof, während Sarah aus dem Sattel sprang und sachlich in die Runde fragte: »Sollen wir die Pferde drüben anbinden und abwaschen?«
Sie wies auf ein Gebäude aus Bruchsteinmauern mit eingelassenen Eisenringen.
»Ist gut«, sagte Leonie kurz und drehte sich mit Leikna um.
Sie banden die Pferde an und wuchteten die schweren Sättel mitsamt Packtaschen herunter. Nestor stieß einen Seufzer aus, als Sarah ihn von der Last befreite. Sein helles Fell sah dunkelrot aus, so sehr hatte er geschwitzt.
Mit der flachen Hand fuhr Sarah ihm über den nassen Rücken und prüfte die Sattellage. Zum Glück keine Schwellungen!
»Ist Leiknas Rücken in Ordnung?«, fragte Sarah.
»Ja.«
»Miros auch«, sagte Anna, ohne aufzusehen. »Keine Druckstellen.«

Sie besprachen sich kurz und knapp. Sarah hätte wer weiß was darum gegeben, wenn Anna oder Leo gesagt hätten: »Lass uns den blöden Zoff vergessen. Was waren wir alle kindisch vorhin! Friends forever!«

Aber die beiden schwiegen beharrlich und Sarah schwieg auch. Sie griff zum Wasserschlauch an der Wand und begann, Nestor abzuspritzen. Wie er das genoss! Er drehte sich von rechts nach links, um genug von der Dusche abzubekommen.

Wortlos reichte Sarah den Schlauch an Anna weiter. Miro wartete hufescharrend auf sein Bad. Prustend warf der Freiberger Wallach den Kopf und schnappte nach dem Wasserstrahl. Normalerweise, dachte Sarah bedrückt, hätten wir jetzt gelacht und uns mitgefreut, aber so . . .

»Hafer und Mineralfutter bringe ich später auf die Weide«, murmelte Sarah. »Kraftfutter auf leeren Magen ist ungesund, sagt unsere Tierärztin.«

Nach dem Tränken führten sie die Pferde zur abgegrenzten Koppel. Hundert Meter weiter trieb eine kleine, energische Frau eine Kuhherde auf die Weide. »He, he«, rief sie entschieden. »Vorwärts mit euch.«

Abends suchten sie sich zum Essen einen ungestörten Platz hinter der Scheune. Sie ließen sich so nieder, dass sie die Koppel beobachten konnten und einander nicht ansehen mussten. Schweigend aßen sie zu Abend und sahen auf die Pferde, den Blick starr geradeaus gerichtet. Die ganze Zeit spürte Sarah ein nervöses Kribbeln im Magen, wie sonst nur vor Mathearbeiten oder wenn sie zum Zahnarzt musste.

»Diese Fischleichen würde ich zu Hause nicht anrühren«, sagte Leonie in das Schweigen hinein und schob sich aus einer Aufreißdose Hering in Tomatensoße mit der Blechgabel zwischen die Lippen. Von der Seite sah Sarah Anna lustlos kauen. Zusammengesackt hockte sie mit angezogenen Knien neben ihr. Annas Gesicht war knallrot und auch die Schultern hatten heftigen Sonnenbrand abgekriegt.

Obwohl Sarah ausgehungert war, bekam sie kaum einen Bissen herunter und stocherte in der aufgerissenen Konserve herum. Sie wusste – nie wieder würde sie eine Dose Fisch in Tomate sehen können, ohne an ihren Streit zu denken.

Tief unglücklich starrte sie stumpf in die Landschaft. Vor dem Himmel, der gelb, lila und orange schimmerte, malte sich die Silhouette der Kühe mit ihren geraden Rückenlinien ab. Schwarze Vögel hockten unbeweglich auf Zaunpfosten. Am Horizont hingetupfte Laubbäume mit kugeligen Kronen. Steile Hausdächer. Ein breiter Kirchturm. Strommasten aus wuchtigen Eisengittern. Auf dem Getreidefeld neben der Koppel drehte ein Mähdrescher seine Runden.

Sarah hatte keine Ahnung, wie sie aus dieser unerträglichen Situation wieder herauskommen sollten.

Auch zwei Stunden später, als sie nebeneinander auf der Scheunengasse lagen, wo sie ihre Isomatten auf den Strohballen ausgebreitet hatten, schien eine Gewitterwolke in der Luft zu hängen, so quälend war die Stille. Bedrückt schrieb Sarah ins Tagebuch.

Ich kann mich nicht erinnern, wann ich zuletzt mit solchen Bauchschmerzen schlafen gegangen bin. Am liebsten hätte ich meinen Eltern alles erzählt, als ich vorhin zu Hause angerufen habe. Dass Leo und Anna ständig wegen Nestor zurückstecken müssen und wie schlecht ich das ertrage.

Aber als ihre Mutter gesagt hatte: »Wir machen uns Sorgen, Sarahkind, ob du das mit Nestor schaffst«, da fand Sarah nicht die richtigen Worte. Sollte sie sich etwa bei ihren Eltern ausweinen wie ein Baby? »Macht euch keine Gedanken, Mama. Wir kriegen das hin«, hatte sie deshalb beteuert und versucht, ihre Stimme locker klingen zu lassen. Dabei war sie ganz und gar nicht mehr zuversichtlich.

Sarah griff sich ins Kreuz, ihr schmerzte der Rücken. Der Untergrund war uneben. Das war in den anderen Nächten auch so gewesen, aber heute spürte sie die unbequeme Lagerstatt furchtbar deutlich. Sarah riss eine Handvoll Halme aus dem gepressten Stroh und stopfte sie unter die Problemstellen.

Angestrengt horchte sie nach draußen. Das Scheunentor stand sperrangelweit offen, sonst hielt man es in der drückenden Hitze drinnen nicht aus. Unter den großen Ballen, die sich rechts und links an den Wänden hochtürmten, knarrten und knarzten die Holzpaletten. Ein Hund schlug an. Plötzlich wütendes Katzengeschrei. Zwei Kater, die sich um das Revier stritten. Dann war es wieder still. In der Kastanie auf dem Hof säuselten die Blätter. Shirts und Reithosen hingen zum Trocknen in den Zweigen. Auch Sarahs Wäsche, die nach dem Saftunfall orange geblieben war. Nur gut, dass sie Ersatz von der Altbäuerin bekommen hatte ...

Sarah dachte an die komische Szene vorhin auf dem Hof, als die Bäuerin zwei Plastiktüten mit der Aufschrift »Altkleidersammlung« zum Tor trug. Sofort war Sarah ihr nachgelaufen und hatte die energische Frau angesprochen. »Entschuldigung, sind da auch Unterhosen drin? Ich meine – gewaschene?«

Die Altbäuerin – Sarah schätzte sie auf weit über 70 – hatte

ziemlich verdattert dreingeschaut. »Allerdings. Sogar im Kochwaschgang. Brauchst du etwa welche?«
»Ja. Meine sind in Orangensaft geraten.«
Kopfschüttelnd hatte die Frau ihr zwei riesige Schlüpfer herausgesucht.
Vorm Schlafengehen hatte Sarah die langen weißen Baumwollhosen anprobiert, vor den Augen von Leo und Anna.

Ich hatte gehofft, dass mein Auftritt in den schrägen Unterhosen das Eis brechen würde. Die Teile reichten mir bis unter die Achseln und ich hätte wetten können, dass ich zum Schreien komisch aussah. Normalerweise hätten sich alle scheckig gelacht...

Diesmal lachte keiner.
Aus dem Schlafsack nebenan sagte Anna leise in die Stille: »Lass die Sonne nicht über deinem Zorn untergehen. Das war mein Konfirmationsspruch.«
Da war sie, die Chance, alles wieder zu glätten! Doch Sarah schaffte es nicht zu antworten. Ihr fehlten einfach die Worte. Reglos lag sie auf dem Rücken, stellte sich schlafend und atmete tief und gleichmäßig. Nur nicht verraten, dass sie noch wach lag. Nestor, dachte Sarah unglücklich, weißt du eigentlich, was ich deinetwegen durchmache? Mit meinen besten Freundinnen habe ich Zoff. Bin ich zu mimosenhaft? Oder sehe ich Nestor zu sehr durch die rosarote Brille? Erneut kroch Angst in Sarah hoch, dass sie und Nestor dem Wanderritt nicht gewachsen waren.

Eine Stunde vor Mitternacht, nach kurzem, unruhigem Schlaf, scheuchten unbekannte Beklemmungsgefühle Sarah in die Höhe. Geräuschlos pellte sie sich aus dem Schlafsack, holte die bereitgestellte Schüssel mit Hafer und Mineralfutter hinterm Scheunentor hervor und lief barfuß zur Weide. Sie brauchte jetzt Nestors Nähe, sonst hörte dieses schreckliche Gefühl nie auf.

Auf zwei Feldern in der Nähe wurde unter Flutlicht gearbeitet. Taghelle Scheinwerfer von Mähdreschern zogen breite Leuchtspuren durch die Nacht. Ohne die Lichtquellen, die in regelmäßigen Abständen einen Teil der dunklen Weide streiften, hätte Sarah den Weg gar nicht gefunden. Zwar funkelten Millionen Sterne, aber kein Mond zeigte sich, nicht einmal eine winzige Sichel; es war Neumond.

Die Pferde hatten sich auf der Koppel verteilt. Trotz der nur gelegentlich aufflammenden Lampen konnte Sarah sie eindeutig auseinanderhalten. Leikna, die Kleinste und Hellste. Miro mit der kurzen, frechen Stehmähne, die sich im Gegenlicht abzeichnete. Und Nestor sowieso. Er graste nah am Kornfeld und seine weiße Mähne leuchtete unter den vorbeihuschenden Scheinwerfern auf.

Sarah musste lächeln, als sie über die Weide auf ihn zuging. Auf der Stelle ließ das scheußliche Beklemmungsgefühl nach: Wie Medizin wirkte Nestor auf sie.

Über das angrenzende Feld tuckerte ein Traktor. Vor seinen Scheinwerfern warf Nestor einen Schatten, der sich ausdehnte, lang und länger wurde, bis er abriss, sich im Dunkeln verlor und später neu aufbaute. Als Sarah sich den Pferden näherte, spitzten sie ihre Ohren und trotteten auf sie zu.

»Hi, mein Lieber«, flüsterte Sarah. Nestor stand als Erster vor ihr. »Was meinst du, schaffen wir den Rest der Tour?« Sie verwuschelte seinen weißen Schopf und war glücklich, dass er seinen Kopf nicht hochriss wie sonst, wenn sie ihn zwischen den Augen streichelte.

»Wahrscheinlich hat man ihm ins Gesicht geschlagen oder ihn ständig rückwärts gescheucht«, hatte Tierärztin Ehrmann vermutet. »Bis sich so eine Grundangst gibt, dauert es.«

Nestor tauchte sofort sein Maul in die Schüssel und putzte den Hafer weg. Miro und Leikna schubsten von der Seite, sie wollten auch ihren Teil, und weil die drei Pferde sich so gut kannten, gab es keine Beißerei. Sarah kauerte sich in der Dunkelheit auf den Boden und hielt den Rand der Schüssel fest, damit sie nicht umkippte. Sie nahm die Mineralbriketts heraus und legte sie Miro und Leikna vor die Hufe.

»Miro, friss dein Mineralfutter. Du auch, Leikna. Ihr wisst doch, ihr dürft nicht so viel Kraftfutter haben.«

Nestor leckte gründlich durch die Schüssel und insgeheim rechnete Sarah damit, dass er sich bei ihr bedankte, sie anstupste oder schnaubte. Doch der Haflinger drehte sich nur um und machte sich ein paar Meter entfernt über das Gras her. Enttäuscht blickte Sarah ihm nach. Sie hatte sich und Nestor überschätzt. Wie schön wäre es gewesen, wenn Nestor ihr den brüchig gewordenen Glauben an ein gutes Ende des Wanderritts zurückgegeben hätte . . .

Weshalb ist Nestor immer so entsetzlich spröde? Geht einfach weg nach dem Füttern und dreht mir sein Hinterteil zu! Andererseits – was erwarte ich? Dass Nestor mir um den Hals fällt, weil ich ihm Hafer bringe? Ehrlich gesagt: ja. Wenigstens so etwas Ähnliches.

Sarah stand auf, warf einen letzten Blick auf die schimmernde Mähne ihres Pferdes und machte sich auf den Rückweg. Ein weißer Salzleckstein lag im Gras. Nett vom Bauern, daran zu denken, dachte Sarah. Überhaupt sind alle nett und hilfsbereit, obwohl wir keinen Cent bezahlen für die Unterkunft. Nur wir untereinander sind neuerdings blöd. Da kann man sich über den schönsten Salzleckstein nicht richtig freuen.

Nestors Schatten verfolgte sie beim Gehen, wuchs – als der Traktor auf dem Nachbarfeld seine Richtung wechselte – zu einem dunklen Riesenmonster heran, das ihren eigenen Schatten schluckte.

Sarah schauderte und ging schneller. Wenn sie nicht gewusst hätte, dass es Nestor war, ihr Nestor, dann wäre der Schatten richtig beängstigend gewesen.

Sie fühlte sich total down. Ratlos. Schwach. Seufzend schloss sie das Gattertor hinter sich. Ein Gedanke schoss ihr durch den Kopf: Sie könnte jetzt unbemerkt ihre Eltern anrufen und sagen: »Bitte holt mich ab. Es geht doch nicht mit Nestor. Ich habe mich überschätzt. Sagt aber zu Anna und Leo, dass *ihr* darauf besteht, mich zurückzuholen.«

Dann sah es vor ihren Freundinnen nicht so aus, als ob sie selber aufgab.

Sarah blieb abrupt stehen. Nein! Wie konnte sie nur! Wie konnte sie so etwas auch nur denken! Nein, tausend Mal nein. Nie würde sie ihre Freundinnen derart belügen. Und nie würde sie einfach so klein beigeben. Sie würde die Tour schaffen! Mehr als die Hälfte hatten sie ja noch vor sich. Nestor brauchte halt noch etwas Zeit. Und die Sache mit Anna und Leo würde sie auch bereinigen. Sie hatten sich doch nicht ein Jahr lang auf diesen Ritt vorbereitet, nur um durch einen blöden Streit alles kaputt zu machen.

Sarah nahm sich vor, bei der Rückkehr in die Scheune sofort das Schweigen zu brechen. Sich mit Anna und Leo auszusprechen. Aber als sie gleich darauf entschlossen durch die offen stehenden Speichertore trat, drangen von den Strohmatratzen gleichmäßige, ruhige Atemzüge.

Also nicht.

Seufzend kroch Sarah in ihren überhitzten Schlafsack. Sie war so fertig, dass sie auf der Stelle einschlief.

11. Kapitel

Stockfinstere Nacht liegt über dem Moor. Kein Mond erhellt die unheimliche Landschaft. In schwarzen Tümpeln schimmert modriges Wasser, das geräuschlos um abgestorbene Erlen schwappt. Irrlichter huschen lila und gelb und grün über tote Birkenstümpfe. Schatten spuken übers Moor. Da ist Nestor! Angstvoll reißt er die Augen auf und versucht, den umhergeisternden Blitzen zu entkommen.
»Nestor«, schreit Sarah, »ich helfe dir.«
Moorleichen steigen blubbernd aus dem braunen Sumpf auf. Mumien, Schrumpfköpfe mit roten Haaren und gegerbter Haut. Salzlecksteine mit Pferdegesichtern. Und ein Mofa, ein moosüberwuchertes, schrecklich lautes Mofa. Sarah will den Lenker fassen, sie muss sofort zu Nestor, aber schon greift das Moor nach dem Mofa und verschlingt es wieder. Sie ist zu langsam, warum dauert nur jede Bewegung so entsetzlich lange?
Nestor irrt voller Panik herum, er tänzelt furchtsam schnaubend. Plötzlich steigt er und tritt mit den Vorderhufen nach den springenden Flammen, die vor seinen Beinen über den Boden schweben. Die Irrlichter wachsen, werden größer und größer, dämonenhaft vermischen sie sich mit bläulichen Auspuffgasen, bis sie sich zu zwei runden Sonnen vereinigen. Die schwankenden Lichter kommen näher, tun den Augen weh. Und laut sind sie, so furchtbar laut . . .

Klatschnass schoss Sarah von der Isomatte hoch. Ihr Herz raste. Zwei gewaltige, runde Scheinwerfer blendeten sie grell. Sarah kniff die Augen zu Schlitzen zusammen. Was war hier los? Das Licht war kein Traum! Es war . . . Plötzlich gefror ihr das

Blut in den Adern: Vor ihr stand ein riesiger, lärmender Traktor – und er war dabei, in die Scheune zu fahren. Die Räder bewegten sich direkt auf ihr Nachtlager zu.
»Halt, halt!«, schrie Sarah gellend und befreite sich aus dem Schlafsack. Hatte der verdammte Fahrer sie etwa nicht bemerkt? »Leo, Anna, Hilfe!«
Neben ihr schreckten Anna und Leonie auf, und während sie noch benommen ins Licht starrten, zerrte Sarah sie aus den Schlafsäcken und stieß sie gegen die Strohstapel an der Seite. Zitternd drückten sich die Mädchen an die Ballen.
»Was . . . was ist denn?«, fragte Anna tonlos.
Mit bebenden Knien tastete sich Sarah an den Holzpaletten entlang zum gläsernen Fahrerhaus und schwenkte die Arme. »Hallo, hallo«, rief sie so laut sie konnte. »Bitte halten Sie an!«
Und endlich – der Fahrer reagierte. Der junge Mann zuckte entsetzt zusammen, stieg auf die Bremse und stellte sofort den Motor ab. Zu Tode erschrocken sprang er vom Sitz.
»Ich wollte den Traktor unterstellen«, stotterte er und wischte sich den Schweiß von der Stirn. Unter seiner Bräune war er fahl geworden. »Wusste nicht, dass hier jemand schläft. Oh Gott, ich hätte euch fast zerquetscht! Alles in Ordnung?«
Er schien mindestens genauso erschrocken zu sein wie die Mädchen.
Sarah nickte mit trockenem Mund. Obwohl die Gefahr vorüber war, bebte sie immer noch am ganzen Körper.
»Tut mir wirklich leid«, beteuerte der lang aufgeschossene Mann noch einmal, dann stieg er wieder auf den Traktor, setzte zurück und fuhr aus der Toröffnung heraus.
Geschockt starrte Sarah den gigantischen Rädern nach. Lang-

sam drehte sie sich zu Anna und Leo um. Kurz darauf lagen sich alle in den Armen.
»Stellt euch vor, wir wären tot.« Anna brach in Tränen aus. »Und wir hätten uns vorher nicht mehr vertragen.«
»Nie wieder gibt es bei uns Zoff«, schluchzte Sarah und hielt ihre Freundinnen fest umschlungen. »Das schwöre ich euch.«
Leo verdrehte die Augen. »Ich glaube, wir waren gestern alle ein bisschen bescheuert. Diese Knallsonne . . .«
Sarah nickte.
»Hitze hin, Hitze her«, sagte Anna und stieß Sarah ihren Ellenbogen in die Seite. »Man muss mal was sagen dürfen, ohne dass du sofort glaubst, wir wollen Nestor beleidigen. Wäre ja eine komische Freundschaft, wenn man sich jede Bemerkung dreimal überlegen muss. Und den Ärger herunterschluckt, bis man irgendwann explodiert.«
»Genau. Von zu viel Schweigen kriegt man Magengeschwüre.« Das war Leo, die Praktische. »Kleiner Deal, Sarah«, schlug sie vor. »Wir sagen in Zukunft ehrlich, wirklich ganz ehrlich, wenn uns an Nestor etwas nervt. Und du kapierst gefälligst, dass wir dich damit nicht runterziehen wollen.«
Sarah stieß einen Seufzer aus. »Schon gut. Ich kann euch sagen, ich habe mich gestern ziemlich scheußlich gefühlt. Noch mal möchte ich das nicht erleben. War so etwas wie eine Zerreißprobe. Und außerdem – nie im Leben rühre ich wieder Hering in Tomatensoße an.«
»Ich auch nicht«, riefen Leo und Anna gleichzeitig. Das Eis war gebrochen.

Gemeinsam zerrten die Mädchen einige Strohballen zum Eingang und verbarrikadierten vorsichtshalber die Türöffnung damit, ehe sie sich wieder hinlegten.

Hand in Hand mit ihren Freundinnen schlief Sarah jetzt wie ein Stein, sie hörte weder den gellenden Hahnenschrei noch die Kühe, die um sechs Uhr zum Melken in den Stall trotteten und zwei Stunden später zurück auf die Weide marschierten. Sie erwachte erst, als der Milchtankwagen mit lautem Gerumpel über den Hof fuhr.

Vor der Scheune rumorte es leise. Gähnend richtete Sarah sich auf. Ein Gedanke durchzuckte sie: Wir haben uns wieder vertragen! Wir sind wieder das gute alte Team! Glücklich krabbelte sie aus dem Schlafsack. Die Isomatten von Anna und Leo lagen verwaist neben ihr. Schnell ein Blick auf die Uhr. Schon fünf nach neun.

In ihrem kurzen Schlafshirt lief Sarah nach draußen. Unter der Kastanie war schon der Frühstückstisch gedeckt, besser gesagt, der Frühstücks*ballen*. Auf gepresstem Stroh standen drei blau gesprenkelte Teller parat, Becher, Blechbesteck und Schüsseln mit Müsli.

»Hi, Murmeltier.« Anna begrüßte Sarah, als sei gestern nichts geschehen. Fröhlich grinsend riss sie die Folie von den Croissants. »Erst waschen oder gleich frühstücken?«

Sarah reckte sich wohlig. »Erst waschen.« Sie angelte Handtuch und Top von einem Ast und lief zum Schlauch an der Stallwand. Eigentlich war laufen das falsche Wort, sie hüpfte wie ein ausgelassenes Kind. Ihr Herz war wieder frei und leicht. Ihre Gedanken wanderten zu Nestor. Auch wenn sie heute Nacht enttäuscht von seiner spröden Art gewesen war – jetzt, bei Sonnenschein, sah

die Welt schon wieder erheblich freundlicher aus. Irgendwann würde der Knoten auch bei ihrem schwierigen Pferd platzen. Gemeinsam mit ihren Freundinnen würde sie es schaffen.
Sarah drehte den Hahn auf und hielt das Gesicht unter den Schlauch. Herrlich, dieses frische, kalte Wasser auf der juckenden Haut! Sie befühlte ihre zerstochene Stirn und tastete die neuen Mückenstiche ab. Die Biester waren heute Nacht wieder Attacke geflogen. Bestimmt hatten sie auch Nestor nicht verschont.
Der Milchtankwagen fuhr an Sarah vorbei Richtung Hoftor. Neugierig blickte der Fahrer aus dem offenen Fenster zu ihr herüber.
Während Sarah sich das Gesicht abrubbelte, schaute sie dem Stahltank gedankenverloren nach. Tausende Liter beste Milch holte der Laster jeden zweiten Tag ab, hatte die Bäuerin erzählt und stolz hinzugefügt: »Für unsere Milch haben wir sogar Auszeichnungen bekommen.«
Und wir rühren uns Trockenmilchpulver ins Müsli, dachte Sarah. Wo Leo und Anna doch so sehr nach frischer Milch lechzen! Kurz entschlossen lief sie zum Stall, wo sie die Altbäuerin beim Reinemachen fand.
»Natürlich bezahle ich die Milch«, sagte Sarah, nachdem sie ihre Bitte geäußert hatte. Lachend winkte die kleine Frau ab und holte einen altmodischen, blau gepunkteten Krug mit kalter Milch aus der Küche. Außerdem drückte sie Sarah eine Zwiebelhälfte und zwei Gurken in die Hand. »Die Zwiebel hilft gegen deine Mückenstiche. Und die Gurke lindert Sonnenbrand. Eine von euch sah gestern tüchtig verschmort aus.«
Leonie und Anna brachen in Freudengeheul aus, als Sarah tri-

umphierend die frische Milch präsentierte und in die Müslischalen goss. »Wie bei Königs«, schwärmte Anna. Jede aß zwei Portionen und den Rest Milch tranken sie reihum aus dem Krug.

»Köstlich«, seufzte Leonie, als sie den Keramikkrug absetzte und die letzten Tropfen aus dem Mundwinkel leckte. »Jetzt weiß ich wieder, wie sehr ich Kühlschränke liebe.«

Sarah schnitt eine Gurke in Scheiben und legte sie behutsam auf Annas verbrannte Haut. »Leg den Kopf zurück und sitz ruhig«, sagte sie streng. Die zweite Gurke aßen sie gemeinsam mit großem Appetit auf.

Sarah tupfte sich Zwiebelsaft auf die Stirn. Prompt begannen ihre Augen zu tränen, aber die Quaddeln hörten tatsächlich auf zu jucken. Sie war sehr zufrieden. Das teure Kühlgel aus der Apotheke hielt sie für ihr Pferd zurück. Tatsächlich entdeckte sie, als sie die Pferde von der Weide holten, drei frische Mückenstiche an Nestors Hals. Auch Anna zückte beim Putzen ihre Anti-Jucksalbe für Miro.

»Meinst du, das ist krank?«, fragte Sarah, während sie Nestor auftrenste. »Erst die Pferde – und dann wir?«

Leonie kicherte. »Sicher. Gibt garantiert viele, die uns für durchgeknallt halten.«

»Egal«, sagte Sarah. »Wir haben uns schließlich freiwillig für den Ritt entschieden, unsere Pferde aber nicht. Also ist es doch wohl unsere Pflicht, sie besonders gut zu behandeln, oder?«

»Du sagst es überdeutlich«, fand Anna.

Nach einem kurzen, harmonischen Ritt entlang an stillen Mooren traf Sarah mit ihren Freundinnen nachmittags bei einem

Schafzüchter ein, wo sie in einem leeren Geräteschuppen übernachten konnten.

Mitten in der Nacht erwachte Sarah von einem Getöse, das sich wie Gewehrfeuer anhörte. Wolkenbrüche prasselten auf das Wellblechdach nieder. Regen! Der erste Regen! Ob Nestor die Dusche genoss? Der Regen musste eine Wohltat für ihn sein nach all den heißen Tagen.

Im Schlafsack neben ihr bewegte sich etwas und sie hörte Leo schlaftrunken murmeln: »Dann hat es sich wenigstens gelohnt, dass wir wasserfeste Sachen eingepackt haben.«

Und die Regenkleidung brauchten sie tatsächlich, denn am Donnerstagmorgen rauschte ein beständiger Landregen vom Himmel.

12. Kapitel

6. Tag, Donnerstag.

Heute ging Nestor extrem gelassen, obwohl ich die Zügel nur einhändig gehalten habe. Lag es daran, dass ich nicht ständig darüber nachgedacht habe, worüber er sich aufregen könnte? Heute musste ich mich ja voll auf das Würstchenglas in meiner Hand konzentrieren …

»Wirf sie weg. Du kriegst bloß einen Krampf im Arm.«

Anna drehte sich im Sattel um redete und auf Sarah ein, die mit eiserner Ausdauer ein deckelloses, abgesplittertes Glas Würstchen mit der linken Hand umklammerte. Mit der rechten hielt sie Nestors Zügel. Heftiger Regen mischte sich mit der Salzlake und gelegentlich lief etwas Würstchensaft in Sarahs Ärmel oder über die grüne Regenjacke. Aber sie ließ sich nicht beirren.

»Niemals«, sagte Sarah und umklammerte das glitschige Glas fester, weil ein Auto sie überholte und Pfützenwasser hochspritzte. »Du hast Heißhunger auf Würstchen und du sollst sie haben.«

Beim Abmarsch vom Schafzüchter hatte Anna sehnsuchtsvoll geschwärmt: »Ich möchte mal wieder knackige Wiener.« Heißhunger-Attacken überfielen jede von ihnen bisweilen und darum hatten sie unterwegs einen kleinen Laden angesteuert, um ein Glas Wiener zu kaufen.

Da die Würstchen in keine der vollgestopften Packtaschen passten, hatte Sarah das nasse Glas beim Aufsitzen in der Hand gehalten; dabei war es auf den Boden gefallen und der Rand zackig abgebrochen. Seitdem trug Sarah es wie eine Fackel vor sich her.

»Okay, du Dickkopf«, sagte Anna lachend. »In gut einer Stunde erreichen wir eine menschliche Ansiedlung. Und ich gedenke, bei unserer dortigen Rast jedes einzelne Würstchen mit großem Genuss zu vertilgen. Stopp mal.« Sie hielt Miro an und kramte ihre Minikamera aus der Jackentasche. »Ich brauche ein Bild von dir und der Würstchen-Ruine. Sieht ziemlich schräg aus.«

Sie fotografierte Sarah in ihrem matt glänzenden Regenanzug auf Nestor, der geduldig stehen blieb, während ihm die Tropfen vom Schopf über den Nasenrücken liefen und weiter auf die Nüstern, wo er sie prustend wegblies.

»Lieber tausend Regenschauer als ein Gewitter«, sagte Sarah über die Schulter zu Leonie. »Ich hatte schon Angst, wir kriegen heute ein Unwetter, nach der schwülen Nacht.«

Eng hintereinander marschierte die Truppe weiter, acht Kilometer bis zum nächsten Ort. Birken und Kiefern, die unter der sengenden Sonne staubig und grau gewirkt hatten, sahen im Regen wieder grün und gesund aus. Durch tiefe Gräben, die bisher kaum mehr als träge Rinnsale beherbergt hatten, murmelten nun geschäftige Bäche, und Farne entfalteten sich dank des Regens zu prachtvollen Riesenfächern. Die Natur atmete auf. Nur die Schafe, an denen sie vorbeiritten, weiße Moorschnucken mit langem Haar, schauten unter ihrem nassen Fell unglücklich zu den Pferden hoch.

Das Glas wog schwer in Sarahs Hand. Anstrengend, ständig den Arm anzuwinkeln. Aber das Glas einfach wegwerfen? Niemals. Diesen Gefallen wollte sie ihrer Freundin unbedingt tun.

Als sie endlich in den Ort ritten und Sarah unter einem Ahornbaum am Marktplatz abstieg, taten ihr die Armmuskeln so weh, dass sie das Glas nur mit Mühe auf einem Mülleimer abstellen konnte.

»Ich übernehme Nestor«, sagte Leonie und band ihn neben Leikna an einem Ast an, bevor sie Sarahs Arm massierte.

Als Sarah wieder Leben spürte, ließ sie sich auf eine Bank unter dem Ahorn fallen und schüttelte das Handgelenk. »Ich glaube, das meinte Papa mit: *Lebenserfahrung sammeln*. Trag nie ein Würstchenglas über eine Distanz von zehn Kilometern.«

Anna langte nach dem Glas und untersuchte die Lake mit spitzen Fingern nach Scherben. Ausgehungert machte sie sich danach über die sechs Wiener her. Leonie und Sarah konnten mit Not jede ein halbes ergattern.

Sie waren auf einem hübschen, runden Marktplatz gelandet, umsäumt von kleinen Läden: Friseur, Drogeriemarkt, Bäcker, türkischer Gemüseladen, Imbiss, Eisdiele. Die Bank unter dem großen Blätterdach schien wie gemacht für eine Rast.

»Sollen wir uns eine Pizza gönnen?« Sarah spähte zum Imbissstand hinüber. »Wir liegen noch gut mit unseren Ausgaben.«

»Pizza ist klasse«, sagte Anna, während sie herzhaft in das letzte Würstchen biss.

»Dass du überhaupt noch etwas reinkriegst«, sagte Leonie, lief los und kam bald darauf mit duftenden Pizzas in Pappschachteln zurück. Mit klammen Fingern rissen die drei den knusprigen Pizzaboden auseinander.

Nach dem letzten Bissen tupfte Leonie sich mit dem Handrücken Tomatenmark vom Mund. »Neben dem Imbiss habe ich ei-

nen Gemüseladen gesichtet«, sagte sie. »Der verkauft Futtermöhren. Sollen wir?«
Sarah sprang auf. »Was für eine Frage!«
»Du nicht, Sarah«, entschied Leo und stopfte die Pizzakartons in den Abfallkorb neben der Bank. »Oder willst du etwa einen Zehn-Kilo-Sack tragen? Sei froh, dass dein Arm noch dran ist!«
»Überredet. Danke.«
Sarah trenste die Pferde ab, damit sie ungestört fressen konnten. Einige Minuten später schleppten Anna und Leo ein großes Netz mit Möhren heran, die sie Nestor, Miro und Leikna vor die Hufe schütteten.

Die ganze Zeit hat Nestor beim Fressen seinen Kopf an meine Hand geschmiegt.

Sarah wagte kaum, sich zu rühren. Nur nicht diese vertraute Zweisamkeit stören. Was für ein unglaubliches Gefühl. Es lief wirklich immer besser mit Nestor.
»Zehn Kilo Möhren sind zu viel für unsere kleinen Freunde«, sagte Anna, als der Sack halb leer gefressen war. »Mit vollem Magen sollen Pferde nicht arbeiten und wir haben noch 15 Kilometer vor uns.«
Sarah nickte und suchte aus den Packtaschen Gürtel hervor, die sie durch die Maschen des Netzes fädelte. Dann schnallte sie sich den halb vollen Möhrensack auf den Rücken. Nachdem Anna noch Proviant eingekauft hatte, setzten sie den Ritt gut gelaunt fort.
Mittags hörte der Regen auf, aber weil von Zeit zu Zeit heftige Schauer niedergingen, behielten sie ihre Regenkleidung an.

Die Hitze wich nicht. Im Gegenteil: Es wurde schwüler und unter der Regenkleidung stieg die Temperatur an. Sarah fühlte sich von oben bis unten klebrig. Shirt, Reithose, Wäsche – alles war nass geschwitzt. Natürlich lag das auch an dem schweren Möhrensack auf ihrem Rücken. Und an den aggressiven Insekten, die ihr unaufhörlich um die Nase schwirrten.
»Ich glaube, jede Mücke hat über Nacht Millionen Junge gekriegt«, sagte Sarah. Nestor ging langsamer als sonst, genau wie Miro und Leikna. Das nasse Fell dampfte.

Die Landkarte ließ sich auf diesem Streckenabschnitt leicht lesen. Nach fünfzehn Kilometern Ritt zeigte Sarah nach links und sagte: »Das muss es sein.«
»Das erste Haus nach dem Ortschild links«, hatte Herr Bohm am Telefon gesagt. »Nicht zu verfehlen. Angegliedert ist eine lange Halle, da werden oft Ausstellungen veranstaltet. Kaninchen, Katzen, Hühner. Zum Eingang geht es leicht bergab, direkt zu der Halle. Ein Stück dahinter sieht man einen Bauernhof.«
Die Gruppe bog auf den Hof ein. Leo übernahm es, im Wohnhaus zu klingeln und die Ankunft der Wanderreiter zu melden.
»Wir können in der Halle schlafen und alles benutzen«, sagte sie erfreut, als sie zurückkam. »Nur sauber hinterlassen, am Wochenende stellen sie da drinnen Mümmelmänner aus.«
Sie schleppten ihre Sättel mitsamt Packtaschen in die Halle und führten die Pferde zur Koppel, einer kleinen Weide hinter robusten Holzzäunen.
Dann inspizierten sie ihre Unterkunft genauer. Eine kahle Halle, vollkommen leer, weiß getüncht, roher Betonfußboden. Angenehm kühl, verglichen mit draußen. Von der langen, fenster-

losen Seite gingen zwei Türen ab. Leonie öffnete eine von ihnen und quiekte im nächsten Moment auf.

»Genial! Seht euch das an!«

Sofort rannten Sarah und Anna zu ihr hinüber.

»Super!«, rief Sarah auf.

»Ich glaub's kaum!« Anna schaltete begeistert das Licht an.

Was für ein Anblick! Eine weiß geflieste Dusche. Ein Waschbecken. Luxus pur!

»Jemand hat sein Duschgel vergessen.« Anna langte in die gläserne Kabine und präsentierte selig eine blaue Plastikflasche. »Heute sind wir Edelweiber«, sang sie lauthals und tanzte mit dem Duschgel in der Hand durch die Halle.

Sarah lachte. Wann hatte sie sich zu Hause je Gedanken über fließendes Wasser oder Duschgel gemacht? Wie sehr hatte sich in diesen paar Tagen ihr Blickwinkel verändert.

Hinter der anderen Tür entdeckten sie eine Einbauküche mit Geschirr und einer Sitzecke, die Anna für das Erinnerungsalbum fotografierte.

»Gut, dass ich meinen Tee mitgenommen habe«, stellte Leonie zufrieden fest. Obwohl es eigentlich zu warm war, machte sie sich gleich daran, eine Kanne Earl Grey aufzugießen.

Zu dem dampfenden Tee aßen sie elf Brötchen mit dicker Nuss-Nugat-Creme.

Die Halle war luftig, nirgendwo schwirrte eine Mücke herum. Abends rollten sich die drei Reiterinnen in einer Ecke auf ihren Isomatten zusammen. Sarah fühlte sich himmlisch. Frisch geduscht und sauber.

Sie lachten und flüsterten noch eine Weile in der Dunkelheit, bis Leo plötzlich sagte: »Still! Was war das?«

Von weit her grummelte es verhalten. Da, schon wieder.
Sarah fiepte wie ein junger Hund und zog sich die Schlafsack-Kapuze über die Augen. »Wird doch hoffentlich kein Gewitter geben.«
Sie horchten aus ihren Schlafsäcken nach draußen. Dumpf grollte der Donner, schwoll an, verzog sich aber wieder. Doch dann zog das Gewitter näher heran und plötzlich entlud es sich mit heftiger Wut.
»Das tobt ganz in der Nähe«, flüsterte Sarah ängstlich. Sie setzte sich auf und lehnte sich an die Wand. Donnersalven krachten.
»Hilfe.« Sie zog den Kopf ein und rückte näher zu Anna.
Zuckend ging ein Blitz vor dem Fenster nieder. Einen Wimpernschlag lang war die Halle taghell erleuchtet. Geblendet kniff Sarah die Augen zusammen. Wie sie Gewitter hasste!
Nestor, dachte sie, während sie mit verspanntem Nacken und kalten Händen dasaß. Nestor, hast du auch Angst? Oder sind Unwetter für Pferde normale Naturereignisse, die sie nicht sonderlich erschütterten? Zu Hause vielleicht. Aber auf einer wildfremden Weide?
Sarah hätte sonst was dafür gegeben, bei Nestor zu sein. Nein, dachte sie sofort, stimmt gar nicht. Um nichts in der Welt würde ich jetzt ins Freie gehen. Im Haus ist es am sichersten.
»Wie schützt man sich draußen vor Blitzen, Leo?«, fragte Sarah. Ihre Stimme zitterte. »Du bist doch ein Ass in Physik.«
»Auf die Erde hocken, Füße zusammenstellen, Kopf einziehen. So klein wie möglich machen. Man darf nie die höchste Erhebung sein.«
»Was?« Entsetzt fuhr Sarah hoch. »Aber unsere Pferde *sind* die höchste Erhebung auf der Weide.«

Schon sprang sie auf und griff nach ihrer Reithose, die auf dem Fußboden neben dem Schlafsack lag. »Wir müssen sie runterholen.« Ihre eigene Furcht – plötzlich war die zweitrangig.

Ich weiß immer noch nicht, wieso ich nichts als rauswollte, raus zu Nestor, wo ich doch Mörderangst vor Gewittern habe. Aber ich hatte nur noch den Gedanken im Kopf, dass der Blitz auf der Weide einschlagen könnte. Selbst wenn die Pferde nicht getroffen würden – Nestor durfte unter keinen Umständen ein zusätzliches Angsterlebnis im Gedächtnis speichern. Seine alten, schlimmen Erfahrungen hatte er ja immer noch nicht überwunden.

»Ja, aber wohin mit den Pferden?«, fragte Anna aufgeregt. »Hier gibt es doch keinen Stall.«
Sarah streifte das nächstbeste T-Shirt über, das sie zu fassen bekam. Ohrenbetäubend knallte ein Donnerschlag auf das Flachdach. Alle drei erstarrten wie eingefroren.
»Dann holen wir sie eben hierher in die Halle.«
In Windeseile zog sich jetzt auch Leonie an. »Ja, auch wenn der Besitzer bei der Vorstellung sicher nicht begeistert wäre. Das ist höhere Gewalt.«
Wieder zuckten Blitze vor dem Fenster. Anna nutzte die kurze Helligkeit, um auf den Lichtschalter zu drücken. Dann griff sie zur Reithose. »Ehrlich gesagt habe ich Muffe, durch das Wetter zu gehen«, gestand sie und verzog kläglich das Gesicht.
»Ich auch«, sagten Sarah und Leo gleichzeitig.
Es regnete nicht, als sie vor die Tür traten, aber scharfer Wind war aufgekommen. Gewitterböen trieben Sand und Blätter vor sich her. Es war stockdunkel, kein Mond stand am Himmel,

doch weil eine Wallhecke den Weg zur Koppel begrenzte, fanden sie sich leicht zurecht.
»Hoffentlich schaffen wir es vor dem nächsten heftigen Blitz«, murmelte Sarah außer Atem, als sie am Gatter angekommen waren. Nervös nestelte sie am Riegel.
Da zuckte grell ein neuer Blitz. Sarah schrie auf und griff nach Leos Arm. Feindselig schoss die brennende Zickzackspur über den Himmel, dürre Nebenblitze verästelten sich furchterregend. Sekundenlang war die Weide von kaltem blau-weißem Licht erhellt.
Zitternd klammerten sich die Mädchen aneinander.
»Wir könnten doch auch getroffen werden«, flüsterte Sarah. »Als höchste Erhebung auf der Weide?«
»Sicher«, sagte Leo kurz. »Logisch.«
Die Pferde standen dicht aneinandergedrängt zusammen und wirkten aufgescheucht. Als die Mädchen am Zaun auftauchten, kamen sie im Laufschritt heran und suchten ihre Nähe. Auch Nestor.
Hastig ergriff Sarah ihn am Halfter. Anna war schon mit Miro vor ihr. Wie von Furien gehetzt liefen sie zur Ausstellungshalle zurück. Eine Böe trieb Sarah Sand in die Augen, sie stolperte über einen Maulwurfshügel, fing sich wieder, riss sich die Hand an einem abgebrochenen Ast blutig. Sie bemerkte es nicht. Nur schnell zurück. Sie spürte Nestors Anspannung. Fast schien es Sarah, als hielte er die Luft an. Endlich die Halle. Sarah dachte nicht darüber nach, ob Nestor durch die niedrige Tür gehen würde; erst später, aber da hatte er schon einen eiligen Satz über die Schwelle gemacht. Erst jetzt beruhigte sich Sarahs Atem.

»Das Licht muss aus, sonst erkennt man die Pferde durchs Fenster«, sagte Leo und tippte auf den Schalter. Sofort war es stockdunkel. »Herrn Bohm trifft der Schlag, wenn er statt Kaninchen unsere Süßen in seiner Halle sieht.«

Draußen brach wolkenbruchartiger Regen los. Von Böen getrieben peitschten heftige Schauer gegen das Hallenfenster. Dürre Zweige schlugen gegen die Scheibe.

Leo steckte zwei Teelichter an und stellte sie auf den Boden, winzige Leuchtquellen, die zuckende Schatten warfen und die Halle noch finsterer erscheinen ließen.

Unsere Pferde standen ruhig, sie wirkten nur etwas überrascht und schnaubten mehrmals, als wollten sie sich vergewissern, wie laut ihre Stimmen hallten und wie groß der Raum war. Wir haben sie mit den restlichen Möhren gefüttert, um sie bei Laune zu halten.

Nachdem der erste Schreck überwunden war, kreisten Sarahs Gedanken um den kommenden Tag. Mit gerunzelter Stirn betrachtete sie die Regenschleier an den Hallenfenstern.

»Warum muss es ausgerechnet heute Nacht regnen? Wo wir doch morgen diesen super Platz an der Hunte ansteuern wollen. Das Picknick am Wasser können wir uns abschminken.«

Leonie seufzte. »Ja, wenn es weiter so schüttet, ist das Gras klatschnass. Und dabei habe ich letztes Jahr auf der Klassenfahrt tagelang gesucht, bis ich die sensationelle Stelle gefunden hatte.«

Sie hatte ihren Freundinnen den Mund wässrig gemacht mit diesem Königsplatz unter Bäumen: eine Uferböschung, breit und idyllisch über der Hunte, einem urigen Flüsschen, das sich durch Wiesen und Wälder schlängelte.

»Gewitter dauern manchmal nur kurz«, meinte Anna hoffnungsvoll, »vielleicht haben wir ja Glück.« Sarah nickte. Sie bemerkte, dass sie unbewusst die Daumen drückte.

Tatsächlich zog das Unwetter nach einer halben Stunde weiter, der Regen hörte auf und sie konnten es wagen, die Pferde wieder auf die Weide zu bringen.

Sarah war völlig erschöpft, als sie zurückkam. Sie spürte, wie ihr die Knie zitterten. Was habe ich wegen Nestor riskiert?, dachte sie. Nur gut, dass ich Mama und Papa schon vor dem Gewitter angerufen habe. Jetzt würde Mama mir sofort anmerken, wie fix und fertig ich bin.

13. Kapitel

7. Tag, Freitag.
Leo wirkte total angespannt. Schmal und nervös. So kenne ich sie gar nicht. Andauernd ist sie sich mit der Hand übers Kinn gefahren. Natürlich wusste sie genauso gut wie ich, wie schnell Schluss mit dem Wanderritt sein konnte.

Sarah schlang die Arme um ihre Knie und lehnte sich behaglich gegen einen Birkenstamm, die Augen halb geschlossen. Schon seit dem frühen Nachmittag machten sie Pause auf der Uferböschung im Huntetal und seit einer halben Stunde hielt sie hier Wache. Neben ihr lagen Anna und Leonie ausgestreckt im warmen Gras und schliefen wie Murmeltiere. Die Sättel hatten sie sich nach Cowboyart unter die Köpfe geschoben.
So schnell wie es gekommen war, hatte sich das Unwetter gestern wieder verzogen. Hier an der Hunte schien es überhaupt nicht geregnet zu haben, das Gras war staubtrocken. Darum hatte es tatsächlich doch noch geklappt mit der Rast.
Ein paar Meter von Sarah entfernt lagen zwei Pferde entspannt auf der Seite. Miro und Leikna. Im Tiefschlaf streckten sie alle viere von sich.
»Ich passe auf«, hatte Sarah angeboten und die Pferde vorhin losgebunden, damit sie es gemütlicher hatten. Die Enden der Stricke lagen griffbereit neben ihr. Als Einfriedung erhob sich an der Böschung, die sachte zum Fluss abfiel, ein dicht bewachsener Wall mit niedrigen Birken, deren Blätter die Pferde vor dem Mittagsschlaf abgerupft hatten.

Nestor lag auch. Allerdings war es eher ein halbwaches Kauern. Mit angewinkelten Beinen ruhte er in Sarahs Nähe. Vom Fluss hörte man verhaltenes Plätschern und Murmeln, in den Ästen sangen Vögel. Ab und zu raschelte leiser Wind in Birkenblättern.

Zärtlich musterte Sarah Nestors Gesicht. Wie leicht sie sich fühlte, leicht und frei. Nestor und sie waren sich ganz nah in der feierlichen Stille. Und doch. Es blieb da eine letzte Reserviertheit von seiner Seite, eine letzte Distanz. *Kann man Menschen trauen?*

Sarah seufzte. Noch nie hatte sie Nestor schlafen sehen, richtig tief, so wie Miro und Leikna, die mit lang ausgestreckten Beinen im Gras lagen. Noch nie. Zu oft musste er früher erlebt haben, dass Menschen als Herdenführer unsicher waren. Schwankend. Launisch. Heute so, morgen so. Wie sollte er es als Fluchttier wagen, ihr, Sarah, die Kontrolle anzuvertrauen? Ihr, einem Menschen?

»Ich weiß, für dich bin ich eben noch nicht die Leitstute«, sagte Sarah halblaut und verstummte sogleich wieder. Rasch sah sie sich um. Wenn das jemand hörte! Der hielt sie für verrückt. Aber weit und breit war niemand zu sehen. Nur einige Hummeln summten hinter ihr und in der Eiche nebenan hämmerte ein Specht. »Du traust mir nicht zu, dass ich dich beschützen kann«, flüsterte sie sehr leise. »Hab ich recht, Nestor?«

Schläfrig stützte der Haflinger sein Kinn auf den Boden und blinzelte zu Sarah hinüber.

»Nur ein einziges Mal möchte ich dich richtig schlafen sehen«, fuhr sie sehnsüchtig fort. »So wie Miro und Leikna. Wann vertraust du mir bloß endgültig?«

Nestor ließ die Ohren ein wenig zur Seite fallen und schloss die Augenlider. Fast ganz . . .

Ein warmes Gefühl durchströmte Sarah. Wollte Nestor ihr zeigen, wie sehr er sich bemühte, ihren Traum zu erfüllen? Energisch räusperte sie sich. Unsinn, kein Pferd verstand menschliche Worte. Und trotzdem glaubte sie, dass Nestor an ihrem Tonfall hörte, was sie sagen wollte.

Eine leichte Windböe trieb Sarah den Duft von Heide und Kiefern und Kräutern in die Nase.

Schon früh um acht Uhr hatten sie heute im Sattel gesessen, um rechtzeitig an die Hunte zu gelangen. Wie gigantisch war der Tag bisher gewesen! Schon an der Bundesstraße hatte es gut begonnen. Wie cool Nestor die Fahrbahn überquert hatte, trotz der vielen blinkenden Autos in der Ferne. Entspannt war er hinter Miro hergetrottet.

Und danach der herrliche Ritt am Moor entlang. Diese Weite! Geheimnisvoller Horizont im Frühdunst. Rosa Glockenheide. Mystisch schimmernde Teiche. Mitten im Moor tauchten plötzlich diese Tümpel auf, von metallischem Glanz. Rätselhaft spiegelte sich der tintenblaue Sommerhimmel darin. Eine faszinierende Stille lag über der Landschaft. Nur dann und wann Grillenkonzerte. Ab und zu Frösche. Oder ein schriller Vogelruf. Urzeit-Stimmung.

Anna hatte gar nicht genug fotografieren können.

Hoffentlich kommt die geisterhafte Stimmung später auf den Abzügen rüber, dachte Sarah und blinzelte zu den trägen Wolken empor, die vereinzelt den Himmel betupften. Im Tagebuch hatte sie notiert:

Mir kommt es vor, als ob ich inzwischen selbst ein Teil der Landschaft geworden bin. Jeden Meter habe ich zusammen mit Nestor erobert. Wenn ich mir vorstelle, dass ich nächste Woche nicht mehr Weg für Weg mit Nestor unter die Hufe nehme …

Sarah seufzte. Ihr fiel nichts ein, was ihr je zuvor ein ähnlich grandioses Gefühl vermittelt hatte. Ob Nestor dem Wanderritt auch hinterhertrauern würde?
Bestimmt. Denn auch er ließ sich offensichtlich von der Stimmung im Moor verzaubern. Auf den endlosen Wegen grummelte er vor sich hin, ging frisch und elastisch, kaute sogar – was selten vorkam – auf dem Gebiss. Seine Zügel trugen sich leicht wie Bindfäden. Lag diese Verwandlung ausschließlich an der Ruhe im Moor?, fragte Sarah sich. Oder auch ein bisschen an ihr? Hatte sie ein Licht in ihm angeknipst? Hatte er einfach mehr Vertrauen zu ihr?
Sie spähte zu den schlafenden Pferden hinüber. Miro schnarchte, die Augen weit geöffnet, im Traum zuckten seine Hufe. Sie musste lachen. Dieser Kerl! Der Freiberger ließ sich nie aus der Ruhe bringen. Sarah dachte daran, wie wertvoll Miro für ihre Truppe war. Jedes Mal, wenn sich etwas Neues und damit Aufregendes in der Landschaft auftat, musste der Freiberger Wallach vorneweg gehen. Jede Situation bewältigte er cool. Ein Kaltblut eben.
Und ohne Leikna ging es genauso wenig. Die kleine, starke Leikna, die alles, außer Wassersprengern, mit Fassung nahm.
Und natürlich Nestor. Ihr Nestor.
Sie waren ein Traumteam auf traumhafter Tour.
Die Reitwege in der Umgebung waren fantastisch. Sandig oder

mit Gras bewachsen. Sie zogen sich an Pferdeweiden entlang, an Siedlungen und alten Mühlen, manche führten ein Stück durch kühle Eichenwälder und vorbei an steinernen Hünengräbern.

Die ganze Woche waren ihnen nicht so viele Pferde begegnet wie heute. Reiter mit Hannoveranern, die man hier züchtete, und mit Fjordpferden. Hin und wieder auch Western- und Vielseitigkeitsreiter. Richtiges Pferdeland eben. An zahlreichen Feldwegen wiesen Schilder auf Reiterhöfe hin. Die Namen auf den Ortswegweisern kannte Sarah gut – Vechta, Diepholz, Wildeshausen. Nach der großen Rundtour waren sie nun wieder auf dem Weg nach Osnabrück.

Sarah streckte die Hand nach ihrem Pferd aus und strich mit dem Zeigefinger über die kleine, samtige Stelle zwischen seinen Nüstern. »Jetzt kann nichts mehr schiefgehen«, flüsterte sie und er antwortete mit einem zufriedenen Blubbern.

Ich habe es im Gefühl: Noch ein paar Tage und Nestor ist ein anderes Pferd. Wie viel ruhiger er schon geworden ist! Mama und Papa werden aus dem Staunen nicht herauskommen.

Von der Flussbiegung drang ausgelassenes Lachen herüber und gleichmäßiges Plätschern von Booten.

Sofort drehte Leikna den Kopf, streckte die Vorderbeine und stemmte sich hoch. Mit einem Ruck standen gleichzeitig auch Nestor und Miro auf. Sarah hatte alle Hände voll damit zu tun, die drei Stricke zu ergreifen und die Pferde anzubinden. Mit gespitzten Ohren und hoch aufgerichteten Köpfen spähten sie den Kanus entgegen.

»Was ist denn los?«, murmelte Leonie verschlafen.
Selbst Anna erwachte, Anna, die immer und überall eine Mütze Schlaf nehmen konnte. Gähnend reckte sie die Arme zum Himmel. »So gut habe ich noch nie geschlafen.«
Zügig näherten sich rote, schlanke Boote, die in der Sonne glänzten. In gelbe Schwimmwesten gezwängte Kinder, zwölf oder dreizehn Jahre alt, führten die Paddel.
Kerzengerade stellten sich Nestors Ohren auf, er blähte die Nüstern. Hellwach folgten seine Augen dem Boot, das sanft vorüberglitt. Doch er blieb ruhig stehen, geriet nicht in Panik. Er schien sich sicher zu fühlen.
»Fein gemacht, Nestor«, flüsterte Sarah und es kam ihr vor, als hätte *sie* soeben eine Prüfung bestanden – und nicht Nestor. Gut gelaunt winkte sie zum Fluss hinunter.
»Wollt ihr Schokolade? Die schmilzt uns hier glatt weg«, schrie ein Junge aus dem Boot und warf gezielt eine Tafel Schokolade auf die Uferböschung.
Erschreckt machten die Pferde einen Satz zur Seite und Nestor stieß einen lauten Schnorchellaut aus.
»Du bist wohl verrückt!« Im Kanu versetzte das Mädchen, das hinter dem Schokoladenjungen saß, dem Werfer einen Knuff in den Rücken. »Pferde sind Fluchttiere, du kannst ihnen doch nichts vor die Hufe werfen. Die rasten aus, Mann.«
»Was denn?«, hörte man den Jungen protestieren. »War doch voll nett von mir.«
Dann verschwanden die Stimmen hinter der nächsten Biegung.
Sarah seufzte erleichtert. Wie cool Nestor für seine Verhältnisse geblieben war! Zur Seite springen war normal, der Fluchtinstinkt eben. Aber danach hatte Nestor sich sofort wieder beru-

higt. Sie hob die Tafel auf und begann, die Schokolade zu verteilen. »Ausnahmsweise«, sagte Sarah und schob Nestor ein Stück ins Maul. »Als Nervennahrung.«

Die Pferde waren verrückt nach Schokolade. Mit weichen Lippen hoben sie die süßen Leckerbissen von Sarahs Handfläche und bewegten verzückt die schmelzenden Stücke im Maul. Leikna leckte sich die Lippen und wollte mehr.

»Na gut, du Bettelmaus.«

Sarah steckte Leikna ihre eigene Schokolade zu – und im selben Moment stockte ihr der Atem. Ungläubig starrte Sarah auf Leiknas Beine. Die Isländer Stute schonte das linke Vorderbein und stellte es nur auf der Hufspitze auf.

Eisiger Schreck durchfuhr Sarah. Hatte Leikna sich vertreten? Vorhin – beim Sprung zur Seite? Bloß das nicht. Sie forschte in Leiknas Gesicht. Das Pferd sah eigentlich nicht leidend aus.

Sarah schickte ein Stoßgebet zum Himmel. Bitte, lass Leikna nichts passiert sein. Lahmen konnte zwar relativ harmlos sein, ebenso gut war es aber möglich, dass eine Verletzung zugrunde lag. Jedenfalls war es schwer einzuschätzen.

Jetzt hatte es auch Leo bemerkt. Sie warf Sarah einen erschrockenen Blick zu, bevor sie sich neben ihre Stute kniete und das Bein sorgfältig abtastete.

»Nichts zu fühlen. Aber sieh doch, wie Leikna ihr Bein schont! Hoffentlich bedeutet das nicht . . . beobachte mal, wie sie geht, Sarah.«

Leo band ihre Stute los und führte sie ein Stück über die Grasböschung. »Geht Leikna klar?«

»Ich sehe nichts«, hörte Sarah sich sagen.

Sie sah wirklich nichts. Nein, da war nichts im Gangbild. Da

konnte einfach nichts sein. Leikna ging normal. Oder? Und wenn nicht, dann lag es sicher an der holprigen Grasfläche.
Dumpfes Rauschen machte sich in Sarahs Kopf breit. Himmel, was sage ich denn da?, schoss es ihr durch den Kopf. Ist doch genau zu sehen, dass Leikna nicht richtig auftritt. Wie war es nur möglich, dass der übermächtige Wunsch, den Ritt fortzusetzen, ihren Blick derartig verschleierte?
»Nein, sie geht nicht klar«, sagte sie schließlich.
Leonie starrte von Sarah zu Anna, die gerade vom Fluss zurückkam, wo sie sich Wasser ins Gesicht geklatscht hatte, um munter zu werden.
»Lahmt Leikna etwa?«, fragte sie sofort und Leo nickte bedrückt. »Verdammt«, stieß Anna hervor und fuhr sich durchs Haar. »Das erste Mal auf unserer Tour, dass ein Pferd lahmt.«
»Was machen wir denn jetzt?«, fragte Leo verzweifelt.
»Erst mal kühlen, damit es keinen Bluterguss gibt«, entschied Sarah und griff nach zwei Falteimern. »Denkt doch mal an Annas Knöchel. Wie gut hat die Kühlung da geholfen.«
Hastig rutschte Sarah die sanfte Böschung hinab, füllte die Eimer im Fluss und trug sie zu Leikna. Sie goss das Wasser langsam über das linke Bein der Stute. Leikna senkte den Kopf und verfolgte den Guss mit den Augen.
Inzwischen versuchte Anna vergebens, Tierärztin Ehrmann anzurufen. Danach ihre Schwester Karolin. Aber auch unter deren Nummer meldete sich niemand.
Beharrlich schleppte Sarah Eimer für Eimer aus der Hunte heran, regelrecht verbissen begoss sie Leiknas Bein. Die Isländer Stute stand ganz still. Man merkte ihr an, wie gut das Wasser ihr tat.

»Es hilft«, sagte Sarah hoffnungsvoll, als Leikna den Huf vorsichtig wieder aufsetzte.

»Und jetzt? Auch wenn es so aussieht, als ob alles in Ordnung ist – wir können doch nicht einfach weiterreiten!« Hilflos hob Leo die Schultern. »Auch, wenn es nur noch zwei Kilometer bis zu unserem Bauernhof sind. Ich traue mich nicht.«

Sarah nickte. »Kann ich gut verstehen.« Die ganze Zeit hatte sie schon überlegt, wie sie weiter vorgehen sollten. »Was wir brauchen, ist ein Fachmann. Einer, der beurteilen kann, ob Leikna klar geht.«

Anna schnippte mit den Fingern. »Wenn wir in dieser Reitergegend keinen finden, wo dann? Unten an der Straße standen überall Hinweisschilder von Reitställen. Mit Telefonnummern.«

Schon lief sie zum Wall, bahnte sich eine Schneise durch buschig verzweigte Birken und Brombeerranken und ließ sich daran zum darunter liegenden Fußweg hinab.

»Ich versuche, einen Reitlehrer zu erreichen, der sich Leikna anguckt.«

»Super Idee!«, rief Sarah und blickte Anna hoffnungsvoll hinterher. Den linken Fuß zog ihre Freundin immer noch nach, fiel ihr auf.

Es dauerte nicht lange, bis Anna atemlos zurückkam.

»Ich habe einen! Der reitet in einer Stunde mit einer Abteilung hier entlang. Wir sollen mit Leikna auf die Teerstraße kommen. Ob sie lahmt, sehe man nur auf festem Untergrund und im Trab. Er schickt eine SMS, sobald er losreitet.«

Wortlos drückte Leo ihre Freundin an sich.

Während sie alle auf den kurzen Piepton warteten, aßen sie

den Rest Schokolade und vermieden es krampfhaft, über das ungewisse Ende ihrer Reise zu reden.

Endlich, eine knappe Stunde später, piepte Annas Handy. Die ersehnte SMS:

bin in fünf Minuten auf der teerstraße

Leonie war ganz hibbelig, als sie Leikna am Führstrick zur Straße hinunterführte. Sarah begleitete sie, während Anna als Pferdewache zurückblieb.

Unterhalb des Walls harrten sie auf dem Schotterstreifen neben der leeren Straße aus. Von der Seite musterte Sarah die Freundin. So angespannt und nervös kannte sie Leo gar nicht.

Endlich klapperten Pferdehufe auf dem Asphalt. »Sie kommen«, sagte Sarah und peilte die Straße entlang. Eine geordnete Gruppe mit acht Reitern auf Braunen und Füchsen schwenkte nach rechts und parierte vor ihr zum Halten durch. Mit sportlicher Flanke sprang der Anfangsreiter, ein dünner, junger Mann im Polohemd, von seinem braunen Hannoveraner. Der Mann reichte Sarah die Zügel. »Hatten wir telefoniert? Halt ihn mal. Bist ja ein Profi, wenn ihr auf Wanderritt seid.«

Sarah nickte. Profi – wie das klang.

Ohne Zeit zu verlieren, kauerte der Reitlehrer sich neben Leikna.

Er hat uns ein fettes Lob gespendet. Er fand es sehr verantwortungsbewusst, dass wir nicht einfach weitergeritten sind. Aber ich konnte mich gar nicht darüber freuen, solange er nichts zu Leiknas Beinen sagte.

Routiniert tastete der Reitlehrer die Sehnen ab, dann schaute er aufmunternd zu den Mädchen hoch. »Das fühlt sich schon mal gut an. Nichts angelaufen.«
Aus den Augenwinkeln registrierte Sarah die wartenden Reiter, die sich interessiert aus den Sätteln lehnten, um die Sache zu verfolgen und ihre Kommentare abzugeben.
Der Reitlehrer erhob sich und strich Leikna kurz über den Hals. »Hm, ein Islandpferd. Viergänger? Fünfgänger? Trabt sie normal? Ich weiß nicht, ob ich das sonst beurteilen kann. Hab wenig Erfahrung mit Gangpferden.«
»Nicht?«, stotterte Leonie und blickte Sarah mit flackernden Augen an. Vor lauter Sorge um Leikna schien sie nicht richtig zuzuhören.
»Ja«, warf Sarah schnell ein. »Fünfgänger. Sie kann alles. Schritt, Trab, Tölt, Rennpass, Galopp.«
»Bestens.« Der Mann machte eine Handbewegung Richtung Straßenbiegung. »Lass deine Stute ein Stück traben, Mädchen. Oben wendest du sie und kommst im Trab auf mich zu. Führseil schön locker durchhängen lassen.«
Leo nickte und lief los, Leiknas Hufe klapperten neben ihr über die Straße. Der Reitlehrer legte den Kopf schief und beobachtete konzentriert Leiknas Gang. Wechselte von rechts und links über die Fahrbahn, schaute aus verschiedenen Blickwinkeln zu. Ängstlich forschte Sarah in seinem Gesicht. Erkannte er etwas Schlimmes?
Schnell atmend kam Leo mit Leikna zurück und blieb aufgeregt stehen. Mit bangem Hoffen suchte sie den Blick des Reitlehrers. »Ich sehe keine Abweichung«, sagte er. »Klarer Zweitakt. Kein Lahmen, auch keine Nickbewegung.«

Er zuckte die Schultern. »Kommt schon mal vor, dass ein Pferd sich kurz vertritt, ohne große Folgen. Ihr habt wohl Mordsglück gehabt. Wie weit wollt ihr denn heute noch?«
»Nicht weit«, sagte Sarah. »Ungefähr zwei Kilometer.« Sie nannte den Namen des Bauern.
Der Reitlehrer griff nach seinen Zügeln und schwang sich auf den Braunen. »Reitet lieber heute nicht mehr, sondern führt eure Pferde. Zur Sicherheit. Länger als zwanzig bis dreißig Minuten seid ihr zu Fuß nicht unterwegs. Falls die Stute morgen früh nicht klar geht, müsst ihr aber einen Tierarzt holen, Mädels.«
Er wollte gerade anreiten, da fiel ihm noch etwas ein. »Habt ihr Salbe gegen Zerrungen dabei?«
Sarah nickte.
»Gut, tragt sie gleich auf. Alles Gute.«
»Klar, machen wir«, sagte Sarah. Sie winkte noch einmal, dann zog die Abteilung an ihr vorbei und bog in den nächsten Waldweg ein.
Anna jubelte, als Sarah und Leo mit der guten Nachricht auf den Rastplatz am Fluss zurückkehrten.
»Na bitte! Wie gut, dass ich die Salbe am Dümmer nicht für meinen Knöchel genommen habe«, sagte sie triumphierend und beförderte die große Tube aus der Erste-Hilfe-Tasche. »Jetzt brauchen wir sie wirklich dringend.«

14. Kapitel

Die Gäste hatten ganze Arbeit geleistet. Nicht nur am Eingang lagen Scherben, sondern über die gesamte Koppel verstreut. Natürlich konnten wir die Pferde nicht auf diese Weide stellen.

»Warum ich Leiknas Satteltaschen getragen habe? Papa! Ich lasse Leikna doch kein Gewicht schleppen, wenn sie sich vertreten hat.«

Sarah verdrehte die Augen und wechselte das Handy ans andere Ohr.

»Nein, ich habe nicht alles getragen. Den größten Teil von Leiknas Gepäck konnten wir an Miros Trekkingsattel festschnallen. Anna sagt, Freiberger sind stark, in der Schweiz gehen sie sogar als Packpferde bei der Armee.« Sie machte eine Pause und horchte den Ermahnungen ihres Vaters. »Sicher schauen wir genau, ob Leikna morgen lahmt. Was glaubst du denn? Tschau, Papa.«

Sarah schaltete ihr Handy ab und bugsierte es zurück in die Gürteltasche. »Scheinbar passiert anderen Wanderreitern nie etwas Ungeplantes«, sagte sie. »Wir haben doch eine Menge Artikel gelesen. Da lief immer alles glatt. Keine Mückenstiche, keine Gewitter, nichts.«

Anna hob die Achseln. »Die meisten Wanderreiter übernachten auf Reiterhöfen. Da haben sie alles. Richtige Schlafzimmer und für die Pferde Boxen und Futter. Dafür erleben die auch nicht so irre Sachen wie wir.«

»Na ja. Auf einige könnte ich gut verzichten«, sagte Sarah.

Heute haben wir in einem Resthof übernachtet, wir durften dort im Gästezimmer schlafen. Zum Abendessen gab es kalte Ravioli aus Dosen. Dabei haben wir uns gruselige Geschichten erzählt von Untoten und Irrlichtern und Moorleichen. Das half über die Ungewissheit hinweg, ob wir unseren Ritt doch noch wegen Leikna abbrechen mussten ...

Am Morgen darauf, am Samstag, ließ Leo Leikna noch vor dem Frühstück auf dem gepflasterten Hof vortraben. Nervös verfolgten die Mädchen jeden Tritt, abwechselnd jede einmal. Aber so genau sie auch hinguckten – die Isländer Stute trabte völlig sauber. Trotzdem führten sie ihre Pferde zur Sicherheit zunächst ein Stück. Die Tagesstrecke war diesmal kurz und am Ziel wartete ohnehin niemand auf sie. Sie steuerten das Gehöft von Hein Sander an, auf dem die Hochzeit stattfand. Alle Leute vom Hof würden nachmittags im Gasthaus sitzen und feiern.
Leonie war völlig aufgedreht, weil Leikna wieder normal auftrat. »Ich konnte die ganze Nacht nicht schlafen«, bekannte sie, während sie die Pferde ins nächste Dorf führten. »Immerzu dachte ich, ihr müsst meinetwegen den Ritt abbrechen. So etwas macht einen fertig. Ich brauche jetzt Nervennahrung, sonst drehe ich durch. Pflaumenkuchen.«
Leonie zuliebe machten sie einen Abstecher zu einer Landbäckerei.

Die Bäckerin war total nett. Als sie unsere Pferde vor dem Schaufenster sah, hat sie uns spontan ein riesiges Netz mit hartem Brot geschenkt. Sie hatte als Kind selbst einen Haflinger, hat sie gesagt.

Ein großes Rosinenbrot hat sie uns auch mitgegeben. Und Butter zum Bestreichen. Nur den Pflaumenkuchen haben wir bezahlt.

Am späten Nachmittag, nachdem sie den Rest der Strecke geruhsam geritten hatten, erreichten sie ihr Ziel, ein altes, breites Niedersachsenhaus, das in einem ausgedehnten Garten mit Apfelbäumen stand. In langen Blumenbeeten leuchteten Rittersporn und Gladiolen, ein Farbenspiel in Blau und Weiß. Vor den Fenstern blühten Geranien und buschige Margeriten. In der Einfahrt hatte man zur Feier des Tages einen Torbogen aufgestellt, geschmückt mit grünen Tannengirlanden und einem bunten Schild: Gesa und Hendrik! Hoch lebe das Brautpaar!
»Hier sind wir richtig!«, lachte Sarah. Hoch zu Ross schwenkte die Truppe auf den menschenleeren Hof ein.
»Die sind alle ausgeflogen und feiern. Toll.« Anna war begeistert. Sie ritten an der umkränzten Eingangstür und Stapeln von grünen Silageballen vorbei auf die Scheune zu. »Das bedeutet sturmfreie Bude.«
Sie banden die Pferde an Pfählen fest, sattelten ab und suchten, beladen mit ihren Packtaschen, nach der alten Milchkammer, in der sie übernachten durften. »Die wird nicht mehr benutzt«, hatte Bauer Hein Sander am Telefon gesagt, »die Tür ist nicht abgeschlossen.« Nach kurzer Suche fanden sie die offen stehende Tür. Angenehm kühle Luft schlug ihnen aus dem hohen, gefliesten Raum entgegen. Aber wie sah es darin aus!

Alles lag voll mit weißen Porzellanscherben. Zerbrochene Teller, Tassen, Krüge, Schüsseln. Sogar ein halbes Waschbecken. Kreuz und quer auf dem Boden verstreut. Super Empfang!

»Das sieht nach Polterabend aus«, stöhnte Leonie. »Daran hat Herr Sander bestimmt nicht gedacht.«

»Ist doch nicht so wild«, sagte Anna. »Das kriegen wir wieder hin.«

Sie packten Taschen, Sättel und den Sack Brot in eine saubere Ecke und fegten die Scherben an die Wand, ehe sie ihre Isomatten auslegten.

Danach tränkten sie die Pferde und führten sie zur Weide, die direkt hinter den Scheunen begann. Aber als sie mit den Pferden vor dem Gattertor standen, traf sie fast der Schlag: Im Gras lagen Hunderte von weißen Porzellanscherben und dazwischen ausgetretene Zigarettenkippen.

»Oh nein! Offenbar ist der Polterabend hier weitergegangen«, stellte Sarah entgeistert fest.

»Und ausgerechnet heute ist niemand da, den wir fragen können, wo die nächste Weide ist«, schimpfte Leonie.

Unverrichteter Dinge drehten sie bei. Die Pferde sträubten sich energisch, sie hatten das Gras gesehen und zerrten an den Stricken, um wenigstens ein Maulvoll Grünzeug zu erhaschen.

»Das ist zu gefährlich, Nestor«, sagte Sarah streng und dirigierte ihn zum Hof zurück. »Wenn du einen Splitter verschluckst oder einen Zigarettenfilter, geht es dir dreckig. Ich besorge dir Futter, keine Sorge.«

Leonie lief los und umkurvte den gesamten Bauernhof, aber sie kehrte schulterzuckend zurück. »Nichts. Keine andere Weide«, sagte sie. »Nur Äcker und Stoppelfelder. Aber die Pferde müssen anständig fressen. Wenn kein Gras da ist, brauchen wir Heu.«

Neben der Bruchsteinmauer wucherte ein schmaler Streifen

Gras, eine Handbreit vielleicht, das genügte zwar für den ersten Hunger, aber satt wurden die Pferde davon nicht. Zur Not hatten sie noch den Sack mit hartem Brot.

Gemeinsam gingen sie mit ihren Pferden zum Grasen an die Mauer. »Besser als nichts«, sagt Leonie.

Als Sarah den Beutel mit Brot aus der Milchkammer holte, fiel ihr im Vorbeilaufen ein Fahrrad im offenen Geräteschuppen auf. Weil es nicht abgeschlossen war, nahm sie es mit und schob es zu ihren Freundinnen.

»Ob ich mir das leihen kann?«, fragte sie Leo und Anna. »Ich könnte damit ins Dorf fahren und versuchen, den Bauern aufzutreiben. Garantiert gibt es in diesem kleinen Nest nur ein Gasthaus, und das ist sicher geschmückt.«

»Super Idee«, sagte Leonie. »Nestor kann solange hierbleiben und grasen, ich halte seinen Strick.«

Suchend kurvte Sarah durch das menschenleere Dorf. An der Hauptstraße sprang ihr ein großes Gasthaus mit weiß gestrichenen Fenstern ins Auge. Der Parkplatz daneben stand bis zum letzten Fleck voller Autos. Auf einem Mercedes prangte ein Blumen-Arrangement aus zwei verschlungenen Ringen.

Über der Eingangstür hing eine Tannengirlande mit Seidenbändern und weißen Papierrosen. Davor erstreckte sich ein frisch gestreuter Teppich aus Blütenköpfen bis zur Straße.

Sarah stellte das Rad ab und berührte die Tannennadeln der duftenden Girlande. Wie fein die sich anfühlten. Die jungen Zweige wären exakt nach Nestors Geschmack.

Sarah drückte sich an die Außenwand und linste durchs Fenster. Drinnen feierten sie ausgelassen, alle in Abendkleidern und

schwarzen Anzügen. Sarah sah an sich herunter und zögerte. Schmutzige Reithose, verkrustete Schuhe, Chaps, an denen Kletten klebten. Sie fuhr sich über den Kopf. Die Haare hatten sich auch schon mal lockerer angefühlt. In diesem Aufzug in die Festgesellschaft platzen? Peinlich! Wie sah das aus – sie in Reitsachen und da drinnen alle fein aufgebrezelt?
Die große Eingangstür wurde aufgedrückt und sofort drang ein Schwall von Lärm und Musik auf den Bürgersteig. Sarah sprang zurück. Lachend stürmten zwei junge Männer in dunklen Anzügen heraus, im Schlepptau die Braut. Mit hochgezogenen Rockschößen lief sie auf einen schwarzen Golf zu, der vor dem Gasthaus stand.
Sie entführten die Braut, das war Sarah sofort klar. Ein alter Hochzeitsbrauch.

Die Braut war zum Verrücktwerden schön. Ganz in Weiß. Schulterfreies Kleid. Lange Handschuhe bis über die Ellenbogen. Satin, glaube ich. Irrsinniger Schleier, mit Glitzerblüten im Haar festgesteckt. Der absolute Wahnsinn. So möchte ich auch mal aussehen. Das heißt, sobald Hochzeiten zwischen Haflingern und Menschen erlaubt sind.

»Gesa Sander?«, rief Sarah spontan.
Verdutzt drehte die Braut sich um. Der jüngere der Männer riss die Autotür auf.
»Komm, Gesa, steig ein, bevor sie uns entdecken.«
Doch die Braut blieb stehen, als sie Sarahs Reitkleidung bemerkte. Erschrocken schlug sie die weiße Satinhand vor den Mund. »Unsere Wanderreiter! Und in der Milchkammer liegt noch das zerschlagene Porzellan!«

Sarah musste die Braut unentwegt anstarren. Überirdisch schön sah sie aus, Lichtjahre entfernt von Heu und Stroh und Pferdeäpfeln. Wie unpassend, sich in diesem Moment nach Raufutter zu erkundigen. Aber es ging nicht anders. Sarah räusperte sich.
»Das haben wir schon weggeräumt, kein Problem. Aber Ihre Weide liegt voller Scherben. Ich wollte bloß fragen, wohin wir die Pferde stellen können. Na ja . . . wir haben auch kein Futter. Gibt es vielleicht Heu auf dem Hof?« Schnell setzte Sarah hinzu: »Natürlich bezahlen wir das.« Es sollte nicht aussehen, als ob sie schnorren wollte.
»Ach du Schreck! Welcher Trottel war denn da auf der Weide unterwegs?« Die Braut zupfte am Schleier. »Na, ist ja jetzt egal. Nehmt euch Heu vom Boden. Am besten geht ihr durchs Wohnhaus, alle anderen Türen sind von innen verriegelt.«
Sie beschrieb haargenau, wo der Schlüssel lag. »Vor dem großen Wohnzimmerfenster. Im zweiten Blumenkasten von rechts, neben den roten Geranien.«
»Gesa, los«, drängte der Fahrer und wedelte mit dem Schlüsselbund.
»Und wohin mit den Pferden?«, fragte Sarah hastig.
»Oh, ist mir das peinlich! Hab früher selber Wanderritte gemacht. Eine Katastrophe, wenn das Quartier nicht vorbereitet ist.« Die Braut überlegte kurz. »Zwischen den Scheunen findet ihr einen breiten Durchgang, Erde mit kurzem Gras, den Gang könnt ihr mit Sperrgittern absichern. Hinterm Haus stehen welche. Nehmt euch Stroh für eine Liegeecke.«
Jetzt verloren die Männer die Geduld. Sie zogen die Braut mitsamt Traumkleid auf den Rücksitz des Autos. Der weiße Satin wurde eilig hineingestopft. Tür zu und weg.

Aber Sarah war zufrieden. Sie wusste alles, was nötig war. Pfeifend radelte sie zum Hof zurück und reckte von Weitem triumphierend die Faust in den Himmel, als sie Anna und Leo mit den Pferden am Wegrand erspähte.

Nachdem sie den Durchgang bei den Scheunen sorgfältig mit Gittern abgesperrt und Stroh und Heu hineingeworfen hatten, gingen sie erneut mit den Pferden grasen, den ganzen Feldweg entlang, überall wo Gras wucherte. Erst als die scharfe Mondsichel am Himmel erschien und in der Dämmerung fast nichts mehr zu sehen war, brachten sie die Pferde ins Nachtquartier. Hundemüde fielen die Mädchen auf ihre Isomatten in der Milchkammer. Nur einmal wachte Sarah kurz auf, am frühen Morgen, als Autotüren klappten. Die Hochzeitsleute kamen zurück.

»Wollt ihr nicht bis morgen bleiben?«
Beim Sonntagsfrühstück, angerichtet auf einem Holzklotz vor der sonnenbeschienenen Hauswand, tauchte Gesa auf dem Hof auf. Die Braut von gestern sah wieder normal aus, mit Jeans und Bluse, das Haar zu einem Schwanz zusammengebunden. Hinter ihr auf der Treppe standen zwei Koffer.
»Eure Pferde sind doch gestern zu kurz gekommen. Ist mir immer noch peinlich. Mein Vater teilt euch ein Stück Weide ab, wo keine Scherben liegen. Hendrik und ich brechen gleich zur Hochzeitsreise auf. Mein Vater ist ganz allein, der freut sich, wenn jemand da ist.«
Die Mädchen wechselten rasche Blicke.
»Außerdem müsst ihr Papa beim Essen helfen«, sagte Gesa.

»Hier auf dem Land kriegt man die Reste des Hochzeitsessens mit nach Hause. Das schafft er nie allein. Na, wie ist es?«
»Nicht schlecht«, sagte Leonie. »Schon wegen Leiknas Bein. Ein Tag frei – da kann sie sich richtig erholen.«

9. Tag, Sonntag.
Wir haben unser geplantes Quartier abgesagt und machen uns einen faulen Tag! Wir durften Gesas Hochzeitskleid anprobieren. Wahnsinn! Eine nach der anderen! Das war vielleicht ein Gefühl! Uaaa!!! Die Fotos hauen unsere Eltern bestimmt um. Die Bilder lassen wir gigantisch vergrößern und hängen sie in den Stall. Übrigens wollen wir gleich die Scherben von der Weide absammeln, um uns bei Bauer Sander für den geschenkten Tag zu bedanken.

Mittags holte Hein Sander sie von der heißen Weide in die kühle, alte Stube. Dem Raum war anzumerken, dass er selten benutzt wurde. Nichts lag herum, alles stand geordnet an seinem Platz. In der Ecke tickte eine hohe Standuhr. Um einen wuchtigen Eichentisch standen acht schwarze, ernste Stühle mit hohen Rückenlehnen. Unwillkürlich senkten die Mädchen ihre Stimmen.
Anna durfte den Tisch mit goldgerändertem Porzellan decken. »Dieser Tag gehört ja irgendwie noch zur Hochzeit«, meinte Bauer Sander.
Sie aßen unter einem breiten Ölgemälde, *Moor mit Wollgras*, an der langen Wand. Sie aßen und aßen und aßen, als hätten sie eine ganze Woche lang gefastet. Suppe. Klöße. Gulasch. Lammbraten. Zitronencreme. Pflaumenkuchen.
Sarah genoss es, so stilvoll zu essen. Zu Hause hatte sie den ge-

deckten Tisch nie wirklich wahrgenommen, fiel ihr auf. Dabei war es wirklich schön, so zusammenzusitzen.

»Da sind wir morgen«, sagte sie und zeigte mit der Kuchengabel auf das Gemälde. »Im Moor.«

15. Kapitel

10. Tag, Montag.
Eine merkwürdige Stimmung. Obwohl kein Windhauch ging, bewegten sich am Wegesrand federleichte Gräser und verwelkte Stängel. Dürre Halme wisperten. Schwarze Vögel flatterten stumm aus trockenem Gestrüpp auf.

Am Montagmorgen kamen die drei Freundinnen nicht so früh los, wie sie gedacht hatten. Denn als sie die Pferde von der Weide holten, fehlte Nestor ein Hufeisen. Sarah schlug sich erschrocken die Hand vor den Mund. »Das kann doch nicht wahr sein! Nestor braucht einen Schmied! Das ist ja schrecklich . . .«
Eine Zitterpartie. Das Hämmern, das Schmiedefeuer, der Geruch von verbranntem Horn konnten alles zunichte machen, was sie mühselig aufgebaut hatten.
Als Bauer Sander das Malheur mitbekam, verschwand er ins Haus und kam kurz darauf mit einem Telefonverzeichnis in der Hand zurück. »Ich könnte einen Hufschmied aus der Gegend anrufen. Ein alter Bekannter, der kommt mittags bestimmt schnell mal rüber. Ohne Eisen könnt ihr nicht weiterreiten.«
Aber Sarah zögerte. Wenn Bauer Sander wüsste . . . Er hatte ja keine Ahnung, wie Nestor sich beim ersten Beschlag aufgeführt hatte.

Soll ich einen fremden Schmied riskieren? Und wenn Nestor sich aufregt? Dann fangen wir wieder ganz von vorn an. Und das, wo Papa uns morgen abholt und Nestor verladen werden muss. Wenn er schlecht drauf ist, geht er wieder nicht auf den Hänger. Dann hört unser Ritt so furchtbar auf, wie er begann. Das darf auf keinen Fall geschehen, sonst war alles sinnlos.

»Was meint ihr?«, fragte sie Leo und Anna. Die beiden waren sich sofort einig: keinen Fremden!
»Wozu hat Eddy uns versprochen zu kommen, wenn ein Hufeisen fehlt?«, sagte Leonie. Der Schmied hatte ein großes Arbeitsgebiet, jeden Tag fuhr er weite Wege rund um Osnabrück, und obwohl sein Auftragsbuch voll war, ließ es seine Ehre nicht zu, dass ein von ihm beschlagener Huf durch einen Kollegen weiterbearbeitet werden sollte. Noch dazu bei einem Problempferd. Kurzerhand rief Sarah Eddy an.
»Das alte Eisen kann ich sicher kalt aufnageln«, meinte Eddy am Telefon. »Sucht die Weide danach ab. Kalter Beschlag geht am schnellsten. Und dein Pferd hat gar keine Zeit, sich aufzuregen. Fünf Pferde stehen aber noch vor Nestor auf dem Zettel.«
Es dauerte schließlich gut drei Stunden, bis der Schmied mit seiner fahrbaren Werkstatt auf den Hof rollte. Das Hufeisen hatte Sarah tatsächlich im Gras gefunden.
Nestor sah dem kräftigen Mann mit wachen Augen entgegen, misstrauisch zwar, aber er machte keine Faxen, als Sarah ihn am Abbindering in der Hauswand festband.
»Wie läuft es denn, Mädels?«, fragte der Schmied und begrüßte Nestor mit einem kurzen Tätscheln. Als der ohne Anzeichen von Angst stehen blieb, nickte Eddy zufrieden. Sarah reichte ihm das Eisen und Eddy zog die vorstehenden Nägel heraus.
»Kommt mir vor, als ob wir seit zehn Jahren unterwegs sind. Dabei waren es nur zehn Tage.«

Der Schmied nickte. »Kenne ich von meinen Motorradtouren.« Er gab seinem Assistenten ein Zeichen, Nestors Bein anzuheben. »Kalter Beschlag ist natürlich nur ein Kompromiss«, sagte er, während er sich über den Huf beugte und das alte Eisen routiniert mit einigen Hammerschlägen aufnagelte. Nestor stand angespannt, aber ruhig auf seinem Platz. Die ganze Zeit lehnte er seine Nase an Sarahs Schulter.

»Für den letzten Tag reicht es. Ihr seid ja morgen wieder zu Hause.« Der Schmied setzte den Huf ab und richtete sich auf. »Schon erledigt.« Beifällig nickte er Sarah zu. »Also, dass dieser Kerl derselbe ist, der mich im Frühjahr über den halben Hof gezerrt hat . . . kaum zu glauben. Wie hast du das gemacht?« Kopfschüttelnd nahm er die Lederschürze ab und packte sie mit Bock und Werkzeugkasten in seinen Transporter.

»Das war nicht ich«, sagte Sarah stolz und deutete mit dem Kopf auf Anna, Leonie und ihre Pferde. »*Wir* haben das geschafft. *Wir alle.*«

Während der gesamten Tour waren sie nicht so spät losgeritten wie an diesem letzten Montag. Sarah hatte kaum Zeit, sich über Nestors grandiosen Erfolg zu freuen. Wie entspannt er den Schmiedbesuch weggesteckt hatte!

»Teufel, schon zwei«, stellte sie nach einem Blick auf die Uhr fest, als der Reitertrupp das große Moorgebiet erreichte. »Hier wollten wir eigentlich gegen elf Uhr ankommen!« Endlos führte die Straße geradeaus, abgesackte Erde hatte den Asphalt aufgerissen und Bodenwellen in die Fahrbahn gedrückt. Am Straßenrand standen kaum Bäume, abgesehen von einigen hohen Ebereschen mit halb reifen Vogelbeeren.

»Wird höllisch knapp, vor dem Berufsverkehr an Diepholz vorbeizukommen«, sagte Anna mit gerunzelter Stirn. »Was heißt knapp – die Wahrheit ist, wir können es gar nicht mehr schaffen. Wir geraten mitten in die Rushhour.«

»Nur das nicht! Bitte kein Risiko mehr«, sagte Sarah und verzog das Gesicht. »Wir wollen doch nicht alles aufs Spiel setzen, was der Wanderritt erreicht hat. Ich meine, für Nestors Seele.«

Anna stimmte sofort zu. »Der Hufbeschlag war brisant genug. Mehr sollten wir Nestor heute nicht zumuten.«

Dankbar sah Sarah ihre Freundin an. Es war schön, zu wissen, dass alle am selben Strang zogen – jede von ihnen wusste, wie viel davon abhing, dass der Wanderritt mit einer positiven Erfahrung für Nestor abschloss. Aber wie sollte das gehen, wenn sie jetzt dermaßen unter Zeitdruck standen?

Leonie hob die Hand und zog die Landkarte aus dem Schuber. »Stoppt mal, wir planen um.«

Während Leo und Anna die Köpfe über dem Plan zusammensteckten, versuchte Sarah, sich an den Himmelsrichtungen zu orientieren. In der Ferne machte sie etwas Verschwommenes aus, das wie ein Weg aussah. Sie deutete auf den undeutlichen Strich.

»Wenn der Weg dort drüben quer durchs Moor führt, so wie es aussieht, sparen wir einen Haufen Zeit. Und über die Landstraße müssen wir dann überhaupt nicht mehr. Das wäre die geniale Abkürzung.«

Leonie nickte zustimmend. »Ja, das wäre nicht nur für Nestor gut. Auch für Leiknas Beine. Das ist sicher guter Boden. Sollen wir?«

Da nirgendwo Verbotstafeln standen und die Wege zuverlässig aussahen, bogen sie bei der nächsten Abzweigung auf einen Pfad ein, der am Torfgebiet vorbei ins Herz des Moores führte. Und – wie Sarah hoffte – mitten hindurch auf die andere Seite.

Die Pferde griffen frisch aus. Wie schwarzer Samt lag der Weg vor ihnen, flankiert von Entwässerungsgräben, schmal und schnurgerade, wie mit dem Lineal gezogen. Obwohl kein Wind ging, schwankten die federleichten Gräser an der Böschung.

In einiger Entfernung wurde Torf abgebaut und die Luft war klar genug dafür, die Arbeiten zu verfolgen.

Auf einem ausgedehnten Abbaufeld holte ein gelber Raupenbagger mit stählernen Grabzähnen Torf heraus, den er auf die Fläche warf, wo die Ernte zum Trocknen liegen blieb. Weiter zur Straße hin verlief ein schmales Gleis, über das eine kleine grüne Lok mit einem Schwanz an Waggons zum Torfwerk ratterte.

Sarah rief Anna und Leo zu: »Wenn nicht mal dieser mordsschwere Bagger einsinkt, kann unseren Pferden auch nichts passieren. Das Stahlmonster dort drüben wiegt doch garantiert mehr als zwanzig Pferde.«

Ohne sich umzudrehen, reckte Leo einen Arm mit hochgerecktem Daumen nach oben.

Hoch am Himmel zog ein Geschwader schreiender Vögel vorüber. Der wilde Zug verschwand mit heiserem, ersterbendem Klageruf.

Sarah schaute dem Vogelverband nach. Irgendwie passte der unheimliche Zug nicht in diesen sommerlichen Tag und sie strich ihn gleich aus ihrem Gedächtnis. Am letzten Reittag wollte sie Genuss pur. Anna hielt an, um einen Schluck zu trinken, und Sarah nutzte die Gelegenheit, ihr Tagebuch aus der Tasche zu ziehen.

Diese Stille! Sie wird mir am meisten im Gedächtnis bleiben. Nestor sicher auch. Unser Wanderritt ist fast zu Ende und Nestor geht tausendmal gelassener als vorher. Ich freu mich riesig auf die Ausritte mit ihm zu Hause!!! Himmel, was wird das für ein Gefühl sein, nicht mehr ständig auf einem Pulverfass zu reiten …

Der Boden federte unter dem Gewicht der Pferde und der Torf verschluckte fast jedes Geräusch. Manchmal war der gelbe Raupenbagger überhaupt nicht zu hören, mitunter aber, wenn er beschleunigte, hörte man die Ketten in den Gelenken klappern.

Nach kurzer Zeit verbreiterte sich der Pfad und sie konnten bequem zu dritt nebeneinanderreiten, bis ein Querbalken ihnen den Weg versperrte. Ein grün umrandetes, dreieckiges Schild verkündete: *Naturschutzgebiet – Durchgang verboten.*

»Na toll, das war es also«, sagte Anna seufzend. »Wahrscheinlich brüten dort seltene Moorhühner oder irgendwelche Urweltschnepfen und nur Vogelschützer dürfen hinein.«

Sarah beugte sich aus dem Sattel und begutachtete den Landstrich, der vor ihr lag. »Da steht: Durchgang verboten«, sagte sie dann. »Nicht: *Durchritt* verboten.«

Nachdenklich wiegte Leonie den Kopf. Sie schien unsicher zu sein, aber ihre grünen Augen blitzten unternehmungslustig, als sie fragte: »Und wenn uns jemand erwischt?«

Sarah winkte ab. »Wir randalieren ja nicht. Außerdem haben

wir einen guten Grund für den Schleichweg. War ja sozusagen ein Notfall – weil wir auf das blöde Hufeisen warten mussten. Außerdem sind Pferde doch wohl auch ein Stück Natur, oder?«

»Ein Stück Natur.« Anna feixte. »Ganz genau.«

Sie lenkten ihre Pferde an der Barriere vorbei, Leikna ging in der Mitte. Sarah ritt links neben ihr, Anna rechts.

Allmählich baute sich zu beiden Seiten eine dschungelartige, undurchdringliche Landschaft auf. Niedriges Gesträuch, das alles Leben überwucherte. Abgebrochene Äste, ineinander verkeilt. Mittendrin schimmernde, flache Moortümpel, aus denen abgestorbene Stämme in den Himmel ragten. Ein Fischreiher stolzierte umher, in Zeitlupe, und suchte nach Futter. Zwischen verdorrten Zweigen hatten Spinnen ihre Netze gewebt. Trommelserien von Spechten drangen aus morschen Bäumen.

Eine seltsame Wehmut ergriff Sarah. Eine unbekannte Melancholie. Ein Gefühl, das sie unbedingt später im Tagebuch festhalten wollte.

Durch so eine schöne Landschaft bin ich noch nie geritten. Wie eine Zauberwelt. Total verwunschen. So unwirklich, dass ich mich kneifen muss, um sicher zu sein, dass ich nicht träume.

»Stellt euch mal vor, wir versinken im Moor«, sagte Leonie plötzlich mit Grabesstimme und schüttelte sich vor Grausen. »Und irgendwer findet uns in zweitausend Jahren und glaubt, wir sind Opfergaben, die man in den glucksenden Morast geworfen hat.«

»Ja, einen Blick in die Zukunft müsste man werfen können«, antwortete Sarah versonnen. Sie tat sich schwer, wieder in der Ge-

genwart anzukommen. Gedankenverloren strich sie über Nestors blonde Mähne. »Kann mir gut die Gesichter der Leute vorstellen, die uns im Jahr 4000 ausbuddeln. Jedenfalls sieht jeder, dass Nestor und ich ein Traumpaar waren. Vielleicht gibt es dann sogar noch Zeitungen – und wir sind die Attraktion: *Rätsel um geheimnisvolles Paar im Moor.*«

Nun musste Sarah sich aber doch schütteln. »Ach nein, das ist zu schaurig. Aber daran denken kann man ja mal . . .«

»Denk lieber daran, auf den Weg zu achten«, sagte Anna. »Übrigens dachte ich, richtiges Moor sieht schwarzbraun aus. Eine Art nasse Schwabbelmasse. Nicht so viel Baumreste und Gestrüpp und Wasser. Dieses sogenannte Moor wirkt irgendwie nicht so, als ob man als Moorleiche endet, sobald man vom Weg abkommt.«

Sie lenkte Miro einen Schritt zur Seite, wo eine Handbreit Wasser über dem Boden stand. Mit hochgezogenen Beinen ging der Wallach hindurch. Für Sarah sah es so aus, als ob Miro verhalten schritt. Unwilliger als sonst. Oder bildete sie sich das ein?

»Seht ihr? Die Sache mit dem Moor wird maßlos übertrieben«, sagte Anna. »Hier sinkt nichts ein. Ihr seht ja, ich kann überall astrein reiten. Übrigens bin ich dafür, dass wir noch einmal auf den Plan gucken. Falls gleich eine Abzweigung nach links kommt, sollten wir die nehmen, wenn mich mein Orientierungssinn nicht täuscht.«

Sie hielten an und Sarah und Anna stellten ihre Pferde quer, um einen besseren Blick auf Leos Karte zu haben. Plötzlich begann Miro unruhig zu trampeln. Sarah blickte auf und erstarrte, als sie den Grund dafür erkannte. »Anna«, schrie sie. »Miro sackt hinten ein. Treib ihn! Treib ihn! Er muss raus.«

Anna reagierte sofort. Heftig drückte sie die Waden ans Pferd und feuerte es an.
»Los, los . . . komm . . . raus da, Miro«, schrien Sarah und Leo durcheinander. Der Freiberger schien völlig irritiert, er war es nicht gewöhnt, angeschrien zu werden. Zweimal setzte er an, mit aller Kraft – und dann stand er wieder auf dem rettenden Weg. Miro schüttelte den Kopf und prustete. Man merkte ihm den überstandenen Schrecken und die Erleichterung an.
Auch den Mädchen war der Schreck in die Glieder gefahren. »Wie sagtest du doch so treffend, Anna?«, fragte Sarah. Sie grinste, obwohl ihr das Herz noch bis zum Hals schlug. »Die Sache mit dem Moor wird maßlos übertrieben?«
»Hör bloß auf«, entgegnete Anna atemlos. Ihr Blick flackerte noch. Sekunden später stieß Nestor einen gellenden Schreckenslaut aus. In Panik riss er den Kopf hoch und gleichzeitig spürte Sarah, wie sein Hinterteil nachgab. Wie ein Blitz fuhr ihr der Schreck durch den Körper.
»Nestor! Er sinkt auch ein. Hinten!«, schrie Leonie da schon mit überschlagender Stimme.
»Oh Gott!« Entsetzt trieb Sarah ihr Pferd an, hämmerte mit den Beinen gegen seinen Bauch. »Raus Nestor, raus.« Sie rammte ihm ihre Absätze in die Seite, immer und immer wieder. Tut mir so leid, Nestor, dachte sie verzweifelt, es muss sein, du musst raus hier.
Sarah fühlte, wie Nestor versuchte, sich mit der Kraft seiner Hinterhand abzudrücken, aber da war kein Gegendruck unter den Hufen, nur nachgiebiger, weicher Boden. Verrückt vor Angst, versuchte er sich freizukämpfen, aber im Nu waren die Beine bis zu den Sprunggelenken eingesackt.

Anna und Leo schrien und gestikulierten, aber Nestor steckte schon zu tief im tückischen Moor. Er schaffte es nicht mehr aus eigener Kraft, sich zu befreien.
Sarah sprang von seinem Rücken ins flache Wasser. Unter ihr federte der Boden, aber sie konnte stehen. Hektisch nahm sie die Zügel von Nestors Hals. Verzweifelt versuchte sie zu ziehen, ein Reflex, obwohl sie wusste, dass es sinnlos war, ja völlig falsch.
»Tut doch was!«, schrie Sarah außer sich vor Angst. »Nestor geht unter!«
Leonie fackelte nicht lange. »Wir schaffen das nicht allein.«
Mit fahrigen Fingern zog sie das Handy aus der Hosentasche und tippte 112 ein.
»Notruf! Bitte, Sie müssen die Feuerwehr schicken! Schnell! Ein Pferd steckt im Moor fest. Ja, das Große Moor meine ich. Straße zum Torfwerk. Wo der Bagger arbeitet, geht an der Ecke ein Weg rein. Wir sind ein Stück hinter dem grünen Dreiecksschild. Ja, im Naturschutzgebiet. Wie viele? Drei Reiter. Gut, machen wir.«
Leo, dachte Sarah in einem winzigen Winkel ihres Kopfes, der nicht völlig blockiert war. Liebe, liebe Leonie, das vergesse ich dir nie, dass du so schnell handelst.
»Die Feuerwehr ist gleich da.« Wie durch Watte drang Leonies Stimme zu Sarah vor, aber sie nahm den Sinn der Worte gar nicht auf. Es war so grauenvoll, Nestor zu sehen, wie er in seinem Gefängnis aus Sumpf und Morast kämpfte. Voller Verzweiflung ruderte Nestor mit den Beinen. Aber je mehr er arbeitete, desto tiefer sank er ein.
Einen kurzen Augenblick lang stieg das Bild einer Moorleiche

vor ihrem inneren Auge auf, gegerbt wie Leder und mit rot verfärbten Haaren. Entsetzt vertrieb Sarah das Gespenst aus ihrem Kopf.

»Ruhig«, raunte sie verzweifelt. »Ruhig, ruhig, ruhig.«

Dabei raste ihr eigener Puls. Sie war alles andere als ruhig. Mit jeder Minute wurde die Lage bedrohlicher. Unter der Wucht des Schocks verkrampften sich Sarahs Muskeln. Als ob sie in einem eisernen Panzer steckte, der ihre Rippen zusammenpresste. Jeder einzelne Knochen tat weh. Es kam ihr vor, als kämpfte sie selber um ihr Leben. Ihre Zähne schlugen aufeinander, sie fror und schwitzte zur selben Zeit. Nestor so leiden zu sehen, zerriss ihr fast das Herz.

Sarah durchlitt die qualvollsten Minuten ihres Lebens.

Dann war da wieder Leonies Stimme, eindringlich, beschwörend. »Sie holen Nestor raus, Sarah! Die Feuerwehr hat ein Hebegeschirr für Tiere. Hör zu, Sarah: Anna und ich müssen jetzt mit den Pferden auf und ab gehen. Wenn sie still stehen, sagt der Polizist, sinken Leikna und Miro auch ein. Die Hufe würden sich regelrecht festsaugen.«

»Ja«, hörte Sarah sich flüstern. »Hebegeschirr.«

Ihr Herz klammerte sich nur an dieses eine Wort: Hebegeschirr.

Wenn Nestor mit den Beinen arbeitete, seufzte der Boden. Unheimliche, leise Laute. Unaufhörlich sank das Pferd tiefer ein. Sarah zerrte an ihrem Reithelm, er saß zu eng. Ihr Schädel drohte zu platzen. Sumpffliegen umkreisten Nestors Kopf, als wollten sie ihn verhöhnen, als wüssten sie, dass er keine Kraft hatte, sie zu verscheuchen.

Sarah wurde es schwarz vor Augen.

Sie hatte Nestor doch den Glauben an die Menschen zurückgeben wollen. Musste sie nun machtlos mit ansehen, wie er unterging?

16. Kapitel

Angst waberte in der Luft wie ein Gespenst.
In den ersten Minuten hatten sie sich gegenseitig Mut gemacht, aber dann hatte Sarah angefangen, wie ein gefangenes Tier vor Nestor auf und ab zu laufen, während Anna und Leonie mit ihren Pferden respektvollen Abstand zu dem gefährlichen Sumpfloch hielten. Von Nestors Maul tropfte Schaum, die Nüstern bebten. Seine verzweifelten Versuche, freizukommen, hatte er völlig erschöpft eingestellt.
Bange lauschten die Mädchen in die Ferne und sehnten die Feuerwehr herbei.
Anna war die Erste, die sie hörte.
»Sie kommen!«, rief sie aufgeregt und blieb mit Miro stehen. »Sie kommen.«
Sarah ballte die Hände zu Fäusten, bis die Fingernägel ihr ins Fleisch schnitten. »Die schaffen es, die holen Nestor raus.«
In der Ferne hörte man schwere Wagen rangieren und kurze Zeit später hetzte ein Trupp Männer in schwarzen Uniformen herbei. Einige trugen zusammengelegte Schläuche, Spaten, breite Gurte.
In Todesangst schlug Nestor mit dem Kopf und verdrehte die Augen, als die dunklen Männer auf ihn zuliefen.
»Langsamer«, rief einer der Rettungsleute, ein junger, groß gewachsener Feuerwehrmann. Mit ruhigen Schritten übernahm er die Spitze und strebte auf Sarah und Nestor zu.
Mit einem Blick schien er den Ernst der Lage zu erkennen. »Ich reite selber«, sagte er. »Meine Eltern haben eine kleine Zucht,

hier in der Nähe. Kenne mich ziemlich gut mit Pferden aus. Ich bin Christian.«

Keuchend rang Nestor um Luft. Hals und Brust waren dunkel von Schweiß. Wie angepappt klebte die nasse Mähne am Fell.

»Dein Pferd?«, fragte der Feuerwehrmann.

Sarah nickte nur. Ihre Kehle war wie zugeschnürt.

»Ein Tierarzt kommt auch gleich«, sagte der Rettungsmann. »Mit einer Beruhigungsspritze für dein Pferd.«

Zuversicht glimmte in Sarah auf. Die Feuerwehr verhieß Hoffnung. Dieser Christian wirkte so zupackend. Ganz sicher würde er Nestor befreien.

Aber was wird danach, bohrte eine Stimme in ihr, wenn sie Nestor aus dem Moor gezogen haben? Kann Nestor mir je wieder vertrauen? Einem Menschen, der ihn in größter Todesangst im Stich gelassen hat? Nein. Unmöglich.

Auf einmal wurde Sarah etwas Ungeheuerliches klar: Sie würde Nestor hergeben müssen. Verkaufen. An einen unbelasteten Reiter. Es war besser für ihn. Wie würde ihr Leben aussehen ohne Nestor? Sinnlos und leer. Aber Sarah sah keine andere Lösung. Nach diesem Schock brauchte Nestor einen Neuanfang. Nie mehr würde er ihr trauen. Nie mehr. In Sarahs Kopf fuhren die Gedanken Karussell, während sie überwältigt von Schmerz und Angst vor ihrem Pferd stand.

Eine zweite Uniform trat auf Christian zu. Aus den Augenwinkeln erkannte Sarah das Wort *Wehrführer* auf der Jacke.

»Aussichtslos«, hörte sie ihn zu Christian sagen. »Unsere schweren Fahrzeuge kommen hier nicht durch. Und mit den Schläuchen kriegen wir das Pferd nicht mehr raus, der Kerl steckt ja schon bis zum Bauch im Moor.«

Sarah spürte, wie ihr fast die Beine wegknickten. Aus. Alles war aus. Sie konnte nicht einmal weinen.

»Was?«, schrie Leonie, die Leikna in diesem Moment vorbeiführte und alles mitbekommen hatte. »Aber Sie *müssen* Nestor retten. Sie müssen.«

Sarah sagte gar nichts. Ihre Augenlider zuckten heftig. Nestor würde sterben. Die Feuerwehr konnte ihn nicht retten. Gnadenlos und gierig griff das Moor nach ihrem Pferd. Nach ihrem besten Freund.

»Wir bräuchten ein geländegängiges Fahrzeug. Gibt es so etwas in der Nähe?«, hörte Sarah den Wehrführer fragen und gleich darauf gab Christian die Antwort. »Der Raupenbagger! Drüben im Torfabbau. Ich stelle Kontakt über das Torfwerk her.«

Er führte die Gespräche professionell, schnell und kurz. Dann legte Christian Sarah eine Hand auf die Schulter. Seine Stimme klang zuversichtlich: »Der Bagger ist unterwegs. Weißt du, diese Moor-Bagger haben extrem breite Laufketten, damit liegen sie sicher auf. Wir graben dein Pferd inzwischen frei, damit wir das Hebegeschirr anbringen können. Der Bagger zieht deinen Nestor heraus.«

»Können Sie selbst denn nicht einsinken?«, fragte Anna nervös. Sie ging mit Miro am Zügel auf und ab. Der Freiberger, normalerweise ein Ausbund an Gelassenheit, schien die allgemeine Anspannung zu spüren, denn er griff nicht weit aus wie sonst, sondern tippelte herum, versuchte, mit ständig spielenden Ohren die Situation einzuordnen. Ab und zu wieherte er nach seinem Freund, der so jämmerlich feststeckte.

»Doch, einsinken können wir auch. Aber nur, wenn wir zu lange auf einer Stelle stehen. Man muss ständig in Bewegung bleiben.«

Als die Feuerwehrleute mit Spaten und Schaufeln vorsichtig in Nestors Nähe rückten, ging sein Atem abgehackt und stoßweise. Seine Nerven waren bis zum Äußersten gespannt.

»Der Tierarzt ist noch nicht da«, sagte Christian zu Sarah. »Jetzt kommt es auf dich an.« Er schüttelte sie, damit Sarah, die völlig erstarrt war, wieder zu Sinnen kam. »Wir tun alles, was technisch möglich ist, aber nur du kannst dein Pferd beruhigen. Nur du. Du musst stark sein für ihn. Dein Pferd muss unerschütterlich daran glauben, dass du es retten kannst. Hörst du?«

Sarah nickte mechanisch.

Nestor hatte sich lahm gestrampelt. Er konnte nicht mehr. Hatte er sich schon aufgegeben?

Sarah beugte sich zu Nestor vor, nahm behutsam seinen Kopf in die Hände und flüsterte ihm Worte zu, die ihr gerade einfielen. Sarah wusste gar nicht, was sie redete, es war ihr auch gleichgültig. Jetzt kam es nur darauf an, ihrem Pferd Hoffnung zu geben. Konnte sie ihn erreichen in seiner Welt, die keine Worte verstand?

Ja, sie wollte stark sein, stark genug für zwei. Sie würde Nestor überzeugen, dass alles gut ausgehen würde, solange er nur in ihrer Nähe war.

Neben dem Pferd begann ein Dutzend Rettungsmänner damit, blitzende Spaten in den Moorboden zu stechen, schweigend, kraftvoll. Mit einem letzten Aufbäumen versuchte Nestor, die Bewegungen der schwarzen Uniformen zu verfolgen. Ein Fluchttier, am Fliehen gehindert, von allen Seiten eingekesselt – es musste die Hölle für ihn sein.

Plötzlich wusste Sarah, was zu tun war. Behutsam legte sie ihre Hände über Nestors Augen. Sie fühlte selber, wie kalt ihre Finger waren, trotz der Wärme. So kalt waren sie nicht mal beim Ausritt im Winter gewesen, nicht mal bei zehn Grad minus, so tief eisig bis ins Innerste, bis auf die Knochen kalt. Aber diese Hände taugten dazu, Nestors Augen zu kühlen und sie vor der angsteinflößenden Hektik um ihn herum abzuschirmen.

Und da passierte etwas Wunderbares.

Nestor hörte auf, gegen das Moor zu kämpfen. Mit kurzem, fliegendem Atem verharrte er. Dann stieß er einen Seufzer aus und ließ seinen Kopf schwer auf Sarahs Schulter sinken.

In diesem Augenblick, als Nestor mit seinen Kräften am Ende war, als es kein Entrinnen gab, als er den Tod vor Augen hatte – da vertraute er Sarah sein Leben an.

Sie wusste nicht, wie ihr geschah. Zwei Jahre hatte sie auf einen Vertrauensbeweis gewartet. Immer wieder hatte sie sich den Moment ausgemalt, überlegt, ob sie weinen oder lachen würde. Aber nun, als die Situation da war, war nicht der Moment, sich vorbehaltlos zu freuen. Noch war alles offen. Noch stand nicht fest, ob es ein glückliches Ende geben würde.

Nestors pustender Atem beruhigte sich etwas. Sarah merkte, wie ihr jemand eine Decke auf die Schulter legte. Irritiert blickte sie sich um und sah Leuchtstreifen auf schwarzer Uniform. Und Christians Gesicht unter gelbem Schutzhelm.

»Siehst du?« Der Feuerwehrmann lächelte aufmunternd. »Du hast es geschafft. Für dein Pferd bist du der Mittelpunkt der Welt. Jetzt leg ihm vorsichtig die Decke über den Kopf, der Bagger kommt an. Das wird wieder stressig. Außerdem kannst du nicht länger hier stehen bleiben, deine Schuhe sind schon halb im Morast versunken.«

Es gab einen schmatzenden Laut, als Sarah ihre Füße anhob.

Wie schrecklich musste es für Nestor sein, so ohnmächtig festzustecken.
Christian half ihr, die leichte Decke über Nestors Kopf zu legen, um die Unruhe ringsherum vor ihm abzuschirmen. Widerstandslos nahm das Pferd es hin.
Inzwischen hatten die Feuerwehrmänner ganze Arbeit geleistet. Rings um Nestors Körper hatten sie eine breite Schneise in den Moorboden gegraben. Nasse schwarze Brocken häuften sich an den Seiten. Christian hatte dem Pferd Packtaschen und Sattel abgenommen und auf den Weg gelegt. Nun mühten die Feuerwehrleute sich damit ab, das Hebegeschirr unter Nestors Bauch zu schieben. Aber das erwies sich als schwierig.
Sarah wusste nicht, wohin sie zuerst gucken sollte. Am Ende des Wegs tauchte der Raupenbagger auf, ein gelbes Ungetüm, das die gesamte Breite zwischen Tümpeln und Gestrüpp einnahm. Leise klapperten die beweglichen Platten der Laufketten, als das wuchtige Gerät näher ruckelte.
Sarah starrte ihm entgegen, dem stählernen Ungeheuer in Gelb und Grau. Nein, kein Ungeheuer. Den Bagger sandte der Himmel. Ein Engel aus Eisen.
Der Bagger hielt an und aus der Glaskabine kletterte eilig ein mittelgroßer Mann, gelber Overall, Baseballkappe, in der Hand einen stabilen Draht.
»Werner«, sagte er knapp und hielt den Draht hoch. »Den habe ich aus dem Einsatzwagen besorgt. Ohne den Draht geht nichts im Moor. Bindet ein Seil daran und knotet das Hebegeschirr an das Seil. Anders kommt ihr nicht unterm Bauch durch. Gebt her das Ding, ich zeig's euch.«
Während Werner den Feuerwehrleuten zur Hand ging, erzählte

er über die Schulter: »Früher sanken jeden Tag Pferde im Moor ein. Mein Opa hat mir immer wieder davon erzählt, wie damals die Arbeitspferde gerettet wurden. Das habe ich nie vergessen. So, es kann losgehen.«

Christian führte den Draht geschickt unter Nestors Bauch hindurch. Auf der anderen Seite griffen viele Hände danach und mit vereinten Kräften wurde das Hebegeschirr unter Nestor durchgezogen und um Brust und Bauch befestigt. Die ganze Zeit stand Sarah neben Nestors verhülltem Kopf und redete ihm beruhigend zu.

»Sieht gut aus«, sagte Werner und kletterte auf den Bagger.

Sarah und Christian traten zurück, um Platz zu machen. Sie stellten sich zu Anna und Leo, die mit ihren Pferden auf einem festen Wegstück warteten.

Sarah hielt den Atem an, als Baggerführer Werner den stählernen Hebearm in Stellung brachte und über Nestors Rücken absenkte. Sofort waren ein paar Rettungsmänner zur Stelle und hängten das Hebegeschirr ein. Zentimeter um Zentimeter wurde es angehoben.

Sarahs Herz klopfte zum Zerspringen. Ja! Gleich war Nestor frei! Anna drückte beruhigend Sarahs Arm.

»Warum macht er nicht weiter?«, fragte Sarah unruhig, als der Hebearm stehen blieb.

Christian langte nach seinem Spaten. »Nestors Beine stecken noch fest. Die müssen wir erst weiter ausgraben. Was glaubst du, was mit Sehnen, Gelenken und Muskeln passiert, wenn ein Pferd einfach hochgerissen wird?«

»Danke«, murmelte Sarah. Daran hatte sie nicht gedacht.

Die Grabearbeiten gingen zügig voran und schon bald hob sich der Stahlarm erneut. Stück für Stück wurde Nestor aus dem Moor gezogen. Die Retter schaufelten, ließen Nestor anheben, gruben erneut, ließen ihn anheben – und bald steckten nur noch die Hufe fest.

Sein Schweif ist ganz rot geworden, dachte Sarah erstaunt und gleichzeitig schüttelte sie über sich selber den Kopf. War sie verrückt, dass sie so etwas bemerkte?

Und dann war es so weit: Nestor schwebte im Hebegeschirr über dem Moor. Von seinen Beinen tropfte schwarzes Wasser auf den Morast. Abgekämpft hing der Haflinger in den Gurten. Behutsam setzte der Baggerführer ihn auf sicherem Grund ab. Nestor war gerettet!

Erschöpft stand das Pferd da, umringt von lachenden Gesichtern. Nestors Kopf, immer noch verhüllt, hing kraftlos herunter. Eigentlich ein Bild des Jammers – aber in Sarah war nur Platz für überschäumende Freude. Glückseligkeit. Überwältigt von Gefühlen befreite sie Nestor von der Decke und drückte ihn an sich.

Ich habe nicht geglaubt, dass ich dich zurückbekomme.

Nestor drängte sich an Sarah, als wollte er nie wieder von ihr getrennt sein.

Doch, hast du. Sonst hätte ich nicht durchgehalten.

Schwarzer Moorschlamm haftete am Geschirr, an Nestors Beinen, in der Mähne, im Schweif, am ganzen Körper. Auch Sarah sah aus wie ein Dreckspatz. Egal.

Mit halbem Auge bekam sie mit, wie Christian Nestor etwas ins Maul schob. »Stärkungsmittel«, sagte er.

Nachdem alles überstanden war und die Rettungsleute ihren Abzug vorbereiteten, knöpfte der Einsatzleiter sich die Mädchen vor.

»War extrem riskant von euch, den verbotenen Weg zu reiten«, sagte er ernst. »Macht so etwas nie wieder, Mädchen. Wer weiß, ob die Feuerwehr nächstes Mal wieder so schnell zur Stelle ist. Und einer wie Werner mit dem Bagger. Teuer kann es übrigens auch werden.«

Als die Mädchen ihn bestürzt anblickten, nickte er. »Viele Feuerwehren lassen sich Tierrettungen bezahlen. Solche Noteinsätze sind nicht immer kostenlos.« Als er in Sarahs erschrockenes Gesicht sah, fügte er augenzwinkernd hinzu: »Aber wir wollen die Sache mal als Übung gelten lassen.«

Zwei Stunden nach der Rettungsaktion hatte Sarah einige Strohballen vor die Box gerückt, in der Nestor stand. An seinem Bauch klebten letzte Reste von verkrustetem Morast. Mit angezogenen Knien hockte Sarah auf den Ballen und überflog ihre frische Eintragung ins Tagebuch. Die Seiten sahen mitgenommen aus an diesem letzten Tag des Wanderrittes, zerknittert und mit Eselsohren versehen.

Christian von der Feuerwehr ist total nett. Wir dürfen bis morgen auf dem Hof seiner Eltern bleiben. Der Stall liegt so nahe, dass wir die Pferde einfach vom Moor hierherführen konnten. Der Tierarzt war auch da. Er meint, man müsste Nestor noch etwas beobachten, Kreislauf und so. Nestor hat sich aber wahnsinnig schnell erholt, nur müde ist er. Ich kann es immer noch nicht fassen, wie sehr er im Moor an mich geglaubt hat. Jetzt kommt es drauf an, wie es weitergeht! Ob Nestor mir auch künftig blind vertraut? Morgen weiß ich es – wenn Papa uns mit dem Hänger abholt.

Sarah ließ das zerdrückte Heft sinken. Ihre Gedanken wanderten zurück. Was hatten sie alles erlebt in den letzten Tagen! Sie und Leonie und Anna und die Pferde. Hupende Autos und Gewitter, Annas Knöchel und Leiknas Bein. Schwimmen im Teich. Mücken, Mücken, Mücken. Wassersprenger, Antennen und Erntewagen. Umwege über Umwege. Entscheidungen treffen. Nie war ihre Freundschaft so extrem auf die Probe gestellt worden. Sie war über sich selbst erstaunt gewesen. Hatte neue Seiten an sich kennengelernt. Und erfahren, was für ein beglückendes Gefühl es ist, wenn Freunde füreinander da sind. Der Wanderritt hatte ihre kleine Crew und die Pferde noch fester zusammengeschweißt.

Ein vertrautes Geräusch ließ Sarah aufhorchen. Nestor begann, in der Einstreu zu scharren. Sarah setzte sich kerzengerade auf und starrte in die Box. Wollte er sich etwa hinlegen?

Schnell lugte sie ans Ende der Stallgasse, wo Leonie und Anna damit beschäftigt waren, Nestors verschmutzten Sattel abzuseifen. Anna fing Sarahs vieldeutigen Blick auf und stieß Leonie an, worauf sich beide lang machten, um zu sehen, was in Nestors Box vor sich ging.

Langsam knickte Nestor die Vorderbeine ein, ging dann mit dem Hinterteil herunter und legte sich mit angezogenen Beinen in die Einstreu. Einen Moment verharrte er so, unschlüssig noch, doch dann ließ er sich seufzend auf die Seite fallen. Einen kurzen Moment lang äugte er zu Sarah hinüber.

Passt du auf?, las sie aus seinem Blick.

Seine stumme Frage jagte ihr einen Schauer über den Rücken. Bewegt sagte sie leise: »Ja, ich halte Wache.«

Da streckte Nestor wohlig grummelnd alle viere von sich, sein

Kopf sank ins Stroh und im nächsten Augenblick war das Pferd eingeschlafen.
Nestor traute ihr zu, seinen Schlaf zu bewachen! Die höchste Auszeichnung, die ein Fluchttier vergeben kann.
Wie verzaubert starrte Sarah in die Box, aus der ruhige, regelmäßige Atemzüge drangen. Sie spürte die Größe dieses Augenblicks. Die Magie. Und ohne ihre Freundinnen anzusehen, wusste sie, dass auch Leo und Anna fühlten wie sie.
Die ganze Tragödie im Moor hatte Sarah ohne eine Träne durchgestanden, doch nun wurden ihre Augen feucht. Sie konnte sich nicht erinnern, wann sie zuletzt so ein unbändiges Glücksgefühl erlebt hatte.
»Du kannst dich auf mich verlassen, Nestor«, flüsterte Sarah in die Box. »Wenn ich da bin, bist du in Sicherheit. Für immer und ewig.«

Margot Berger

Wahre Pferdegeschichten

978-3-401-50556-5

978-3-401-50557-2

Auch als E-Book erhältlich

978-3-401-50558-9

Auch als E-Book erhältlich

978-3-401-50559-6

Arena

Jeder Band:
Arena Taschenbuch
www.wahre-pferdegeschichten.de
www.arena-verlag.de